運命の恋人らしいですが、全力でご遠慮致します

鬼頭香月

Kouduki Kitou Presents

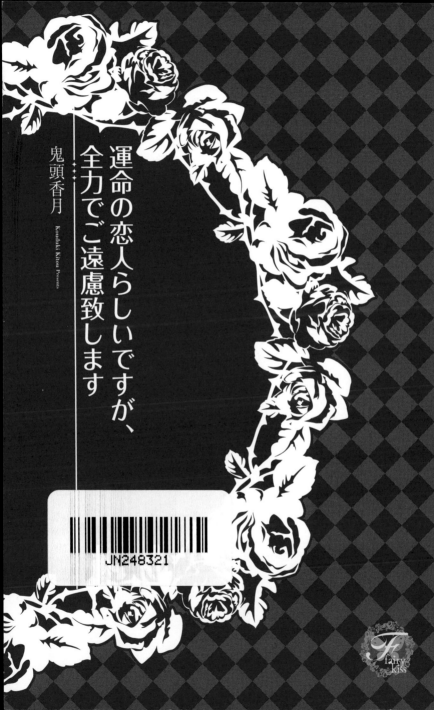

この作品はフィクションです。
実際の人物・団体・事件などに一切関係ありません。

運命の恋人らしいですが、全力でご遠慮致します

fairy kiss

――この世には、神が定めた恋人同士が存在する。

神が定めた恋人同士は、肌のどこかに不可思議な文様が浮かび上がる。これを聖印といい、同じ文様の聖印を授かった者を運命の恋人と呼ぶ。

運命の恋人は、聖印への口づけをもって契約が結ばれ、以降何者も二人を引き裂くことはできなくなる。

俗に聖印は、恋人に触れて欲しい場所に浮かび上がると言われていた。

ただし、百年に一組あるかないかの奇跡であるため、極端に数が少なく、聖印を与えられる者の規則性、俗説等の真偽は不明。

実証を果たした唯一の事実は、聖印への口づけを交わさなければ、運命は発動しないということのみ。

フェアトラーク王国の初代国王と王妃は、この希有《けう》な聖印を与えられた夫妻であった。

フェアトラーク王国建国記　第百四十二章より

一章　神の祝福

一

薔薇《ばら》の馥郁《ふくいく》たる香りが漂う宮殿の中央庭園で、リリーは瞳を輝かせた。

彼女の目の前には、今日の園遊会のために用意された、円卓の上に並ぶ小さなお菓子たちがある。

一つ一つ丁寧に焼かれた小さなタルトの上に、色とりどりのフルーツがキラキラと輝いていた。

「——王宮のお菓子は、贅沢《ぜいたく》で素敵」

暖かな風が、彼女の淡い栗《くり》色の髪をふわりと揺らす。鮮やかな陽《ひ》の光はその翡翠《ひすい》色の瞳を煌《きら》めかせ、リリーはほっそりとした手でお菓子を一つ取った。

この日のために家族が気合いを入れて作ったドレスは、レースがふんだんにあしらわれ、透けるような白い肌に、華奢《きゃしゃ》な肢体が相まって、彼女はいかにも深窓のご令嬢といった風情だ。

「リリー……。今日はお菓子を食べに来たんじゃないよ。わかってる？」

傍らに立っていた青年が、呆《あき》れた口調で声をかける。リリーはタルトを一囓《ひとかじ》りしてから、彼——兄のイザークを振り返った。

栗色の髪にやや垂れ気味の青い瞳を持つ彼は、今年二十二歳になる。背は高く、すらっとした体《たい》軀《く》に、常に微笑《ほほえ》んでいるように見える顔が優しい性根を表している、次期ノイナー侯爵だ。武術は不得手だが、王立学院では法学と経済学を修め、現在、外務省に名を連ねていた。

父ほどではないながら、母に似た色香の滲《にじ》む眼差《まなざ》しを持つ兄は、不思議と目を惹《ひ》く。今日は王太子主催の園遊会だというのに、一部のご令嬢方は、兄から漂う色っぽさに惑わされ、現《うつつ》を抜かしている様相だった。

視線を注ぐ令嬢たちに、にこやかな微笑みを返すのを忘れない、計算高くも人当たりのいい兄に、リリーは眉尻を下げる。

「……ええ、わかっています。今日は、私の旦那様になる方を見つけないといけないのよね」

応じると、兄は青い瞳を細め、含みある笑みを浮かべた。

「そうだよ。王都に戻って一年、いっかな社交界にも顔を出さないお前のために、父上が用意した園遊会の招待状だ。王太子殿下の花嫁に、なんて贅沢は言わないから、殿下の近衛《このえ》なり参加客なり、名家の子息の目にとまるよう、頑張りなさい」

「……とっても難しい要求だわ」

自分から未来の夫を探すのではなく、相手に気に入ってもらうよう努めろとは、高難度である。リリーは残りのタルトを口に押し込んで、庭園を見渡した。

彼女が住まうフェアトラーク王国では、女性は十六歳、男性は十八歳で成人する。その後、社交界デビューを果たし、人脈を広げつつ、将来の伴侶《はんりょ》を見つけるのが一般的だ。

しかし既に十八歳であるリリーは、今日この日まで、社交の場に顔を出した経験がなかった。彼女は十七歳まで、父の領地・アルタール州で過ごしていたのである。生まれつき体が弱く、冷たい風に当たるだけでも熱を出すような子供だった彼女は、十歳の折に、かかりつけ医から、もう少し気候の穏やかな地で過ごすよう言われ、母と共に住まいを移したのだ。

フェアトラーク王国の南方にある領地は、王都よりも幾分暖かく、療養には最適な土地だった。環境もよく言えば穏やか、悪く言えば何もない場所である。

屋敷の周りは牧場や田園、花畑が広がるだけで、いるのは羊や山羊《やぎ》のみ。同じ年頃の子供などおらず、社交の場は皆無だった。流行のドレスも宝石も必要なく、誕生日に父から贈られてくる華やかな髪飾りやドレスを見るたび、こんなのどこで着るの……？　と首を傾《かし》げていたくらいだ。

あんまり暇なので、家庭教師が来ない日は、一日ぼんやり空を眺めたり、殊更ゆっくり庭を歩いたりして、庭師や侍女たちとのんびり過ごした。

おかげでリリーは、十六歳になった頃にはすっかり健康になっていたが、「元気になったなら、王都でまた一緒に暮らそう」と言う父や兄をのらりくらりとかわし、十七歳まで田舎に留《とど》まった。家族は大好きだし会いたかったけれど、王都の凍える冬に嫌な記憶があり、あまり帰りたくなかったのである。

昨年王都に戻り、八年ぶりに社交の場に立ったリリーは、王宮の庭園のあちこちから聞こえる、少女たちの声に複雑な感情を覚える。色鮮やかなドレスを着たご令嬢方は、うっとりしてしまうほど美しかった。だが彼女の心に広がるのは、寂しさだ。

――友人らしい友人のいない王都。

幼い頃、体が強くなかった彼女は、他の子供と同じように動けなかった。少し速く歩くだけで鼓動が乱れ、息が苦しくなったり、咳《せき》が出てとまらなくなったりしたのだ。同年代の子たちに合わせて走れば、すぐに倒れてしまう。そういう、貧弱な子供だった。

それで動作は常にゆっくりしていたのだけれど、貴族子女とはいえ、同年代の子たちはみんな、子供らしくはしゃぎ、全速力で走り回る。

一緒に遊びたくてもついて行けず、リリーはいつも置いてけぼりにされていた。気がつけばひとりぼっちが常で、中には『鈍《どん》くさいリリー』なんて意地悪を言う子もいた。

病気がちで、外で遊べる機会も沢山持てなかった彼女は、結局まともに友達も作れないまま領地へ下がったのだ。

療養を始めたリリーは、当初、早く元気になって他の子と変わらない振る舞いがしたいと無理をした。だが家庭教師をはじめ、侍女や庭師、使用人の皆は、〝ゆっくりでいいのですよ、お嬢様〟と笑顔で彼女を受け入れてくれた。

両親や兄は、〝そのままのリリーを受け入れてくれる人が、本当の友達だよ〟と諭し、〝それに家族にとっては、リリーが元気になることが、一番のプレゼントなんだよ〟とも言ってくれた。

子供心に、他の子と同じように振る舞えず、悪口を言われる自分を申し訳なく感じていたリリーは、家族の言葉に救われた。早く動けなくても構わない。その個性を受け入れてくれる人こそを、大切になさいと教えられ、彼女は焦らずゆっくりと体を治すことに決めた。そして友人は、時間をかけて見つけようと思ったのだ。

今も幼少期の名残で、ゆったりとした所作が身に染みついている彼女は、王都へ戻った頃、公園を散策する貴族子女を見て、目を丸くした。

王都の人は以前より足早で、話す速度も段違いに見えたのである。

一緒にいた兄に「王都の人は、せっかちになったの……？」と聞くと、彼は妙な間を置いたあと「……かなりゆっくり歩いてるし、速度は昔と変わらないと思うよ」と返した。

その答えで、リリーは己の鈍《にぶ》さに気づいた。長い田舎暮らしのおかげで、鈍さに拍車がかかっていたのだ。これではいけないと焦った彼女は、以降、努力した。見よう見まねながら、公園を散策する人と同じ速度で歩き、話すスピードも速めに、と意識し続けた。

最近やっと、以前よりマシに動けるようになったのではと、自負できるようになった彼女は、おっとりと呟《つぶや》く。

「皆さん、綺麗《きれい》なドレスね」

成長し、淑女らしい淑《しと》やかな所作になった令嬢たち。今なら、以前よりずっと気安くお近づきになれるかも、と内心で呟いたところ、兄も頷《うなず》く。

「そうだね。王太子殿下主催の園遊会だから、どの家も気合いがはいってる。……大丈夫だよ。父上が作らせたリリーのドレスも、負けず劣らず上品で綺麗だから」

考えていたことと違う方向の返答をもらい、リリーは目を瞬いた。自分のドレスを見下ろし、ふふっと笑う。

「そうね、お父様には感謝しなくちゃ」

田舎でのんびり過ごしていた彼女は、お花とお菓子が大好きで、時折読書や刺繍《ししゅう》をする、至って普通の少女に育っていた。ただし、周囲に同年代の少年少女がいなかったので、現実の色恋にはさっぱりご縁がなく、恋といえば本の中に描かれる夢物語。自分が恋をするなんて、欠片《かけら》も想像していなかった。

王都に戻って以降も、異性になど目もくれず、周囲と合うように自分改革に専念していたところ、ある日、父がやにわに言ったのだ。

曰《いわ》く——来月、王太子殿下の花嫁候補選びも兼ねるという噂《うわさ》の園遊会があるから、参加しなさい。お前は私の子だ。十分な教養を身につけているし、王太子妃になってもおかしくはないが、それはいい。せめて名家の息子に目をとめてもらい、縁談の申し込みなり来るようにしてきなさい。

今年四十四歳になるリリーの父・ノイナー侯爵は、昨年フェアトラーク王国の外務大臣に任じられた。

十年弱にわたり、周辺各国を攻め滅ぼし、領地を拡大し続けている軍事国家・ヴンター王国が、とうとう隣国を攻め落とした折の大臣交代である。

かの国は、大陸一の大国として名を馳《は》せていたフェアトラーク王国と同格の領地を持つまでに成長していた。ヴンター王国は血気盛んで、どんな国に対しても問答無用で戦《いくさ》を始める国だ。

現在、隣国を落とし、次なる戦の相手はフェアトラーク王国か——というところで、彼らは動きをとめている。

隣国が落ちた直後、フェアトラーク王国側がいち早く使者を送り、国交締結を提案したからだ。

これを受け、ヴンター王国はいくつかの条件を提示し、フェアトラーク王国の議会は揺れていた。

今のところ、議会はヴンター王国と友交的な国交締結を望む穏健派が主流だ。他でもない、国王も戦を望まず、穏健派を支持している。

しかしヴンター王国から提示された条件は多額の金銭を要求する内容で、法外なその額に、いっそ国交は諦め、開戦すべきと訴える強硬派も少なくなかった。両派の数は、強硬派が若干少ない程度。議会はほぼ二分されており、今後どちらが優勢となるかわからない状態だった。

穏健派である父は、外務大臣として、提示された額をなんとか抑え、友好関係を築こうと苦心しているところだ。故に彼は、以前に増して仕事に追われ、日々余裕がない。

そんな父に、少し怒った調子で園遊会出席を命じられたリリーは、どうして急にそんな話をされるのかしらと首を傾げた。そこでようやく、王都へ来てから一年が経《た》っていると気がついたのである。

フェアトラーク王国では、女性の結婚適齢期は十六歳から十八歳。十八歳といえば、嫁《い》き遅れの部類に入ろうとしている年齢だ。

恋愛結婚をした父は、リリーにも同じ経験をして欲しいと考えているようだった。リリーの自主性を重んじ、一年間、その気になるのを待ってくれていたのである。が、恋のこの字もない日々を送り続けたため、業《ごう》を煮やして、園遊会の招待状を用意したのだった。

本日やっと社交デビューを果たしたリリーは、父から贈られたドレスに目を細め、兄は柔和《にゅうわ》に笑う。

「うん。というわけで、いいかいリリー。お前が見るべきはご令嬢方じゃなくて、殿方なんだ。ほら、王太子殿下の近衛兵にでも微笑みかけなさい」

兄に肩を抱かれ、彼女は王太子の周りに侍《はべ》っている近衛兵に体ごと振り向かされた。

青と白の立派な制服に身を包んだ兵の何人かがその動作に気づき、こちらに視線を向ける。多くの近衛兵と視線が合った彼女は、怪訝《けげん》に兄を見上げた。

「……こんな遠い場所から笑いかけるの？」

近衛兵とリリーは、声も届くかどうかの距離である。兄は笑顔で促した。

「うん。細かいことは気にせず、笑いかけなさい」

――いきなり笑いかけるなんて、変じゃないかしら。

奇妙に感じながらも、リリーは言われるがまま微笑んだ。

リリーは知らないが、ノイナー侯爵一家は、社交界で密《ひそ》かに『魔性の一族』という二つ名を与えられていた。

容姿が整っているのは確かなのだが、それだけでは説明のつかない、人を惹きつけてやまない魅力を有していると有名なのである。

その一家の末娘・リリーも、例に漏れなかった。彼女は黙って立っているだけで、人々の視線を集める優美さを備えていた。田舎の使用人たちには、『白百合姫《しらゆり》』と呼ばれている。

彼女の微笑みは、妖艶《ようえん》な眼差しを持つ兄とほぼ同じで、男たちの精気を食らうかのような魅了の力を持っていた。

当人の自覚はないながら、彼女はこの日も、男を虜《とりこ》にする微笑みを浮かべた。たまたま明るい光が差したおかげで、それは後光を放っているかのような神々しい笑みになった。

近衛兵といえば、身分確かで優秀な者にしかつけない職だ。貴族子息たちも多く名を連ね、王族を護衛する誉《ほま》れや華やかな制服も手伝って、世の令嬢らは彼らを放っておかない。

そのため、近衛兵は、令嬢たちの視線や微笑みに慣れていた。いつもなら、彼らは冷静に黙礼を返す程度しか反応しない。しかし今日は、多くの者がリリーの笑みに息を呑《の》み、一部の兵は、魂を抜かれたかのごとく呆《ほう》けた。

それを見た兄が、満足そうに頷く。

「――よし。いい仕事をしたね、リリー。これで何件かは結婚の申し込みが来る」

ぽんと肩を叩《たた》かれ、リリーは眉根を寄せた。

「……？　私、何もしていないけれど……」

兄は風に揺れる前髪を掻《か》き上げ、青い瞳を爽やかに細める。

「うん。リリーは何も考えず、あちこちで笑顔を振りまくといい。きっと沢山のいいカモ……じゃない、良家の子息が申し込んでくれるはずだからね」

人のよさそうな笑みに反して、腹黒い兄の発言に、リリーは嘆息した。自分の未来の旦那様が、体《てい》のよいカモ扱いをされていて、なんだか申し訳ない気持ちである。

そうして彼女は、何気なく視線をずらし、近衛兵の近くにいた本日の主役――フェアトラーク王国王太子・ハーラルトに焦点を合わせた。

園遊会に参加している多くのご令嬢方は、終始彼を見つめている。みんな、未来の王太子妃になれるかもしれないと、期待しているのだ。

だけどリリーは、彼にさほど興味がなかった。彼女は知っている。

誰一人、王太子を射止めることのできる令嬢は、存在しないことを――。


広大な庭園の前方にいる王太子は、今年二十歳になった。

金糸の刺繍が入った、上等そうな濃紺の上下に身を包んでいる彼の髪は、銀色。瞳の色は藍《あい》。きりりとした眉に、高い鼻。唇は形良く、精悍《せいかん》という言葉がよく似合う、秀麗な顔をした青年だ。

剣に魔法に勉学にと、何もかも他の追随を許さぬ優秀な王子様。特にその魔力は類希《たぐいまれ》な強さで、建国王の再来とも言われていた。

この世界は、人口の約半数が魔法使いだ。魔力は血に宿り、魔法使いの家系に生まれた人は、往々にして魔法が使える。

魔法使いは医療、農業、繊維織物、あらゆる分野で重宝されるものの、フェアトラーク王国では魔力の有無で人の優劣を定めなかった。諸侯貴族も只人《ただびと》と魔法使いの割合は半々で、ノイナー侯爵家も、代々魔力を持たない只人一族だ。

他でもない、フェアトラーク王国王家が、差別を生まぬためにと、建国時に相互平等を定めたのだ。

王家の人々は、代々魔力を受け継ぐ魔法使いで、歴代の王は皆、強い魔力を有している。そんな中でも現王太子は例を見ない強さらしいが、彼は魔法省ではなく、軍部に所属していた。確か将軍職で、国王軍の中でも筆頭指揮官を担《にな》えるほど優秀だとか。なんでも、周辺各国で戦火が上がり続けているこの時勢に合わせ、自らの所属を決められたそうだ。

有事の際には、自ら立って采配を振るうご意向らしい。

国を第一に考えるご立派な王太子は、昨年卒業した王立学院では魔法医学を専攻し、医療の分野にも精通していた。

事前に父から聞かされていた、うろ覚えの王太子情報を脳裏に蘇《よみがえ》らせ、リリーは風に揺れた髪を耳にかけ直す。

王都には至る所に彼の肖像画が溢《あふ》れ、誰もが憧れる将来有望な未来の国王は今、傍《かたわ》らに佇《たたず》む姫君を見つめていた。

腰に届く黄金の髪に青い瞳の、しっとりと微笑む少女の名を、エレオノーラという。リリーと同じで、彼女も今年十八歳になった。

他でもない、リリーの父、アダム・ノイナー侯爵が心血を注いで国交交渉を進めている、血気盛んな軍事国家・ヴンター王国の姫君である。

国王への忠誠心が篤《あつ》い父は、職務に対して厳格だ。家族に対して優しくとも、機密事項は決して漏らさない。重要な話は一切聞いていないが、侯爵令嬢として十分な教育を受けたリリーは、現状から、父――外務省の意向を推察していた。

恐らく外務省は、国交締結と共に、隣国王女とフェアトラーク王国王太子の婚姻を結ばせ、万全の体制を敷こうと考えている。

姫の来訪が告知された日、疲れ果てた様子で家に戻った父と兄が、ようやく一息つけると軽い苦労話を披露《ひろう》したのだ。

フェアトラーク王国の外務省は、友好関係を結ぶきっかけとして、ヴンター王国の王族を国内視察に招いていた。相手方は渋っていたが、再三の申し入れをした結果、やっとエレオノーラが来ることになったと。

本日の園遊会は、半年前から予定され、国中の良家子女が漏れなく招待されている。一見、王太子の花嫁候補選びを目的としているように見えた。しかしエレオノーラの来訪が決定し、穏健派の人々は、ハーラルトとエレオノーラの政略結婚を視野に入れたのだろう。

国内令嬢との結婚はないものとされ、園遊会の目的は、額面通り『諸侯貴族と王家の交流を目的とした催し』に変わった。だから父も兄も、リリーに対し、〝王太子妃に、なんて高望みはしない〟といった趣旨の発言を繰り返すのである。

王太子妃には、既に他の令嬢が——隣国王女が予定されているから。

国王も穏健派を支持している以上、ヴンター王国側さえ了承すれば、ハーラルトとエレオノーラの結婚は確実だ。二人が結婚すれば、滞《とどこお》りなく国交も締結され、将来安泰《あんたい》だった。一国民として、喜ばしい以外の感想はない。

そうは言っても、もしかすると戦になるかもしれない他国にいるからか、エレオノーラを護衛する、ヴンター王国兵が放つ空気は硬かった。彼らが護《まも》っている姫君の方は、裏腹に柔らかな表情だが。ほんのり頬を染め、少し潤んですらいる、恋する少女の眼差しでハーラルトを見ていた。

あの様子なら、エレオノーラはハーラルトとの結婚を望むだろう。リリーは素敵な未来が来ることを願い、そっと視線を逸《そ》らした。

花も好きな彼女は、庭園の中央にある、一際《ひときわ》大きな株の薔薇を間近で見てみようと歩き出す。

その時、王太子がふと顔を上げて庭園を見渡し、エレオノーラに声をかけた。二人は移動を始め、招待された令嬢たちは、すわ王太子とお近づきになるチャンスだ、とざわめく。

エレオノーラは隣国兵を一人、王太子は魔法省の制服に身を包んだ黒髪黒目の若い近侍《きんじ》と、金髪碧眼《へきがん》の華やかな外見をした近衛兵を連れて、リリーが行こうとしていた薔薇の方へ向かい始めていた。

王太子に興味のなかったリリーは、彼の動きなど気にせず歩みを進める。薔薇の傍らに到着したところで、後ろからついてきていた兄に引き留められた。

「待ちなさい、リリー。お兄様は将来の夫に目にとめてもらうよう言ったけど、ハーラルト殿下たちに自ら向かっていくのはちょっと大胆すぎるよ」

腕を摑《つか》まれたリリーは瞬き、きょとんと兄を振り返る。

「あら、お兄様」

兄を置いて、一人で移動したつもりだった彼女は、いつの間に傍《そば》にいたのだと驚いた。兄は、呆れた調子で笑う。

「……お兄様は、お前が移動を始めた最初から、ずっと後ろにいたよ」

当人の自負とは裏腹に、未《いま》だトロさが残る少女であったリリーは、首を傾げた。

「まあ、そうなの？　……ハーラルト殿下……？」

少し前の兄の発言を思い出し、尋ね返す。兄は苦く笑った。

「そうじゃないかなって思ったけど、やっぱり気づいてなかったんだね。ハーラルト殿下とエレオノーラ姫がこちらに向かっていらっしゃるから、少しここで控えていようか。このまま歩いて行くと、お前は堂々と正面から御前に参ることになるよ」

言われて、リリーは前方に目を向ける。兄の言う通り、王太子と隣国姫がリリーたちのいる庭園の中央へ歩いてきていた。

「……まあ」

薔薇しか見ていなかったリリーは、小さく声を漏らし、一行を眺める。

王太子は、明るい太陽の日差しを受け、光沢のある衣装が光を放っているようだった。軍部に所属しているからか、無駄のない筋肉に覆われた体軀だ。手足は長く、歩幅は大きい。

リリーとは比べものにならない足の速さで、彼はあっという間に間近まで迫った。

挨拶をしなくてはいけないかしら、と考えた時、隣を歩くエレオノーラと話していた彼が、顔をこちらへ向けた。

風が吹いて、彼の前髪が揺れる。銀色の髪が光を弾《はじ》いて、とても綺麗だった。

晴れた日に降る、絹糸のような雨の色と同じ――。

リリーがどうしてか懐かしい気持ちを感じていると、王太子はまず、隣にいた兄のイザークに目をとめる。

兄が胸に手を置き、腰を折った。

「ハーラルト殿下。本日はお招き頂き、ありがとうございます」

王太子は、ああ、と頷く。

「イザークか。よく来てくれた」

外務大臣の息子だからか、彼は外務省の一役人でしかない兄の名を呼んで、園遊会参加の礼を言った。

リリーは王太子の隣にいる、エレオノーラに目を向ける。

腰に届く黄金の髪も麗《うるわ》しい、可愛《かわい》らしい外見の姫君だった。柳のような眉に、湖を彷彿《ほうふつ》とさせる青い瞳をしている。肌は白く、紅を塗った口元は艶《つや》っぽい。首元までを覆うドレスが、軍事国家の姫君らしく、身持ちの堅さを表しているようだった。

彼女の斜め後ろには、ハーラルトと同じくらいの長身ながら、無骨な印象の隣国近衛兵がいる。二十四、五歳くらいだろう。漆黒の髪に、濃紺の瞳を持つ彼は、造作だけなら貴公子のようだったが、筋骨隆々《きんこつりゅうりゅう》で、表情も硬かった。堅苦しい軍人の見本のような人だ——と腹の中で感想を漏らし、リリーは二人に微笑みかける。

近衛兵は黙礼を返したが、エレオノーラはリリーの笑顔に目を丸くして、ぷいっと顔を背けた。唇を真一文字に引き結び、軽く俯《うつむ》いてしまう。

気分を害した様子に、リリーは驚き、焦った。フェアトラーク王国では、笑顔は友好の証《あかし》だ。しかし隣国では違うのだろうか。

謝罪しようかどうしようかと迷っていると、兄が肘《ひじ》で腕を小突いてきた。

「リリー、ご挨拶を」

いつの間にか、挨拶の順番が自分に回ってきていたらしい。隣国の来賓に気を取られていたリリーは、王太子の顔もまともに見ず、慌てて膝を折った。

「お初にお目にかかります、ハーラルト殿下、エレオノーラ姫。ノイナー侯爵家の末娘、リリーでございます。本日はお招き頂き、御礼申し上げます」

淑女が挨拶をする時は、軽く視線を下げるのが基本である。伏し目で挨拶をした彼女に対し、王太子は何も返さなかった。数秒間待ったが、頭頂部に痛いほどの視線を感じるばかりで、リリーは戸惑う。どうしたのかしら、と顔を上げたところ、ハーラルトよりも先にエレオノーラが口を開いた。

「……初めまして、リリーさん。私はエレオノーラといいます。ノイナー侯爵家というと、外務大臣を務めている、アダム・ノイナーのお嬢様でしょうか？」

彼女の声音は抑揚《よくよう》がなく、冷えた調子である。やはり機嫌が悪そうだ。リリーはじわりと額に冷や汗を滲ませ、気遣わしく微笑んだ。

「はい。私は行ったことはないのですが、父は時折、隣国へもお伺いしております」

父は只人だが、魔法使いと一緒に、たびたび隣国に移動していた。魔法での移動だと一瞬なので、出張で家に帰らない日もあまりなく、気をもむ時間は短くすんでいる。情勢の不安定な隣国との仕事は、家族にとってはどうしても心配だった。

エレオノーラは、リリーを無表情に見つめる。

「そうですか。……ノイナー侯爵から、貴女《あなた》の話を時折聞かせてもらっています。これから、よい出会いがあるといいですね」

リリーの頬が、かあっと赤く染まった。十八にもなって、まだ嫁ぎ先が決まっていないことを、父から聞いているのだ。嫁き遅れかかっている状況は、お世辞にも自慢できる話ではない。

恥ずかしくて俯くと、エレオノーラは続けた。

「……リリーさんは、ハーラルト殿下とお知り合いかしら。外務大臣のお嬢様ですもの、知らぬ仲のはずはありませんよね」

頬を染めたまま、リリーは顔を上げる。しかしエレオノーラは、質問したリリーではなく、ハーラルトを横目に見ていた。

慕う男性の交友関係が気になるのだろう。エレオノーラにいらぬ不安を与えまいと、リリーは首を振った。

「いいえ、エレオノーラ様。私は昨年まで辺境の領地に下がっておりましたので、ハーラルト殿下ともこれが初対面です。お二人にお目にかかれ、大変嬉《うれ》しく思っております」

エレオノーラは視線をこちらに戻し、ハーラルトがすうっと息を吸う音が聞こえた。

「まあ、そうなの。ノイナー侯爵からは、同い年で未婚のお嬢様がいらっしゃるとしか聞いていなかったから……」

エレオノーラはほっとしたのか、ハーラルトに笑みを向ける。

「申し訳ありません、ハーラルト殿下。国では同年代の女性と話す機会が少なく、つい先に口を開いてしまいました」

ずっと押し黙っていたハーラルトは薄く微笑み、首を振った。

「いや、お気になさらず。……リリー嬢、ようやく顔を見られて、嬉しく思う」

リリーに話しかけた王太子の声は低く、聞こえにくかった。ほとんど呟きだ。

ようやく——とは、彼も父か兄から、リリーの話を聞いているのだろうか。

未来の王太子夫妻に己の結婚について言及されるなんて、結構な辱《はずかし》めだ。苦く感じつつ視線を向けたリリーは、今日初めて、ハーラルトと目を合わせた。

秀麗な造作をした王太子の髪が光を弾いて煌めく。揺れる前髪の隙間から見えた瞳は、藍とも紫ともつかない、黄昏時《たそがれ》の空を彷彿とさせる色だった。明るい光が差すと、サファイヤに似た色になり、美しい。

そう認識した瞬間、なぜか鼓動が大きく跳ね上がり、頬にじわりと朱が上った。

リリーは彼から目を逸らせず、呆然《ぼうぜん》と見つめ続ける。説明できない、理解不明な魅力を感じた。

鼓動がドキドキとうるさく、リリーは胸を押さえる。息まで乱れそうな、激しい動悸《どうき》だ。おまけに、この感情はなんだろう——。

経験した覚えのない気持ちが全身を駆け巡り、リリーは混乱した。

――……？　なにかしら、この気持ち……。

頭が王太子でいっぱいになり、鼓動も乱れ、息苦しくて、瞳に涙が滲む。

無言で見つめ続けるリリーに、王太子は何事か言おうと唇を開きかけた。だが平静な顔をしていた彼は、急に眉根を寄せ、手で口元を覆う。何かに動揺した風に、視線を逸らした。

リリーは、拳《こぶし》を握る。そうしないと、あまりの激情に、泣いてしまいそうだった。

彼を見ているだけで胸が熱く、吐息が乱れる。

理性を覆い隠す勢いで、わけのわからない感情に襲われ、リリーは恐怖すら覚えた。泣き出しそうな自分を落ち着かせようと、両手で頬を覆う。そしてぐっと奥歯を噛《か》み締め、全神経を集中して、ハーラルトから己の視線を引き剝《は》がした。

「……っ」

視線を逸らすと、幾分感情が和らぎ、彼女はほっと息を吐く。しかし汗がこめかみを伝い、呼吸は浅く、傍目《はため》にも彼女の調子は悪そうだった。

「……リリー？　どうかした？」

「……殿下？　どうかされましたか」

兄が心配そうに尋ねるのと、近侍が王太子に声をかけるのは同時だった。

ハーラルトは口元から手を離し、首を振る。

「なんでもない……。すまないな、イザーク。話をしたいところだが、今日はこれで失礼する」

「――は。お目にかかれ光栄でした、殿下」

妹の心配をしながらも、イザークはそつなく挨拶を返した。王太子は、兄に続いて挨拶をするべきだが、何も言わないリリーに眼差しを向ける。リリーは礼を失してはいけないと、なんとか頭《こうべ》だけは垂れた。

ハーラルトは唇を引き結ぶと、一度息を吸い、エレオノーラに微笑みかける。

「エレオノーラ姫も、しばし歓談をお楽しみください。本日は、腕のよいシェフが多くの菓子を作っておりますので、ぜひ……」

エレオノーラは、彼に笑みを浮かべ、優雅に膝を折って頷いた。

「ありがとうございます、ハーラルト殿下。お言葉に甘え、しばらく楽しませて頂きます」

二人はそれぞれに行く手を選び、リリーたちの元から離れていく。ハーラルトは歩くのが速く、あっという間に姿が見えなくなった。

身分高い人たちの前で失態を犯さずにすんだリリーは、安堵《あんど》しながらも、額に汗を浮かべた。息は乱れ、体中が熱を持ち、震える。

——どうして、こんな気持ちになるの……？　ハーラルト殿下が離れただけで、切なくなるなんて、おかしいわ……。ああもしかして、誰かに魔法で呪いをかけられたのかしら——。

混乱極まった彼女は、正常な判断もできず、これは呪いだと決めつけた。

呪われたなら、早く解呪を頼まなくてはいけない。

リリーは小刻みに震える手を兄に伸ばし、口をパクパクと動かした。

「……っ……お、にいさま……」

――お願い、魔法医を呼んで……。

言いたい言葉は、音にはならなかった。異常な様子だった彼女は、唐突に足の力を失い、均衡を崩したのだ。

「……うわ、リリー……！」

兄が手を伸ばすも、リリーは近くにあった薔薇の茂みに倒れ込む。鋭い薔薇の棘《とげ》が幾筋も肌を裂き、激痛が走った。

「――っ……」

あまりの痛みに、悲鳴も上がらない。薔薇の木に倒れ込んだ、体の左半身があちこち痛み、血が滴《したた》り落ちていった。エレオノーラと共に立ち去ろうとしていた隣国の近衛兵が、兄の声で振り返る。

彼はさっとエレオノーラに何か言うと、リリーの元へ駆け寄った。

「いかがされた。――しっかりされよ」

がっしりとした腕が傾いだ体を支えようとした刹那《せつな》、彼女は目を見開く。

「――ひっ」

――痛い。痛い……！

腕の傷など比較にもならない激痛が足の付け根に走り、リリーは地面に崩れ落ちる。

「リリー、大丈夫⁉」

「――……っ、助けて、お兄様……痛い……！」

幼少期から体の弱かったリリーは、苦痛を堪《こら》えるのが得意な子だった。けれどそれは、そんなリリーですら耐えられない激烈な痛みで、彼女は涙を零《こぼ》して蹲《うずくま》る。

——痛い。息ができない。死んでしまう。

尋常でない妹の様子に、イザークは即座にフェアトラーク王国側の近衛兵に手で合図を送った。

「すぐに治してあげる。リリー、少しの我慢だから」

「アスラン、上着をかけて差し上げて。肌を隠して」

共に駆け寄っていたエレオノーラが、己の近衛兵・アスランに命じる。リリーのドレスは、薔薇の棘で肩口が無残に裂けてしまっていた。アスランは素早くリリーに上着を被《かぶ》せ、抱き上げる。駆け寄ったフェアトラーク王国の近衛兵に、魔法で医務局へ転移するよう指示し、ノイナー兄妹は速《すみ》やかにその場から姿を消した。

一方その頃、庭園の別の場所でも異変が起きていた。

「……殿下、ご気分が悪いのですか？　……殿下？」

リリーたちから足早に離れていったハーラルトが、庭園の一角で立ちどまっていた。

「…………っ……騒ぐな……っ」

近侍に体調を尋ねられた王太子は、額に冷や汗を浮かべ、苦悶《くもん》の表情で左目を押さえる。

本日の主催者である王太子の異常な様子に、周囲が気づき始めていた。さわさわと不穏な空気になりかけたその時、近侍と近衛兵は互いに視線を交わす。

「——殿下、宮内へお運び致します。失礼を」

魔法使いである近侍が素早く転移魔法を展開し、王太子は瞬く間にその場から消えた。

本日が社交界デビューであったリリーのお披露目《ひろめ》は、倒れて薔薇の棘で怪我《けが》をするという、あまりよろしくない結果になってしまった。しかし幸か不幸か、王太子までもが途中退席する事態となり、人々の記憶にはあまり残らなかったのだった。

二

「すごーく、痛かったの」

園遊会で倒れた夜、リリーは自宅の湯船に浸《つ》かりながら、おっとりと呟いた。バスタブの縁《ふち》に頭を乗せた彼女の後ろで、侍女のエルゼが髪を梳《と》かしている。エルゼはリリーが十二歳の頃に領地で召し上げられた、衣装工房の娘だ。彼女は今年、十七歳になった。

黒髪にアーモンド色の瞳が印象的な優しい侍女は、眉尻を下げてリリーに頷く。

「そうでしょうとも。イザーク様も、沢山血が流れたとおっしゃっておりました。王宮の魔法医に治療して頂けて、ようございましたね」

リリーはざっくりと鋭い棘で切り裂かれた左腕を見やり、吐息を零した。

「そうね……。ほんの少ししか傷痕が残っていないなんて、魔法使いのお医者様はすごいわ」

ノイナー家は只人の一族だ。だから怪我をしても、酷《ひど》くなければ自然治癒を待つのが常である。傷痕が残るのも自然なこととして受け入れていたのだが、今日は王宮に常駐していた魔法医が治療してくれ、傷は塞がっていた。細く傷痕が残っているが、それも時間が経てば消えるそうだ。

リリーを運ぶのを手伝ってくれた隣国兵とエレオノーラには、報《しら》せを受けた父がすぐ礼をしに行っている。改めてリリーから礼をさせると言ったそうだが、大したことではないからと、父の申し出は断られたと言っていた。

挨拶をした時、エレオノーラは不機嫌そうに感じたのだが、実際のところ、どうなのだろう。倒れたところを助けてくれたのだから、悪い人ではないのだろう。でも礼をする機会は断られ、リリーはエレオノーラの人となりが今ひとつわからなかった。

物思いに沈んでいると、エルゼが心配そうに真上から顔を覗《のぞ》き込む。

「イザーク様によれば、お怪我は腕だけだったそうですが、他に痛いところはございませんか?」

「大丈夫よ。薔薇の茂みに倒れた時は、左半身全部が痛かった気がしたのだけれど、腕以外は無傷みたい」

リリーは立ち上がり、自分の左半身を見せた。

「ほら、ね?」

貴族令嬢として育った彼女は、入浴から着替えまで使用人に世話されるため、侍女に体を見られても平気である。もちろん必要外で見られるのは嫌だし、異性に見られるなんてあり得ないけれど。

ごく自然な調子で同意を求めると、侍女は大きな布を手に取り、リリーの体を拭き始めた。

「さようでございますね。でも傷ついたのは腕だけなのに、左半身全体が痛かったなんて、妙な話です」

「……そうね。あの時の私、なんだかおかしかったのよ。王太子殿下にお会いしたのは初めてだったのに……」

言いかけて、リリーは口を噤《つぐ》んだ。王太子と離れた今、リリーの鼓動も呼吸も元通りである。妙な感情にも苛《さいな》まれていなかった。

――本当に、あの時の私は変だったわ。どうしてハーラルト殿下に会った途端、彼で頭がいっぱいになったのかしら……。

リリーは眉を顰《ひそ》めて考え込む。今も、頭の中ではずっとハーラルトの姿が繰り返し思い出されているが、それは多分、彼が尊い身分の人だからだ。誰だって、王太子と言葉を交わせば光栄に感じ、しばらくはその記憶を蘇らせるだろう。

エルゼが瞳を輝かせ、首を傾げた。

「王太子殿下とご対面されたのですか？　いかがでした？　王都中の娘が恋に落ちると言わしめる、稀代《きたい》の次期国王様。お嬢様も恋に落ちてしまわれましたか？」

期待に満ちた顔で尋ねられたリリーは、眉尻を下げた。

「……もう、エルゼったら。ご挨拶をしただけなのに、恋に落ちるわけないでしょう。それじゃあ、お顔が好きですと言っているようなものよ」

日頃読んでいる恋愛小説によると、恋というのは、相手の内面に惹かれて生まれる感情らしい。世の中には一目惚《ぼ》れも存在すると言うが、外見に恋をして交際をしても、結局中身が好きになれず、破談となった物語もあった。そんな事態は空《むな》しいばかりなので、一目惚れはしないに越したことはない、とリリーは思っている。

リリーと一歳しか違わないエルゼは、恋愛経験のない純情な主人の返答を聞いて、ふふっと笑った。

「そうですね。恋は心を通わせねばいけません。けれど外見が好みというのもまた、大切なのですよ、お嬢様」

「……そう？　……そうね。お顔も心も好きなら、とても幸福ね」

首を傾げた彼女は、好みの外見に越したことはないかと頷く。

エルゼが優しく笑って、腰から太ももにかけて拭き始め、手をとめた。

「あら、お嬢様。ここ……赤く腫れております」

「え？」

どこが、と尋ね返したリリーは、エルゼにそっと太もものやや内側を指で触られ、びくっと身をすくめる。痛かったわけではなく、敏感な柔らかい肌だったからだ。

リリーは怪訝にそこを凝視した。

エルゼの言う通り、肌が赤くなっている。でもそれは薔薇の棘で怪我をしたような痕ではない。

——いいえでも、そういえばあの時、太もものつけ根辺りに激痛が走ったのだったわ。

園遊会での出来事を脳裏に蘇らせ、リリーは呟いた。

「棘が刺さったのかしら」

「……いいえ、棘の痕ではありませんね。まるで文様のように見えますが……」

「文様？」

場所が場所だけに、ずっと見るのも悪いと思ったのか、エルゼは立ち上がって他の場所を拭きつつ、ブツブツと言う。

「どこかで見た形だわ……。どこだったかしら……似たような模様を見たことがあるのに。魔法陣のように円で外枠を作らずに、文様だけで刻まれる印……」

エルゼの呟きを聞きながら、リリーはじいっと内ももを見つめ続け、ぽつりと呟いた。

「……建国王様の聖印に似ているわね……」

「――そうです、聖印！」

エルゼが布を持ったまま、ぱふっと両手を合わせ、悩みが晴れた笑みを浮かべる。

――聖印？

リリーはぽかんとエルゼを見つめ返し、喜んでいた彼女は、はっとした。

「……大変！　お嬢様が聖印を授かられたなんて……っ。お相手はどなたですか？　あ、まず旦那様にお知らせしなくては……！　お嬢様の婿はいつになったら見つかるのだろうと心配されておりましたから、きっとお喜びになります！」

リリーは今にも浴室を飛び出そうとする侍女を見つめ、聖印の伝説を思い出していた。


それは、創世記と共に語られる。

――世界に大地ができた時、神は地上に十人の魔法使いと只人を置いた。その地は豪雨と稲光、そして荒れ狂う海に囲まれ、食料も何もない。魔法使いたちは己の魔法でこの雨風をしのいだが、只人たちは体力を奪われるばかりで、急速に弱っていった。

多くの魔法使いは、力を持たぬのが悪いと、これを見捨てようとした。しかし心ある一人の魔法使いが立ち上がり、空を覆い尽くしていた雨雲を払い、海を鎮《しず》めた。すると荒野広がる大地に光が差し、花と緑が生まれた。凍え死のうとしていた只人たちは、太陽に暖められ、生気を取り戻す。やがて彼らは田畑を作り、作物を作り、文明を築いた。

世界が光に溢れた頃、その魔法使いは孤独だった。他の魔法使いたちは、只人を助けた彼を毛嫌いして離れていったのだ。人々も感謝こそしたが、自分たちにない力を持つ彼と友になろうとはしなかった。

寄る辺《べ》なく一人となった彼のため、神は他者を慮《おもんぱか》る心を持つお前に褒美を与えると言った。

――其方《そなた》を決して裏切らない、唯一無二の伴侶をこの地のどこかに置いた。出会えばすぐわかるよう、伴侶と視線を交わせれば、体に聖印が宿るようにした。聖印に誓いの口づけを落とし合えば、何者も二人の仲を割かぬようになる――。

唯一無二の伴侶を見つけるためには、旅に出なくてはならなかったが、魔法使いは神の言葉をありがたく聞き入れ、世界中を探した。長い長い旅路の果て、彼は一人の女性と出会う。それは魔法使いである彼を、一人の人間として見てくれる、只人の少女だった。

想いを通わせた二人は、互いの聖印へ口づけを落とし、恋人となる。そして只人と魔法使いが共存できる世界を求め、国を作った。時を経《へ》るごとに大地には彼らの意志を継ぐ多くの国で溢れていった。いつしか人々は最初の国を作った彼らを『運命の恋人』と呼び、聖印を宿す人を『祝福の血を宿す者』と尊んだ。

それから五百年後――フェアトラーク王国を築いた建国王・バルタザールも、『祝福の血を宿す者』として、数奇な運命を辿《たど》った。

血気盛んで野心家だった彼は、潤沢な武器と多くの魔法使いを登用し、次々に他国を攻め落としていた。その最中、運命の恋人に出会ったのだ。

それは、彼がまさに滅ぼそうとしていた国の姫君だった。

彼女は、五万を超える兵を率いて攻め込んだバルタザールの前に、たった一騎で立ちはだかり、怒りに震えながら無益な戦をやめるよう命じた。この国には豊かな実りも、宝玉も、溢れる働き手もない。そんな国を我がものにして、何を誇るのだと、魔法使いでもない只人の姫に一喝《いっかつ》され、バルタザールは立ちどまった。

この時、二人の体に聖印が宿り、バルタザールは我に返る。

流れ続けた人々の血に酔い、領土拡大こそが全てだと信じていた彼は、和平の道もあることを思い出したのだ。彼は兵を領地へと戻し、姫と幾週間話し合う。そしてついに、バルタザールは戦国時代の終わりを宣言し、領土をフェアトラーク王国と名づけた。姫を妻として迎え入れ、潰《つい》えた多くの命への弔《とむら》いに代え、安寧の時代を築くことを民に約束する。

バルタザールを賢君へと導いた姫は、変革の女神と呼ばれ、建国王と共に民に篤く崇敬《すうけい》された。

運命の恋人であった二人はその後、命尽きるまで互いを想い、永遠の愛を貫いたのである――。

フェアトラーク王国では、幼い頃から建国王の伝説を聞かされる。おとぎ話にも似た物語に憧れ、いつか自分の体にも聖印が刻まれたらと夢見る女の子も少なくなかった。

そして建国王の手の甲に刻まれた聖印は、奇跡の証としてあちこちの文献で複写が載せられており、知らぬ者はなかった。

リリーの体に刻まれた模様は、建国王のそれと同じではないながら、形状が似ている。

伝説を思い出していたリリーは、ぴくっと体を震わせた。

聖印に纏《まつ》わる話は、それだけではない。

彼女は見る間に青ざめ、稀《まれ》に見る素早さで、浴室から駆け出していく侍女に向かって腕を伸ばした。が、引き留めようとした指先はエルゼの足の速さに追いつかず、空を掻く。リリーは必死にもう一方の手も伸ばした。運良く、エルゼが手にしていた布の端を捕まえる。

「待って、エルゼ……っ。行かないで……っ。行っちゃダメ……！」

リリーは、布を摑んでいない方の手で胸元を隠しながら訴え、振り返ったエルゼは、裸の主人を見て、口元を押さえた。

「……あ……っ。申し訳ございません、お嬢様。お着替えをすぐに……っ」

裸で放置していくところだったと謝られ、肩から布を被せられるも、リリーは首を振る。

「それもそうなのだけれど、違うの。こ、これがもしも聖印なら……私、秘密にしなくてはいけないわ……っ」

「どうしてですか？」

エルゼは、聖印を授かるなんて奇跡が起こったのだから、喜ぶべきだと信じて疑わない顔をした。

けれどリリーは、顔色悪く視線を逸らす。

「……だって……聖印って……口づけをして欲しい場所にできるのでしょう……？」

――フェアトラーク王国の誰もが知っている建国王の恋物語には、更なる逸話があった。

運命の恋人同士が、誓約の意味を込めて交わすとされる、聖印への口づけ。その聖印は、恋人に触れて欲しい場所に浮かび上がるとされているのだ。

「…………」

エルゼは瞬きを繰り返し、すすすっとリリーの内ももに視線を落とす。

その動作だけでも羞恥心が煽《あお》られ、リリーは肩にかけられた布を胸元でぎゅっと握った。

淑女として、いや清廉潔白な乙女として――こんな場所に聖印ができたなんて、恥以外のなにものでもない。ましてや、こんな場所にキスをして欲しいなどと、誰に言えよう。

エルゼは、リリーと同じく青ざめていった。そして震え声で呟く。

「……淑女は結婚まで、ドレスに隠された肌を異性に見せてはならないと……教え育てられますし……何より旦那様は、お嬢様や坊ちゃまの教育には、殊更厳格な方ですね……」

そうだ。この国の女性は、貞淑さを重んじて育てられ、一般的に、淑女はドレスの下を伴侶以外に見せてはならないとされていた。内ももに聖印を宿したなどと民衆が知れば、なんてふしだらな女だと揶揄《やゆ》されるのは必至。それに父は、貴族は民を支え安寧へ導く者だと、兄やリリーの教育にはかなり力を注いでいた。堅物の父が知ったら、きっと失望する。おまけにこんな事実が知れ渡れば、父や兄、母までも嘲笑《ちょうしょう》の的となり、ノイナー家は社会的立場を失う恐れがあった。

本来、おめでたい奇跡を身に宿しながら、授かった場所が場所だけに、リリーはこの世の終わりのような声で呟いた。

「……私……………絶対に誰にも、聖印を宿したなんて言えないわ……」

三

園遊会を途中退席した翌日、静謐《せいひつ》な空気に包まれた王宮で、ハーラルトは物憂げに頬杖《ほおづえ》をついていた。

彼がいるのは、眼下に王都を眺められる、東塔に設けられた私室だ。部屋の西側には暖炉があり、その手前に長椅子が向かい合わせで備えつけられている。椅子の間にある背の低いテーブルの上には焼き菓子とフルーツが並べられていたが、今は端に寄せられ、魔法薬の入った瓶がずらりと並んでいた。

公務のない平日ながら、上等な青地の衣装を纏《まと》ったハーラルトは、うんざりと口を開く。

「だから、俺はもう大丈夫だと言っただろう。昨日の痛みは一過性だったようだから、もう下がれ」

ハーラルトの周囲には、三名もの魔法医がいた。

一人は魔法のルーペで彼の肌を検分し、一人は呪文を呟いて、身体異常を検知する魔法の煙を吹きつける。もう一人は真実の粉という、呪いをあぶり出す魔法の粉を振りまいて、園遊会で着ていたハーラルトの衣服を確認していた。

「あぶら汗をかくくらい痛かったのでしょう。それに本日の殿下のご様子は、平生《へいぜい》とは異なりすぎます。原因が摑めるまで、調査させます。――下がるな」

ふん、と鼻を鳴らして一蹴《いっしゅう》したのは、少し離れた位置からハーラルトを見ていた近侍、オリヴァー・ブラルである。

ハーラルトの命令で下がろうとしていた彼らは、オリヴァーにドスのきいた声で命令を覆され、戸惑う。どうするか目でお伺いを立てられたハーラルトは、近侍の意見にしぶしぶ折れた。

「……続けてくれ」

魔法医たちはほっとし、粛々《しゅくしゅく》と作業を続ける。

オリヴァーは、四年前にハーラルト自身が近侍に推した人間だった。以前は魔法省の魔法犯罪を取り締まる部署に名を連ねていたが、その優秀さを見込んで、側仕《そばづか》えにしたのである。

近侍は、王族自身が各省庁所属の官吏《かんり》の内、優秀な人材を指名する。

通常、王族の傍近くに侍ることを許されるのは、身分ある者だけだ。ところが彼は民間出身の魔法使いで、その上採用当時は弱冠二十四歳という若さ。異例の昇進を妬《ねた》み、王宮内では、彼をまともな素養も身につけていない田舎者、と罵《のの》しる人間も多かった。

しかし実力を認めて登用したのはハーラルト。表だってオリヴァーに喧嘩《けんか》を売る者は見受けられなかった。

ハーラルトは現在、身分重視で登用されている王宮の雇用を、能力重視へと変革させようとしている最中である。その先駆けがオリヴァーで、採用したがために苦労をかけている自覚はあった。もっとも、弁舌《べんぜつ》で彼に勝てる者はいないだろうし、ましてや魔法でなど勝負するだけ無駄だろう。オリヴァーは、王立図書館にある魔法書を全部暗記し、知らぬ魔法はないという人間だ。

ただ偏屈な奴《やつ》で、ハーラルトの近侍となり、給金も跳ね上がったのに、散髪を面倒くさがって、いつも黒い前髪で目が隠れていた。おまけに前髪の隙間から黒い瞳がちらっと見えたかと思えば、その目つきはすこぶる悪い。

当人にそのつもりはなくとも、視線を向けるだけで睨《にら》んでいると誤解され、王宮に勤める女性陣からは大層不評だった。

当人は気にしていないようなので、そこに救いがある、とハーラルトは思う。

なにせオリヴァーは、口が悪いのだ。ハーラルトが一つ文句を言えば、十の反論で応酬し、難癖をつけてくる相手は慇懃《いんぎん》無礼《ぶれい》にかわすのが当たり前。これで女性を口説くなど無理だろうと、この四年、恋人の影も形もない近侍を、常々不憫《ふびん》に感じている。でも本人がそれでいいなら、余計な話だ。

「そもそも殿下は、わざわざお招きしたエレオノーラ姫を、まともに歓待できぬままご退席されたのです。気のせいだったみたいです、では言い訳にもなりません。実は腹を下していたのですが、恥ずかしかったから戻らなかったとでも言いますか？　それにしては、尋常でない苦しみようでしたし、寝室へお連れしたあと、手洗いへ駆け込まれる様子もありませんでした。ベッドの上で青ざめ、珍しく呻《うめ》き声まで上げておられたではありませんか。あれは異常です。いくら魔法医学を修めていらっしゃるとはいえ、軽率な自己判断は禁物です」

——これである。

さっきのお小言で終わればいいものを、オリヴァーは追い打ちを忘れない。

王立学院で魔法医学を修了したハーラルトは、魔法医の資格もあった。医者の知識がありながら、いい加減を言うなと叱られた彼は、天を仰ぐ。

「お前はもう少し柔らかな物言いになると、女性から慕われると思う」

オリヴァーは目つきは悪いが、鼻筋はすっと通り、眉も唇も形良かった。端整な顔といって差し支《つか》えないのだから、物言いさえ変えればすぐに恋人もできよう。

そう助言してみるも、彼は皮肉げにはっと笑った。

「女性の話がしたいのなら、コンラートが適任です。私は魔法以外に興味はありません」

——そんなだから、お前は二十八歳にもなって恋人ができないんだぞ、オリヴァー……。

ハーラルトは心の中でのみ言い返し、もう何も言うまい、と扉前に控えていた近衛兵——コンラートに目を向けた。

園遊会でも同伴していた彼は、ブルーム侯爵家の嫡男である。働かずともいい身分だが、酔狂で近衛副隊長をしていた。フェアトラーク王国の近衛部隊は六部隊あり、隊長が率いる四部隊が国王夫妻の、副隊長が率いる二部隊がハーラルトの護衛だ。

金髪碧眼で、派手な外見をしている彼は、とにかく女性に人気がある。当人も女好きで、暇さえあれば可愛いご令嬢を口説いていた。

しかしなぜか醜聞《しゅうぶん》は全く聞かず、剣と魔法の腕も確かなことから、ハーラルトの近衛兵に宛てがわれている。ちなみに王族の近衛兵は、半数が武術もできる魔法使いだ。

コンラートはキラッと白い歯を輝かせて笑った。

「女性と言えば、昨日の園遊会で初めてノイナー侯爵のご息女を拝見しました。『魔性の一族』の二つ名に相応《ふさわ》しい、艶あるご令嬢でしたね！」

ハーラルトは怪訝に眉を顰める。

彼女の姿は、今も鮮明に思い出せた。華奢な体に、透けるような白い肌。明るい陽の光を弾く栗色の髪と一緒に、ドレスの布地が軽やかに風に揺れ、おとぎ話にでも出てくる深窓の姫君のようだった。

周囲に視線を走らせたところ、参加していた貴族令息どころか、厳しい教育を受けた近衛兵までもが目を奪われていたので、彼女が美しいのは確かだったと思う。

——しかし彼女は、艶あるご令嬢というより、おっとりとした優しげなご令嬢じゃないか？

あの日、ハーラルトとリリーはかなり離れた位置にいた。

風に乗って届いた、さして大きくもない彼女の声に気づき、彼は振り返った。耳がつい拾ってしまう、優しく穏やかな声。すぐにリリーだとわかった。

ハーラルトは、十二歳の幼い頃、短い期間だったけれど、リリーと友人関係にあったのだ。

当時から外務省に勤めていた彼女の父、アダム・ノイナーの職場が王宮内にあり、彼女はよく父親の職場を訪ねていた。アダムが仕事で手が離せない時、リリーはハーラルトの部屋を訪れ、一緒に遊んでいたのである。

そんな気安い交流ができていたのは、アダムが歴史あるノイナー侯爵家の当主で、身分も確かだったからだ。アダムは事前に、リリーがハーラルトの部屋を訪ねる許しを国王夫妻から得ていて、二人は気兼ねなく、夕暮れ時のほんの数時間を一緒に過ごした。

日暮れ時が多かったのは、リリーが王宮へ来る時間帯が、父親の仕事終わりの頃合いだったせいだ。彼女は父親が家に帰ってくるのを待てず、王宮まで迎えに来ては、時折早く来すぎちゃったのと言って、ハーラルトの部屋を訪ねていたのである。

父親を待つ時間潰しに会いに来られて、ハーラルトは少しばかり気に入らなかった。でも彼女は、ハーラルトと気負いなく話し、笑い、喧嘩をしてくれる大切な友人で、初恋の人だったから、全部許せてしまった。

おっとりと笑う、ほんの少し強がりで、優しい性格の女の子。彼女は十歳だった。

ずっと一緒に過ごしたかったけれど、出会った年の冬、彼女は急激に体調を崩し、僅か数カ月の交流期間のあと、領地へ下がってしまった。

淡い恋心も告げられぬまま離れてしまったハーラルトは、以降、彼女と連絡を取らなかった。王太子である彼は、将来、国のために別の女性と政略結婚をしなければならない可能性もあったからである。

彼女が王都を去ったあと、確実に責任を取れる保証もないのに、特定の令嬢と殊更に親しくしてはならないと両親から正され、ハーラルトは自分の立場をわきまえたのだ。

以来、彼は私情を表に出さず、己の感情にすら固執しないように努めて育った。

しかしこの八年、ハーラルトは誰にも興味を持てなかった。十八歳の頃から寄せられ始めた縁談は全て「何か違う」と断り、言い寄る令嬢にも手を出さない。世継ぎを望む官吏たちは、では誰がいいのだと尋ねるが、彼はさて、と首を傾げるばかり。

官吏たちは業を煮やし、王都中の令嬢を集める催しを開くから、好みの令嬢を指名しろと迫った。それが昨日の園遊会で、己の立場を理解していた彼は、頷く他なかった。

固執していないつもりだったけれど、結局ハーラルトは、二十歳になるまでリリーを忘れられていなかったのである。頭のどこかで、ずっと彼女について考えていた。

リリーは未だ、王都に戻らない。今も体調が悪いのならば、ハーラルトの婚約者として指名はできなかった。リリーは、王都の環境に耐えられず領地へ下がったのだ。芳《かんば》しくない体調で王都へ連れ戻せば、気温の変化に体がついていけず、床に臥《ふ》せるのは必至。ましてや世継ぎなど、彼女の命を短くするだけである。

リリーを望みながら、彼女を想うがゆえに、ハーラルトは本心を口にできなかったのだ。

結婚を先延ばしにする悪あがきも、もう通用しない年齢だった。ついに彼女を諦めねばならない時が来たのだと、彼は寂寥《せきりょう》を感じていた。

そんなある日――ハーラルトは、外交政策会議で、ノイナー侯爵の娘がやっとお披露目されると雑談する、議員らの声を耳にする。園遊会が開かれる少し前だった。しかも彼らの話では、リリーはまだ婚約者がいないとか。

ハーラルトは、喜びと憂いが合わさった、複雑な感情に襲われた。

彼女の噂を聞いたその会議で、外務省は隣国の王女・エレオノーラの来訪が決まったと報告し、ハーラルトと隣国姫の政略結婚を提案したからである。彼らは、国交を結び、隣国姫を娶《めと》れば万事安泰だと言うのだ。

その方針を採用するかどうかはまだ検討中だが、今後どうなるかわからない。

ハーラルトは、国のためならば長年の恋情を呑まねばならぬ己の立場を苦く感じながら、園遊会に参加したのだった。

当日、彼はリリーがこの庭園のどこかにいると意識しながら、ヴンター王国の姫君・エレオノーラを接待していた。


エレオノーラは、園遊会の数日前からフェアトラーク王国に来訪していた。彼女は、友好を結ぶために外務省がごり押しで招いた賓客《ひんかく》だ。この数日、ハーラルトは彼女と共に王立図書館へ出向き、文化や風習の説明をしたり、王都の案内をしたりと、しょっちゅう応対役をしていた。

コンラートよりもずっと落ち着いた金色の髪に、青い瞳を持つ彼女は、十八歳という年齢に相応しからぬ、泰然とした少女である。まだ国交も結んでいない異国へ単身で渡り、不安だろうに、そんな表情は一切見せなかった。常に真顔で、冷静な声音で対応する。ともすれば、不機嫌にも見えていたのだが、顔を合わせる回数が増える毎《ごと》に表情は和み、最近は笑顔も見られるようになった。

彼女は恐らく、人見知りだ。

王族といえば、幼少期から乳母や侍女、使用人、講師など多くの人間に囲まれて育つ。だから人見知りなどあり得るか、とも思うのだが、そういう姫もいるのかもしれないと、ハーラルトは詮索しなかった。

彼はリリー以外の異性に興味がなく、いつもの調子で、必要最低限の交流に留めていたのだ。会話を弾ませるために必要な、彼女の好みと、目につく特徴のみを認識し、社交用の笑みを湛《たた》える。

エレオノーラは読書家で、只人ながら魔道具に興味がある王女だった。そしてたまに、自分が連れてきた、ヴンター王国の近衛隊長・アスランに怯《おび》える。

彼女はアスランが近づくと、時折震えるのだ。

エレオノーラの話によると、アスランは、ヴンター王国が滅ぼした国の、将軍クラスにあった男らしい。国を落とされた折に、ヴンター王国軍へ下るよう命じられたのだとか。国を守り切れなかった兵にとって、その命令は屈辱だったろう。

彼はそういった感情の一切を呑んでヴンター王国軍に名を連ね、このたびエレオノーラの身辺警護として近衛隊長に推されたそうだ。エレオノーラが連れてきた近衛兵の中には、このような過去のある者が彼以外にも十数名含まれていた。

そんな男たちに囲まれているならば、いつ喉元を斬《き》られるかと恐れるのも仕方ない。

不憫に思うものの、アスランの話をしていた際、彼女は大層嬉しげで、ハーラルトは今ひとつ、エレオノーラの内実を推し量れないままだった。

そんなエレオノーラと話している最中に、ハーラルトはリリーの声を聞いたのだ。隣国姫と政略結婚をせねばならないかもしれない己の状況を承知しながらも、胸が熱くなった。

――懐かしい。またリリーの声を聞いて話せる。彼女は、俺に笑いかけてくれるだろうか。

即刻、エレオノーラに『花を見てはいかがか』と適当な理由をつけて移動を促し、彼女の元へ向かったくらいには、彼は浮き足立っていた。

可能な限り自然な流れで対面したリリーは、記憶にある面影を残しながら、美しく成長していた。背中に届く髪は艶やかで、少し垂れた翡翠色の瞳は、かつて同様優しい性格が滲む。けれど長い睫《まつげ》が作る影がそう見せるのか、彼女の視線は幼少期と違って色香があった。紅を塗った口元は甘い果実を彷彿とさせ、白い肌と相まって、肌を粟立《あわだ》たせる艶を感じる。

二十歳にして未だ未婚のハーラルトは、多くの令嬢から色香を振りまかれるのが常だった。次期王妃になりたい女性陣の眼差しはとにかく熱っぽく、引いてしまうほど言い寄られる。

そんな多くの女性に見慣れたハーラルトでも、彼女は美しく見え、それ以上に、愛《いと》しさが胸一杯に広がった。

――やっと会えた。

込み上げる熱い恋情を抑え、ハーラルトはまず、彼女の兄・イザークと挨拶を交わす。次いでリリーと言葉を交わそうとした時、彼女の挨拶を聞いて、彼の思考は停止した。

彼女は、『お初にお目にかかります、ハーラルト殿下、エレオノーラ姫』と言ったのだ。

衝撃を受け、ハーラルトは黙り込んでしまう。その態度を奇妙に感じたのか、先に口を開いたエレオノーラが、こちらを気にしながら、ハーラルトと知り合いなのかと尋ねた。そしてリリーは改めて言った。

――『ハーラルト殿下ともこれが初対面です』と。

ショックだった。

愛しさと懐かしさを抱いて会いに行った少女は、自分を綺麗さっぱり忘れていたのである。


園遊会の翌日――周囲に三名もの魔法医を侍らせたハーラルトは、本日数十回目の、重苦しいため息を吐《つ》いた。

今日の彼は、いつもと違う。

彼の日常は、軍部の訓練、そして執務の二つだ。考えごとをしていても、仕事に影響を及ぼすことはこれまで一度もなかった。なのに今日は、簡単な書面の確認も見落としが多かった。オリヴァーに確認されては、そんな文言あったか？　と書類を読み直す有様。それどころか、おとなしく書面を読んでいられず、半時ごとに席を立って室内をうろつく。

仕事をせねばとは考えているのに、どうにも鼓動が常よりも速く、気もそぞろになるのだ。

冷静沈着で、どんなに沢山の仕事が用意されても、平然と熟《こな》していく普段とあまりに違いすぎた。

オリヴァーが異常だと呟き、魔法医を三名召還して、現在の状況と相成ったのである。

魔法医にあちこち触られながらも、ハーラルトが考えるのはリリーのことだ。

――なぜだ……？　なぜリリーは俺を忘れている？　それなりに記憶に残る出来事だってあっただろう。あれか、俺にとっては大事な思い出も、彼女にとっては些末《さまつ》なことだったということか？　そんなことがあるだろうか。彼女は昔からぼんやりと……もとい、大らかな人だったが、しかし……。

――こんなことなら、父上や母上の小言など無視して、手紙の一つ、いや数百通なり送りつけておくべきだったな……。

幼少期、みだりに特定の令嬢と親しくしすぎるなと両親からたしなめられ、何もアクションを取ってこなかった彼は、己の行動を後悔しきりであった。彼女のためだと己に言い聞かせて我慢していたものの、すっかり忘れられてしまうなどとは、想像もしていなかったのだ。

「――殿下。少々失礼致します」

魔法医の一人が、顔を覗き込む。彼はハーラルトの瞼《まぶた》を押し広げ、目にルーペを近づけて検分し始めた。

何かあれば全身くまなく確認される己の立場を、彼は恨めしく思う。

身分などなければ、もっと自由に人を想うことも叶《かな》うのに――。

一人の少女を想い続けたハーラルトの胸が、チクリと痛んだ。

僅《わず》かに眉根を寄せた時、じーっとハーラルトの藍色の瞳を観察していた魔法医が、瞬いた。

「……おや。瞳の中に、何かある……。これはなんでしょう。奇妙な文様が……」

――文様？

ハーラルトは身を強《こわ》ばらせる。瞳の中など、触れもしない場所だ。どうやったら文様が描かれるのか。

魔法医の呟きを聞いたオリヴァーが、足早に近づいた。彼は魔法医を押しのけて、ハーラルトの瞼を無遠慮に広げる。

「おい、待て。一度瞬きさせろ」

しばらく魔法医が見ていたから、瞬きが必要だと言うも、オリヴァーは無慈悲だった。

「——我慢してください」

——目が乾くのを我慢させるとは、お前はどんな鬼畜だ。

内心ツッコミを入れている間に、オリヴァーは真剣な表情でハーラルトの瞳を凝視する。

闇よりもずっと濃い、オリヴァーの黒い瞳を見返していると、彼は眉を顰めた。

「……呪いの文様ではないな。だが見たこともない。なんだ、これは……？」

「あれ、オリヴァーでも知らない魔法なんかあるんだ？」

コンラートが、友人故の気安さがある、かなり砕けた口調でオリヴァーに尋ねた。魔法の知識で右に出る者はいない彼は、あからさまに不満顔で睨み返す。

「この俺に、知らぬ魔法があるはずないだろう」

「でもわからないのだろう？」

「わからんが、俺にわからぬのだから、この世の誰にもわからぬ魔法だ」

「へえ、新しい魔法ってこと？　すごいね。魔法は開発され尽くしたって言われて久しいのに。ここ数百年、新しい魔法なんか誰も開発してないよね」

「確かに……。しかし新しい魔法など、俺でもまだ作れていないのに、作れる者があるか？」

納得がいかん、と口元を歪《ゆが》めるオリヴァーに、ハーラルトは命じた。

「おい、もう離せ。そろそろ限界だ。泣くぞ」

瞳が乾きすぎて、涙が溢れそうだった。オリヴァーは今気づいたという顔で、手を離す。

「失礼を。失念しておりました」

「お前は、もっと俺に優しくしてもいいと思うな……」

やっと手を離されたハーラルトは瞬きをして、まだ乾いている違和感に目を押さえた。涙が滲み、息を吐く。そしてふと、園遊会の日を思い出した。

「そういえば、昨日の激痛は、瞳から全身に走り抜けた感じだった。あんな耐えられない痛みは初めてだったから、どこから痛みが走ったか、忘れていたな……」

オリヴァーがピクッと眉を跳ね上げる。

「……耐えられない痛み？　あの日は、体が痛いとしかおっしゃらなかったではありませんか。なぜ正しく症状をおっしゃらないのです」

細かい注文をつける近侍を、ハーラルトは面倒な気分で見やった。

あの日の出来事は、細かく話したくないのだ。

リリーの声に誘われて彼女の元へ行ったハーラルトは、彼女と視線を交わした直後、いきなり鼓動が乱れ始め、呼吸が浅くなった。

――女性の前で息を乱しているなど、変態だろう。

己の状態に困惑しながらも、彼女を不快にさせたくなくて、ハーラルトは手で口を覆った。しかし症状は治まるどころか悪化する。

体が熱を持ち、突如、頭の中はたった一つの感情に支配されかかったのだ。

――好きだ。

強烈に彼女を想う気持ちが膨れ上がり、混乱した。確かにハーラルトは彼女に恋をしていた。しかしどんなに強く彼女を想ったところで、国が他の姫君との婚姻を望めば、従わざるを得ないのが王族だ。彼は立場をわきまえ、国の方針が定まるまで感情を押し殺すつもりだった。

なのに心が、鮮烈な感情に染められ、暴れ出す。

――好きだ。貴女しかいない。貴女以外なんて、考えられない。

今にも想いを口走りそうな衝動を覚え、動揺した。そして己の状態を落ち着かせる間もなく、獰《どう》猛《もう》な欲望が襲いかかる。

――リリーは俺のものだ。逃してはいけない。リリーを我がものにしなくては。たった今すぐ。この瞬間に。――彼女を、他の誰にも取られぬ内に。

即刻彼女に襲いかかってしまいそうな欲望が全身を染め、ハーラルトの息は震えた。

彼は幼少期から、女性には真摯に振る舞うものと教えられていた。どんな令嬢に対しても、気分を害させるなどあり得ない。ましてや欲望のまま押し倒すなど言語道断。そんな考えが浮かぶこと自体、今まで一度もなかった。

それなのに、これはどういうことだ――。

生粋《きっすい》の王太子であり紳士であったハーラルトは、己の状態に恐怖すら感じた。僅かに残っていた理性をかき集めて、彼女から離れる。すると、症状は一度落ち着いた。だが、安堵した刹那――全身に経験したことのない激痛が走り抜ける。

声を上げてしまいそうな痛みだった。衆目の中でなければ、昏倒《こんとう》していただろう。

彼は、エレオノーラを招いたこの園遊会でだけは、倒れるわけにはいかなかった。

議会は今のところ、隣国との友好的国交締結を推進しているが、和平に難色を示している強硬派議員も多くいた。ハーラルトが突然倒れたりしたら、彼らがどんな行動を取るかわからない。王太子が倒れた原因は隣国の者にあると虚偽を流布《るふ》し、国民を誘導する可能性だってある。

穏健派であるハーラルトは、この国を戦へと導いてはならぬと、歯を食いしばった。

けれど痛みは尋常でなく、意識を保つので精一杯。庭園の一角で立ちどまり、声も上げられなければ、身動きもとれない。

恐慌状態に陥りかけたその時、オリヴァーが転移魔法を行使してくれたのだった。

王太子として厳しく教育されたハーラルトは、感情を隠すのが得意だ。なのにあの日の彼は、剝《む》き出しの恋情と欲望に支配されかかり、人前でリリーを襲いかねない状態だったのである。そんな恥ずかしい事実を口にしたくなくて、彼は顔を顰《しか》める近侍に、しれっと言い返した。

「痛いとは言っただろう。それにすぐ治まった」

オリヴァーは大仰《おおぎょう》にため息を吐き、機嫌悪く口を開く。

「さようですか。ですが処置が遅れて本当に死にたくなければ、次からは正確な症状をおっしゃってください。言わないなら、死んでも私に責任はありませんからね。それと、言語を絶する激痛を伴って刻まれる、誰も見たことのない魔法陣に似た文様は、聖印です」

「――は？」

「え？」

ハーラルトとコンラートが、間抜けな声で聞き返し、魔法医たちはきょとんと彼を見返した。

オリヴァーは耳を疑った全員を睥睨《へいげい》し、当然の口調で繰り返す。

「ですから、聖印だと申し上げています。ご存じでしょう。フェアトラーク王国の初代王も授けられた、運命の恋人を約束する希有な印です。都度、神が新たな文様に作り変えて授けるもののようですから、私が知らなくても仕方ありません」

「……聖印」

ハーラルトが呟くと、オリヴァーは頷いた。

「はい。殿下には、神に定められた恋人がいらっしゃるようですね。しかし聖印は通常、肌に記されるとされております。瞳の中とは珍しい。記録に残しておかねばいけませんから、もう一度文様を見せて頂けますか。模写します」

「いや、待て。模写はあとにしろ。それより、聖印ということは、揃《そろ》いの印を持つ女性がこの世にいるということだろう？」

また瞼をひん剝かれそうになったハーラルトは、オリヴァーの手を避《よ》けて、確認する。彼は至極当然の顔で頷いた。

「はい。王宮書庫に保管されている建国記によれば、聖印は視線を交わすと生じるとか。昨日招いたご令嬢方をこちらで調べます」

仕事の早い近侍は、魔法の杖を呼び出し、早速参加者リストを手元に出現させる。出席者一覧を見ながら、満足そうな顔で言った。

「聖印はこの二百年、いずれの王国でも出現を確認されておりませんでしたが、殿下が授かるとは僥倖《ぎょうこう》。フェアトラーク王国にとって、聖印は軽視できぬ御印です。建国王の再来と謳《うた》われる殿下が、『祝福の血を宿す者』であると知られれば、国民の支持率は更に上がるでしょう。何せこの国の民は、幼少期より聖印の逸話を聞かされて育ち、あの伝説を殊更に愛しておりますから」

コンラートが意外そうに尋ねた。

「聖印って、授けられる時に痛みを伴うのか？　知らなかったな」

オリヴァーはひくっと口角をつり上げる。コンラートを見やり、鼻で笑った。

「そうだろうとも。民に知られている聖印の伝説は、聞き心地のよい、綺麗な部分だけが流布されているのだからな……」

「そうなんだ？」

「……聖印の真実は、建国記にのみ記されている」

オリヴァーは、意外そうな顔をするコンラートから視線を戻す。真顔で黙り込んでいるハーラルトに、にやっと意地の悪い笑みを浮かべた。

「――殿下も、せいぜい、聖印の力に引きずられぬようお気をつけくださいね……」

聖印とは、国民が考えているような、美しいばかりの契約ではない。どちらかというと、はた迷惑な部類の奇跡だ。

聖印伝説の真実を知るハーラルトは、涼しい顔で応じる。

「当たり前だろう。園遊会に出席した令嬢を当たるなら、まず急病で途中退席した者からにしろ」

ハーラルトですら身動きもできなかったのだ。女性ならきっと、気を失ってしまうだろう。

そう言うと、コンラートが指を鳴らした。

「途中退席したご令嬢なら、ノイナー侯爵のご息女もそうですよ！　貧血で倒れたらしく、場所が運悪く薔薇の茂みだったとかで、肌を酷く怪我されていたと。対応した近衛兵から聞きました」

「――怪我？」

ハーラルトは目を見開き、立ち上がる。彼女は只人で、大きな怪我は自力で治癒しきれない。もしも傷が残ったら大事だ。

頬を強ばらせたハーラルトの様子に、コンラートは慌ててつけ加える。

「あ、すぐに当直に入っていた魔法医が治療したそうです。傷痕も残らないと言っていました」

「そうか……ならいいが」

安堵して腰を下ろし直すと、オリヴァーが何かに感づいた表情で、淡々と口を挟んだ。

「……どちらにせよ、聖印を授かったご令嬢を探すよう手配致しますが、殿下がそのご令嬢とお会いするかどうかは、陛下のご了承を頂いたあととなります。それまで、勝手に動かれませぬように」

情勢をよく理解している近侍の忠告に、ハーラルトはふっと息を吐いて頷いた。

「そうだな」

――わかっている。エレオノーラとの政略結婚が検討されている今、運命の恋人など認められないかもしれない。対面を禁じられる可能性は高い。だが――。

彼は足を組み、窓の外に広がる青空に目を向ける。平静を装おうとして抑えられず、薄く笑った。

――これは僥倖だ。

視線を交わしたあとに、宿るとされている聖印。ハーラルトは、己の運命の恋人がリリーだと確信していた。

彼女と視線を重ねた直後に襲った、強烈な恋情と衝動。あれは、建国記に記されている通りの症状である。

ハーラルトは胸の内で、聖印を授けた神に感謝の言葉を並べた。

聖印はやっかいな授かり物だ。

だがどんなに面倒な副作用つきであろうと――彼女を手に入れる口実になるのだから。

二章　琥珀鳥《こはくちょう》と魔法の手紙

一

園遊会の翌日から、ノイナー侯爵家にはひっきりなしに便りが届いていた。どれもリリーとの結婚を望む内容である。身分ある子息からの手紙なので、手が込んでいて、当人の声で文面が読み上げられたり、手紙の上に差出人の映像が浮かび上がったり、頑なにリリー当人でなければ開けられない手紙なんかもあった。どれも魔法の手紙である。

「うーん。予想以上の反応だな……」

三日後の夕刻――家族が食後の団らんに使っている、一階にある図書室で、手紙を確認していた兄が呟いた。

壁面は天井まで届きそうな高さの書棚がいくつも並び、南側に備えつけられた暖炉の手前には揃いの長椅子と一人がけの椅子が二脚ずつある。そしてそれらの傍らには、小ぶりな円卓が置かれていた。

長椅子の端に座って手紙を読んでいた兄は、隣に座る母に一枚を渡す。

「見てよ、これ。書面の上で文字が躍って、最終的にリリーの顔になるよ」

リリーと同じ、栗色の髪に翡翠の瞳を持つ母は、紅を塗った唇がとても目を惹く。リリーと違ってその髪はふんわりと巻かれていて、纏うドレスは鎖骨がくっきりと出る艶あるデザイン。

三十九歳にして衰えのない美貌を持つ妖艶な母は、魔性の力があると評判の、色香ある眼差しで手紙を見下ろした。

「まあ、素敵ねえ。……ええでも、もう少しリリーを見ないとダメね。リリーの瞳はもっと可愛らしい、くりっとした形よ。ちょっと垂れているくらい。眉だってこんなにつり上がってないわ。これじゃあ色っぽすぎるわねえ。リリーは色っぽいのじゃなくて、可愛いのに」

親の欲目だろうか。しきりに実物のリリーは可愛いと繰り返す。

一緒に似顔絵を見ていた兄は、苦笑した。

「この方にはこんな顔に見えたのでしょう。まあ、願望も入ってるかもしれませんが」

母は眉尻を下げて、不満そうに鼻から息を吐き出す。

「うちのリリーに大人な女性を求めてもダメよねえ。リリーは何をするにものんびりしていて、こーんな男性を搦《から》めとってしまいそうな女の子じゃないもの」

「悪女にいいようにされたいという男もいますから、仕方ありません。この人は残念ながらお断りですね」

「それはどこの誰だ？　リリーを悪女扱いとは、けしからん」

向かいの長椅子に座っていた父が、手紙を寄越すよう言って、手を伸ばした。

手紙を渡された父は、差出人を確認して目を眇《すが》める。

「バッハ侯爵家の次男か。あの家は強硬派だろうに、穏健派の我が家に申し込みを入れるとは、父親と同じく面《つら》の皮の厚いことだな。事務次官のアショフと一緒に、フェアトラーク王国は多くの軍人を抱えているのだから、使わぬのでは意味がないなどとぬかしおって。まったくけしからん」

父は、瞳にかかる鈍い金色の髪をかき上げた。その青い瞳はどこか色香があり、壮年になっても体型は一切崩れていない。

娘から見ても父は見目麗しく、兄の世話をしている侍女たちによれば、未だ女性を惹きつけてやまないとか。しかも父は、隣国が自国を脅《おびや》かす有事に外務大臣に抜擢《ばってき》された、優秀な人物だ。社交の場では、既婚者なのに女性が群がって大変だと、父と一緒に夜会などに出席している兄が話していた。

といっても、リリーの両親は彼女が幼い頃から仲睦《なかむつ》まじく、今も相思相愛である。

――神様に永遠の愛を誓うって、素敵。

幼少期より理想通りの見本が身近にあった彼女は、未だに恋愛に夢を抱いている少女だった。

「で、リリー。どなたが気になる？」

「――え？」

ぼんやりしていたリリーは、いつの間にか膝の上に並べられた手紙を見下ろし、瞬きを繰り返す。

兄はにこっと人のいい笑みを浮かべた。

「お前がぼんやりしている間に、みんなで考えたよ。どれも良家のご子息だ。しかも嫡男！　将来安泰組から三つも申し込みが来たなんて、ラッキーだよリリー」

「……そう………」

リリーはそれぞれの手紙に浮かび上がる、相手方の容姿を見ていく。どなたも良家の子息らしく、立派な衣服に身を包み、自信に溢れた笑みを浮かべていた。

普通のご令嬢なら頬を赤らめ、ほんのちょっと恥ずかしそうに彼らを見つめるのだろうが、リリーの表情は平静そのものである。

それどころか、彼女は眉尻を下げ、泣き出しそうな顔でため息を吐いた。

「……あれ、顔も割と整った方を選んだつもりだったんだけど、気に入らなかった？　別に、その中から決めないといけないわけじゃないよ。また社交の場にいけば、申し込みも来るだろうし」

兄が言い添えるも、リリーは片手で頬を押さえ、切なげに瞳を揺らす。

「そうじゃないの。どなたも素敵だと思うわ。でも……」

リリーは本当のことを言ってしまいたくなった。でも言えない。

あの園遊会に参加して以降、リリーの心は乱れ、日常に支障をきたすほどだった。

常に鼓動はとくとくと速く、集中力も普段以上にない。気を抜くと理由もなく泣いてしまいそうな衝動に襲われ、わけがわからない状態だった。

全ては内ももに記された、聖印のせいだろう。でもその相手が誰なのかもわからないし、わかったとしても、聖印を見せる勇気もない。

本来、聖印を授かることはめでたく、喜ぶのが一般的だ。でもリリーは絶対に、誰にも言いたくなかった。内ももにできたの、なんて言ったら、百年の恋も冷めると思う。そうでしょう——？

彼女は心の中で、誰にともなく同意を求め、またため息を零した。

「……まるで恋煩《わずら》いね。園遊会で、一目惚れでもしてしまったの、リリー？」

様子を眺めていた母が、ほんのちょっと楽しそうに尋ねる。

リリーの心臓が、ドキッと高く跳ねた。とある人物が脳裏を過《よぎ》るも、リリーは彼をはっきりと思い出さぬよう、勢いよく首を振る。

「どど、どなたにも恋なんてしていないわ……っ。で、でも、結婚のお相手はしばらく考えさせてくださると……」

明らかに動揺した反応を見て、家族全員が微笑んだ時、リン、とドアベルが鳴る音が聞こえた。

父に茶を入れていた執事が手をとめる。

「また結婚の申し込みかな？　ベンノ、行ってきてくれるか」

「かしこまりました」

父に対応を求められた執事・ベンノは、控えていたリリーの侍女に茶の準備を任せると、一礼して部屋を出て行った。父はふう、と息を吐き、リリーに笑いかける。

「まあしかし、王宮の園遊会に招待されるお相手なら、多少家格が低くともかまわないよ、リリー。お前が幸せになるのが一番だからね」

「そうだね。お兄様としては上等な家に嫁いだ方が将来安泰かな、と思うけど、恋した相手がいるなら仕方ないね」

「恋したお相手と結婚できるのが一番よ。幸福になれるもの」

父、兄、母の順に声をかけられたリリーは、瞳をまん丸にした。否定したのに、全員、リリーが園遊会で恋をしたと決めつけている。

「え……あの、私、恋なんてしていないと申し上げましたが……」

三人は生暖かい笑顔でリリーを見つめ、彼女は頬に朱を上らせた。内心を見透かされたようで、恥ずかしい。

しばらくして、部屋の後方の扉がカチャリと静かに開いた。家族全員で振り返ると、対応に出ていたベンノが、一通の手紙を持って部屋に入るところだった。

彼は父の傍らに歩み寄り、戸惑った表情で手紙を差し出す。

「……王家より、書状をお預かり致しました。御使者様によりますと、お返事をすぐに、とのことで、エントランスホールでお待ちです。……旦那様、ご確認頂けるでしょうか?」

「私宛てかな」

仕事の確認事項なら、自分の部屋で確認しようと立ち上がりかけた父に、ベンノは首を振った。

「リリーお嬢様宛てだそうです」

「リリーに?」

王家との関わりなど一切ないリリーは、きょとんとする。父が確認すると、宛名はノイナー侯爵一家になっていた。封筒を開いた父は、怪訝そうに文書を読み、リリーに目を向ける。

「……リリー。最近、体のどこかに魔法陣に似た文様が刻まれた記憶はあるかい?」

「――」

リリーの心臓は、一瞬で凍りついた。彼女の傍らで茶を用意していた侍女・エルゼは、ガチャン、と茶器をひっくり返してしまう。

兄が面白そうに瞳を輝かせた。

「なんですか、それは。どういったご確認だろう？」

父は文面をもう一度読み直し、口角を上げた。

「……聖印だよ。どうやら、どなたかが聖印を授かられたようだね。対《つい》となる人を探しているようだよ。うん。この時期に、嬉しい報せだ」

フェアトラーク王国では、聖印は吉兆だ。他でもない、安寧の時代を築き上げた建国王が授かった奇跡で、聖印が出現すると、国を挙げての祝い事になるらしい。

らしい、というのも、聖印の出現は、百年に一度あるかどうかの奇跡。フェアトラーク王国内に限ると、前回の聖印は四百年も前だ。リリーのみならず、国民の誰もがその祝いのパレードなどを見たことはなく、史実の中でのみ語られる事実だった。

おめでたい聖印の話に、母も笑顔で加わる。

「王家からのご確認だなんて、身分高い方が授かられたのかしら。隣国とうまくいくかどうかというこの時期に、『祝福の血を宿す者』が現れたなんて、素敵ねえ。どなたかわかったら、お祝いの品をお贈りしなくちゃいけないわね」

兄がはっと明るく笑った。

「そうですね。でもとりあえず、リリーが授かってないかどうか聞かないと。もしもリリーが授かっていたら、我が家はてんてこ舞いになりそうだけど」

家族全員が頬を綻ばせ、リリーを振り返る。

聖印と聞いた時点で、身動き一つせず凝り固まっていたリリーは、浅い呼吸を繰り返し、ぎこちなく笑った。

「……いいえ、私は授かっておりません……」

母と兄が、それもそうだと笑う。

「そうよね。聖印なんて素敵なものを授かって、誰にも話さないはずがないわ」

「聖印を授かっていたら、そもそも結婚相手を探す必要もなくなったのに。あ、でも恋をしてるなら、聖印は授からなくてよかったとも言えるね」

母は兄を見返し、首を傾げた。

「あら、聖印って、惹かれ合っている者同士に与えられるのじゃなかった？」

「そうだったっけ？　他に好きな人がいるのに、それ以外の人と結ばれる運命だったなんてことになったらどうするんだろうって、昔考えたものだけど」

「でも聖印を授かったお二人は、永遠に想い合うのだから、他に好きな人なんていないはずよ」

「ああ、そうか。それもそうですね」

リリーは緊張した笑みを顔に貼り付けたまま、和気藹々《わきあいあい》とした雑談に聞き入っている振りをする。

その時、やけに冷静な声が、リリーの鼓膜を揺さぶった。

「……リリー、本当に授かっていないんだね？」

父は雑談に加わらず、じっとリリーの顔を見つめていた。冷静そのものの眼差しに、どきっと鼓動が大きく跳ね上がる。リリーは動揺を生唾と共に飲み込み、殊更に明るく笑った。

「はい、お父様」

「……そうか。では、使者にはそのように返事をしておこう」

父はベンノが用意した上質の紙に一筆したため、それを返答とした。

リリーの背を、冷たい汗が伝い落ちていった。

二

園遊会から一週間後の、よく晴れた午後だった。

二階にある私室で、リリーはエルゼに話しかける。

「……これは病気なのじゃないかしら、という気がしてきたのだけれど、お医者様に診《み》てもらってもいいと思う、エルゼ？」

窓辺の席に座る彼女の前には、焼き菓子が並んでいる。部屋の西側には揃いの長椅子と机があり、その脇には暖炉があった。暖炉の向かいにある壁には書棚が一つと、花を抽象的に描いた絵画が飾られている。それぞれの卓上に薔薇が置かれ、室内はほのかな甘い香りに包まれていた。

そんなくつろげるはずの空間で、リリーは常に落ち着かない。

日に日にリリーの鼓動は速さを増していた。集中力がなくなり、気がつくと考えないように努力していたあの人――ハーラルトを思い出してしまっている。

彼の姿が脳裏を過ると、胸が騒ぎ、寝つきも悪かった。そわそわ、うろうろと部屋を歩き回っては、寝室まで移動して、ベッドにうつぶせになる。そして呟くのだ。

「……こんなの、おかしい……」

ただ会って挨拶しただけなのに、どうして彼のことばかり考えているのだろう。胸が切ない。この奇妙な状態を説明しかね、リリーは侍女にも王太子の姿が頭から離れないとは、まだ伝えていなかった。

けれど時間が経っても事態は悪化の一途である。そこでもしやこれは病気では――？　と思考の転換を図り、胸が苦しいのだけど、医者に診てもらってもいいかと、侍女に確認しているのだった。

リリーの傍らで茶を用意していたエルゼは、困った顔をする。

「……ですから、いい加減旦那様方に御印のことを話すべきだと思います。お嬢様がお困りになっているその症状の数々は、きっと聖印が原因で……」

彼女は途中で言葉を切った。一階のエントランスホール辺りが騒がしく、彼女はリリーの座る窓辺から、ひょいっと下を見下ろす。

「……あら、お嬢様。王家の紋章つきの馬車ですよ。御使者様がいらっしゃった様子です」

「……まあ、また？」

リリーは侍女と一緒に一階の車寄せに目を向け、眉尻を下げた。家族の団らん時に王家から聖印の所在を確認する手紙が来て以来、これで三度目である。手紙の内容は同じだ。

リリーの体に聖印が現れていないか、という確認である。

一度返事をしたのに、と不思議がりながら、対応に出た父や母が同じ返答をしてくれていた。

エルゼは窓の外から視線を戻し、心配そうに呟く。

「……でも、よろしいのでしょうか。王家からの御使者なんて……。嘘《うそ》だと知れたら、罰を受けるのでは」

不安そうな声で尋ねられ、リリーは瞬いた。

エルゼの心配はもっともだ。でもあんな破廉恥な場所にできた聖印を、万が一確認させせろと言われたら、淑女としてお終《しま》いである。終生はしたない娘だとあざ笑われ、リリーは耐えきれず自害するかもしれない。

自害といわずとも、誰の目にも触れぬよう、辺境に逆戻りは確実だ。

己の思考に、リリーはあら、と表情を明るくした。——辺境に逆戻りだなんて、それはそれで素敵な話じゃない。

平生よりも集中力に欠けた彼女は、変な方向へ向かった考えに笑みを浮かべた。

「いいのよ、エルゼ。嘘をつこうと真実を言おうと、結果はあまり変わらないもの。あのような場所にできた印なんて、ノイナー家のためにも、誰にも知られてはいけないわ。ええ。だから私、結婚もせず領地に下がって、生涯独身を貫いた方がいいと思うのだけど、どうかしら」

その方が、エルゼだって地元に戻れていいだろう。

名案でしょうと同意を求めてみたところ、侍女は顔を歪めた。

「――それは無理だと思います、お嬢様。今だって、お嬢様の噂を聞いた方々から、結婚のお申し込みが来ているではありませんか。それに私、地元より王都の方が華やかで好きです……」

今もなお、ノイナー家にはひっきりなしに貴族令息たちから手紙が送られてきている。近頃は公園ですれ違っただけの人や、噂を聞いただけという人からも届いて、リリーは戸惑うばかりだ。

皆リリーの外見を見たり聞いたりして、結婚を申し込んできているのである。

――結婚って、心を通わせて恋をして、それで神様の前で永遠の愛を誓うものじゃないのかしら。

それにリリーは、母ほどの色香も妖艶さも持ち合わせていない。

恋愛結婚に憧れていたリリーは、会話すらしていない状態で結婚を申し込んでくる世の結婚観に、ついて行けない心地だった。

「……お申し込みは、お断りすればいいわ。エルゼが嫌なら、領地に戻るのは私だけでもいいし」

無理強いはするまい、と自分だけ領地に帰ると言うも、エルゼはスパッと言い返す。

「旦那様がお許しにならないと思います」

リリーは難しい顔になった。父が、これ以上年を重ねる前に嫁がせたいと考えているのは、肌で感じている。国の要職に就いているからには、家族も国民の見本となる振る舞いをする必要があるのだ。世間一般の常識から外れた行動は、可能な限り避けなければならなかった。

――それじゃあ、どうしようかしら。

中空を見上げて考えだした彼女は、しかし、その日からそれどころではなくなった。

繊細な刺繍やレースがふんだんに使われた薔薇色のドレスに身を包んだリリーは、額に冷や汗を滲ませる。

エントランスホールにいる彼女は、玄関扉を背に立つ、王家の使者と対面していた。

胸に魔法省の紋章が入った、黒の上下を身に纏った青年だ。

リリーも見覚えのある彼は、園遊会の日に王太子の傍にいた、黒髪の近侍である。あの日は全然目が見えなかったけれど、今日の彼は前髪を七三に分け、片目だけ見えていた。

ややつり目気味だが、綺麗な造作の人である。彼は漆黒の瞳を細め、品ある笑みを浮かべた。

「どうぞ、もう一度お考えください。園遊会の日に、体のいずこかに魔法陣に似た文様ができておりませんでしたか？」

「で、できておりません……」

これで五度目の来訪である。

三度目の来訪以降、王家の使者は、毎日ノイナー家を訪れるようになっていた。その上、三回目からリリー当人と話をさせろと言って、対面で聖印の確認をされ続けている。

日を追う毎に、使者の質問時間は長くなっていき、家族もおかしいと感じ始めている雰囲気だった。しかもこれまでの使者はお仕着せを着た人が来ていたのに、今日は王太子の近侍である。

聖印はないと言い張っていたリリーも、より高い地位にある人物の来訪に、動揺を隠しきれなくなっていた。

使者はリリーの顔色をしげしげと見やり、目を眇める。

「確信を持って断言できますか？　昨日お伺いした使者がお願い申し上げたはずですが、使用人を使い、ご自身で見られない箇所もご確認頂けたでしょうか。もしも聖印があるにもかかわらず、偽証されている場合は、罪に問われる可能性もございますよ。フェアトラーク王国では、聖印を授かった者に申請義務を課しております」

リリーの体温が、一気に下がった。よく考えると、そんな規則があった気がする。百年に一度あるかないかの奇跡だ。自分には無関係な話だと考えていたから、すっかり失念していた。

嘘をついていると知れたら、罪に問われる——。

リリーが罰せられるだけならまだいいけれど、家族までその火の粉《こ》をかぶり、同罪にされては申し訳ない。

リリーの背後には、心配した母と侍女のエルゼ、それに使用人全員がずらりと並んでいた。

こんな状況で、聖印ができているなどと、口が裂けても言えない。リリーが破廉恥な願望のある娘だったと知ったら、みんな失望して、出て行ってしまうかもしれない。それだけじゃない。リリーの聖印の話はすぐに王都中に広まるだろう。そして父や母、兄までもが笑いものにされて、身の置き場を失うのだ。

されど認めなければ、罰が下る可能性もあり——。

どちらにせよ絶望しか待っていないリリーは、貧血を起こし、くらりと倒れそうになった。その時、どこからともなく声が割って入る。

「――やめなさい、オリヴァー。怯えている」

リリーの意識が、急にはっきりとした。倒れかかっていた彼女は、傾いだ体を自力で立て直し、目の前の光景に目を丸くする。

オリヴァーと呼ばれた使者が、眉根を寄せて傍らに視線を向けた。

「……申し訳ございません。案外に強情なお方なので、つい……」

誰もいない場所に話しかけている。そう見えたのは束《つか》の間で、次の瞬きのあとには、忽然《こつぜん》とそこにフェアトラーク王国王太子・ハーラルトが登場していた。一拍後には、彼の後ろに近衛兵の制服を着た青年が二名同じように出現する。

転移魔法で舞い起こった風が、ハーラルトの銀色の髪を揺らした。

リリーの胸が大きく高鳴り、彼女は両手で口を押さえる。

――王太子殿下だわ……。ご挨拶しなくちゃ。でも、どうしよう……っ。

鼓動が急に速まり、リリーの思考は乱れだした。こめかみを、汗が伝い落ちる。

金糸の刺繍が入った清廉な白の上下に身を包んだ彼は、オリヴァーと呼んだ近侍から視線をこちらへ移す。乱れた前髪を掻き上げ、流麗な仕草で胸に手を置いた。リリーを一度見やってから、彼女の背後にいた母に微笑みを向ける。

「突然訪ねてしまい申し訳ない、ノイナー侯爵夫人、リリー嬢。また連日の王家からの問い合わせも、迷惑をかけてすまなく思っている」

いきなりの王太子登場に、母も使用人たちも驚きを顔に乗せた。

女主人である母はすぐに我に返り、スカートを摘《つま》んで挨拶をする。

「お目にかかれ、光栄でございます、ハーラルト王太子殿下。こちらこそ、連日のご来訪にもかかわらず、御使者様には同じ答えばかりをお返しすることとなり、申し訳なく存じます」

母の動きにはっとして、使用人たちも一様に頭を垂れた。彼は、ちらっとリリーに視線を戻す。

「……悪いのだが、少しリリー嬢と話をする時間をもらえないだろうか。簡単な確認を取りたくてね」

「……ご確認とおっしゃいますと……？」

母が訝《いぶか》しそうに尋ね、ハーラルトは胸の前で腕を組んだ。軽く片手で口元を押さえ、視線を足下に落とす。彼は考え込んだだけのようだったが、その仕草は品ある洗練されたもので、メイドたちが熱っぽいため息を零した。一国の王太子だ。間近で見られる機会は少なく、彼女たちの興奮も多少なり理解できる。

でもハーラルトは熱い眼差しなど慣れっこなのか、全く気にしていない顔つきで母と使用人たちを見やり、掌《てのひら》に杖を呼び出した。何か魔法を行使してから、首を傾げる。

「いや、何。どう考えても私の運命の恋人は彼女なのだが、何度確認しても当人が認めてくれないようなので、直接会って確かめようと思ったんだ」

リリーは目を点にし、母はぽかんとした。

彼の声は、水中で話されているような反響音を伴っていた。これは、己の言葉を対象者以外に聞こえないようにする、『秘密のお話』という魔法だ。彼の声が聞こえているのは、リリーと母だけのようである。

――王太子殿下の、運命の恋人……？

リリーは頭が混乱して、彼の言う意味がわからず、首を振った。

「……何かの、間違いでは」

母も額に汗を滲ませ、首を傾げる。

「わ……私どもの娘が、殿下の運命の恋人だなんて、そのようなおこがましいことは……」

ハーラルトはふっと息を吐き、艶ある笑みを浮かべた。

「……なぜだろう？　まあ、聖印を宿すなど奇跡だ。運命の恋人だと考えるのは、一般的ではないかな。けれどリリー嬢は外務大臣を任じられたノイナー侯爵の娘だ。私の妻として迎え入れるに、何の支障もないと思うが？」

「リリーを、殿下の妻に……」

母は何を思ったのか、黙り込む。リリーは話についていけず、茫然《ぼうぜん》自失だ。

ハーラルトはこの場にいる全員の理解を待たず、リリーに向き直った。リリーが肩を揺らし、一歩退くと、ハーラルトはにこっと、煌びやかな笑みを浮かべる。

彼女が退いた分、一歩距離を詰めて、優しく言った。

「そう怯えないでくれないか、リリー嬢。何も怖いことなど起きないよ。今日はただ、聖印の出現を確認したいだけだから。……貴女も聖印特有の、副作用に悩んでいるだろう？」

「聖印特有の、副作用……？」

リリーの声は震えていた。

ハーラルトが現れた時点で、身の内では、形容しがたい気持ちが溢れ返っていた。胸が切なく締めつけられ、再び彼の顔を見られた喜びに満ちている。合わせてリリーの日常を乱している数々の症状が増幅して、全身を襲っていた。

リリーと視線を重ねたハーラルトは、一度目を逸らし、ため息を吐く。

「……ああ、やはり。これはキツい……」

苦しそうな声で呟くと、大きく息を吸い、顔を上げた。また杖を振り、何か魔法を行使する。

「すまないが、ここからは貴女と私だけの内緒話だ」

リリーは会話に加わっていた母に目を向けた。母は『秘密のお話』の魔法から抜けてしまったらしい。

ハーラルトは母の様子を確認してから、リリーに甘く微笑みかける。

「聖印の副作用を説明しよう。その症状は『餓《かつ》え』と言ってね、まず一番顕著なのは、動悸」

リリーは彼の笑みにドキッと鼓動を跳ねさせ、返答はせずに一歩下がった。

聞き覚えのない症状の話を始めた彼は、杖を消し、穏やかな表情でまた一歩近づく。

「次いで脈拍の増加による、息切れ」

リリーは更に一歩下がり、心の中でその症状もある、と頷いた。彼はまた一歩詰め、困り笑顔で続ける。

「これは私にとって割と大きな問題なのだけれど、集中力の欠如に、不眠も伴うね。思考はまとまらず、気がつけば一人の人間について考え続け、使い物にならない」

リリーはいつの間にか、エントランスホールの壁際まで後退していた。これ以上下がれない彼女に、ハーラルトは靴音を鳴らしてゆっくりと近づいていく。彼との距離が近づく毎に、リリーの顔は真っ赤になっていった。

瞳は彼一人しか映し込まず、鼓動はうるさく騒ぐ。

ハーラルトはどう見ても、素敵な青年だった。

背は高く、均整の取れた肢体。銀糸の髪はさらさらで、瞳は切れ長。高い鼻に形良い唇。苦しそうに胸を押さえたその動作さえ、恰好《かっこう》いい。

リリーはこみ上げる感情に抗《あらが》えず、瞳を潤ませて、うっとりと彼に見入った。

ハーラルトもまた、平静とは言いがたい表情で彼女に見入る。

熱くリリーだけを見つめ、切なげに瞳を眇めた。そして両腕を伸ばし、壁際に追い詰めたリリーを、自身の腕で囲ってしまう。

フェアトラーク王国では現在、政略結婚と恋愛結婚の割合は半々だ。恋愛結婚は幸福なことだと考えられているが、貞操観念は、政略結婚が主流だった時代から変わっていなかった。

未婚の男女は二人きりになるべきではなく、たまたまでも、二人だけの場面を他者に見られれば、男性は責任を取らねばならないのが慣例だ。

リリーは、頭の片隅でこれはよくないと思う。屋内とはいえ、母や使用人、そして王家の臣下らが見ているのだ。衆目の中で堂々と迫られている恰好になり、これではリリーは、王太子のお手つきだと、ありもしない噂が流れかねない状況だった。

視界の端に、震える指先で唇を押さえる母の姿が見える。しかし王家の臣下らは、平然と主人の動向を見守り、注意する気配もなかった。

その主人の方も、己の行動に全く疑問を抱いていない顔つきで、腕の中のリリーに静かに問いかける。

「……リリー嬢。なぜ貴女が認めないのか、私には理由を想像できないのだけれど、それは横に置いておこう。とにかく私たちは、一刻も早く契約をするべきだと思う。――お互いの、平穏な日常生活を取り戻すためにも」

リリーは、浅くなった呼吸を楽にするために、薄く唇を開いた。ぷっくりとして艶やかなそれに、ハーラルトの視線が注がれる。彼は眉根を寄せ、苦しげに尋ねた。

「……聖印を授かっているのだろう、リリー嬢……？」

刹那、リリーの頬が強ばった。

――聖印。

破廉恥な願望のある自分を、この世の誰にも知られたくない。

恋愛経験のない、恋に憧れのあった少女だからこそ、彼女の羞恥心は人一倍だった。

リリーは失望される未来を想像して、唇を震わせる。認めてしまいたい衝動を堪え、彼女は一生懸命に首を振った。

「……い、いいえ、殿下……、私は、聖印など授かっておりません……」

「――」

ここまで、甘ったるくも優しい笑みと声音でリリーに質問していたハーラルトは、表情を失った。数秒黙り込んだのち、やや低い声で問う。

「――なぜ認めてくれないのだろうか」

彼の声から反響が消えた。集中力が切れたのか、急に彼の魔法が解除されていた。二人の声が聞こえだし、周囲が聞き耳を立て始めたのを感じる。

リリーは必死に、自身の欲求に抗った。今にも彼の胸に飛び込んでしまいたい、説明不可能な衝動に襲われていたのだ。小刻みに震えながら、たどたどしく答える。

「さ、授かって、いないからで……っ」

返答の途中で、ハーラルトはカッと目を見開き、幾分声を荒らげた。

「どう見ても授かっているだろう……っ。そんな顔をして、偽りが通じるとでも……！」

そんな顔……――？

ハーラルトの勢いに押され、言葉をなくした彼女は、瞳にじわりと涙を滲ませた。両手で頬を覆い、今にも泣きそうな顔になる。

ただでさえあんなはしたない場所に聖印を授かったのだ。この上、顔までおかしなことになっていたら、立ち直れなかった。

どんな返答をしたらよいのかわからず、唇を震わせるしかない。

二人を離れた場所から見守っていた近侍・オリヴァーが咳払《せきばら》いをした。

「殿下。紳士の面が剝がれています。リリー嬢が泣きそうですよ」

ハーラルトはリリーの瞳に視線を注ぎ、ぎくっとした。さっと顔を背けて、不自然に深呼吸をする。

「……すまない。泣かせるつもりは……。このところ動悸が収まらず、睡眠不足で平生通りにいかなくて……」

元の優しい声音に戻り、リリーはほっとした。

ハーラルトも自分と同じく、毎日落ち着かず、動悸や不眠に苦しんでいるらしい。

どうして——？　と考えた彼女は、やっと、彼も自分と同じ聖印を授かっているのだと思い至った。彼の出現でまともに思考ができず、自身と対になる相手が王太子だとは、気づかなかったのだ。

リリーは眉尻を下げ、ハーラルトの頰に手を伸ばす。

「大丈夫ですか……？　症状が治まるお薬などはないのでしょうか……」

この症状は辛《つら》い。治したい気持ちは理解できると、彼女は心から心配そうに確認した。

ハーラルトはリリーを見下ろす。王都に出回っている肖像画では、美しいばかりだった藍色の瞳の奥に、抑えようのない炎が灯《とも》った。

「……治める方法はある。口づけの契約さえできれば、万事解決だ」

言いたくても言えない場所に聖印を授かったリリーは、びくっとハーラルトの頰から手を離す。

震える手で己の口元を押さえ、俯いた。

——あんな場所に、出会って二度しか顔を合わせていない王太子殿下が、キスをするだなんて！

動揺のあまり目が泳ぎ、彼女は頬を赤く染めてまごつく。

それはいかにも、初心《うぶ》な少女が不安に瞳を揺らし惑う、大変可愛らしい仕草だった。

彼女の動作を無言で眺めていたハーラルトは、壁についていた掌を拳に変える。堪えきれないような微《かす》かな呻きを漏らし、ぼそっと言った。

「……好きだ」

「――」

リリーの鼓動が、今日一番に大きく跳ね上がり、周囲がざわめく。

「まあ、お嬢様ったら、王太子殿下までお射止めに……⁉」

「こんな人前で、口説かれるとは……」

「殿下は、お嬢様を娶るおつもりか……⁉」

厳しい貞操観念のあるこの国では、人前で直接的に女性を口説く行為は、実質結婚の申し入れに近かった。王族である彼がそれを知らぬはずもなく、事前になんの情報も報されていなかった使用人たちは、落ち着きを失う。

だが周りの声は、リリーの耳に届いていなかった。彼女は俯いたまま目を見開き、胸を押さえる。

――好き……？

ハーラルトと出会って以来、リリーの胸は騒ぎ、気を抜くと彼のことばかり考えてしまっていた。顔を合わせればその姿に鼓動が乱れ、瞳は潤み、熱いため息が零れる。

ずっと、わけがわからないと感じていた全てが、今、ストンと理解できた。

リリーは、ハーラルトに恋をしているのだ。出会った瞬間、恋に落ちてしまった。そして彼も、リリーを好きだと言う。

経験したことのない速さで鼓動が乱れ、リリーは再び頭が真っ白になりかけた。なんとか冷静になろうと考えを巡らせ、拳を握る。

――私が、ハーラルト殿下を好き……!? でも、突然恋に落ちるなんて、それじゃまるで一目惚れだわ……っ。

一目惚れだけは避けようと考えていた彼女は、己の恋心に納得がいかず、そして我に返った。

――違うわ。これは、聖印のせい。

聖印を授かったから、ハーラルトに惹かれているのだ。本当の恋とは言いがたい。それに彼は恐らく、隣国姫と政略結婚をするはず。

リリーは動揺しきった顔を上げ、使用人たちに首を振った。

「何かの、間違いよ……っ。ハーラルト殿下は、エレオノーラ姫とご婚約されるはずだもの……っ」

けれど切なげな彼の告白が記憶に鮮明で、首元まで真っ赤になってしまう。心は恋情に染まり、その気になれば触れてしまえる距離にあったハーラルトの顔に、息を震わせた。

彼は、目を見開いてリリーを見つめている。

――恋人でもないのに、こんなに近くにいるなんて、間違えている。

僅かに残った理性の声に従い、リリーは渾身《こんしん》の力で彼の胸を押した。

「……っリリー嬢……！」

「わ、私は聖印なんて授かっておりません！　どうぞ他を当たってくださいませ……！」

彼女は駆け出し、呼びとめる声に振り返りもせず、王太子の元から逃げ去ったのだった。


柔らかな栗色の髪と、レースも愛らしいスカートを揺らして、リリーはエントランスホールから二階へと続く大階段を上る。ハーラルトは、彼女が屋敷の奥に消えるまで見送り、ため息を吐いた。

そして先ほどまでの情熱的な態度が嘘のように、いつもの涼しげな貴公子の顔に戻って、リリーの母・エリーザに声をかける。

「申し訳ない、ノイナー侯爵夫人。どうやら彼女を驚かせてしまったようだ」

「え……ええ。あ、い、いいえ、滅相もございません」

エリーザはその通りだと答えかけて、言い直した。

ハーラルトは彼女の戸惑いなど一切気づいていません、という顔で、穏やかに尋ねる。

「ところで先ほど、使用人の何名かが、リリー嬢が王太子まで射止めたというようなことを言っていたと思うのだが……リリー嬢には、すでに他家より申し込みがあるのだろうか？」

結婚の申し込みの有無を確認すると、エリーザは一度間を置いてから頷いた。

「はい。お恥ずかしながら、十八歳になるこれまで、娘には一切そのようなお話はございませんでしたが、先日お招き頂いた園遊会より、目にとめてくださったお家《いえ》がいくつか……」

「そうか」

ハーラルトは短く頷くと、前髪を掻き上げる。冷えた表情であらぬ方向を見つめ、しばらく考えたあと、気を取り直した顔でエリーザに微笑みかけた。

「……驚かせてすまなかった。後日改めて、王家より説明をしよう。それまで今日の出来事は、他言無用にできるだろうか？」

ハーラルトの瞳は、エリーザから背後に控える使用人たちに向けられた。

王太子から暗に黙っていろ、と命じられた使用人たちは、全員びくっと肩を揺らす。蛇に睨まれたカエルがごとく、一斉に頷き返し、ハーラルトは笑みを深めて頷いた。

「ありがとう。それではノイナー侯爵夫人、またお会いできるのを楽しみにしている」

彼はエリーザに歩み寄り、手の甲に軽く口づけて挨拶をすると、ノイナー家の人々に背を向けた。

エントランスホールの扉口付近にいた近侍と近衛兵は、自分たちの元へ戻ってくる主人の顔つきを見て、緊張を走らせる。

「……そんな顔、一般の人に見せちゃダメですからね……殿下」

唯一、気圧《けお》されなかった近衛兵の一人・コンラートが忠告するも、ハーラルトは返答しなかった。

掌に杖を呼び出し、前置きなく転移魔法を行使する。近侍たちもそれに続いて、次々に姿を消していった。

消え去る瞬間――王太子は瞳を剣呑《けんのん》な色に染め、誰にも聞こえない声で呟いた。

「彼女は俺のものだ。――誰にも譲らない」

三

ハーラルトが突然屋敷に現れて嵐のように去って行った日の夜、リリーは彼の告白が耳について離れず、よく眠れなかった。掠《かす》れた声は艶やかで、一晩中心臓がドキドキした。

事情を聞かれると思っていたのだが、動揺していたリリーの顔を見に来た母は、家族でまた明日話しましょうねと、猶予をくれた。外務省が飼っている使い魔の猫がやってきて、父と兄は急ぎの仕事が入って戻れないと言づけていき、全員揃うのが翌日になったからだ。

使い魔とは、人を手助けする、魔力を持つ動物だ。普通の動物よりも長寿で、人語は操らないものの、言葉を理解する。

フェアトラーク王国では、各省庁で使い魔が飼われており、魔法が使えない只人も、魔法の手紙などを送れるシステムになっていた。

手紙や言づてを運ぶ時、彼らはふわふわと空を歩いてやってくる。その姿は実に優雅で、リリーは目にするたび、空を歩くってどんな感覚なのかしら、と想像を巡らしていた。

そんなこんなで、結局リリーは父や母に事情を説明しないまま朝を迎えた。そして部屋の空気を入れ換えようと私室の窓を開け、彼女は凍りつく。

窓枠の縁に、頭は銀、体は翡翠、尾羽は青の美しい小鳥がいたのだ。瞳の色が琥珀色であることから、琥珀鳥と呼ばれるその鳥は、非常に頭のよい動物として有名だった。獰猛な魔物が生息する高山を好んでねぐらにし、魔物の魔力を掠め取って生きている。彼らの餌は、魔力だ。そして彼らを御せるのは、上質な魔力を持つ者だけとされていて、フェアトラーク王国では、代々王族のみがこの琥珀鳥を使い魔として飼育していた。

その鳥が、クルルと可愛らしい声を出して首を傾げ、窓辺にとまっていたのだ。ぎょっとしても仕方ないだろう。

「……お、おはようございます……」

リリーはとりあえず、高貴な人が飼う鳥に挨拶をしてみた。琥珀鳥は瞳を輝かせ、とんとんと窓辺で跳ねると、お辞儀する。その後、自身の風切羽を一枚抜き取り、空中に放り投げた。その羽根はシュッと形を変え、手紙になってリリーの手に収まる。

「音声での手紙は苦手だから、紙の手紙を送ります。リリー嬢、昨日の不躾《ぶしつけ》な真似《まね》を許して欲しい。けれど私は、偽りを口にしていない」

リリーはびくっと肩を揺らし、鳥を見る。鳥の口から吐き出された声は、ハーラルトのそれであった。鳥は用事はすんだとばかりに、くるっと背を向けて大空に飛び去っていく。

残されたリリーは、手元に残された、王家の紋章入りの封筒を恐る恐る開いた。

二つに折られた便箋は、開くとふわっと甘い香りが漂う。どんな模様も入っていないシンプルな紙ながら、上品さが滲んでいた。

『親愛なるリリー嬢へ

昨日は突然訪ねてしまい、驚かせたことだろうと思う。「秘密のお話」の魔法が切れているにもかかわらず、人前で貴女への想いを口にしてしまい、心から謝罪申し上げる。申し訳なかった。

けれどあの言葉に偽りはなく、訂正するつもりはない。

貴女が聖印の出現を認めていない状態で、このような形を取ってしまうのは心苦しい。

だが我が国の慣習に則《のっと》り、私は貴女を婚約者候補として王宮へ召し上げる。

園遊会以降、貴女の元へ届いている多くの申し込みは、王家より返信させて頂く。

貴女は私の唯一無二だ。私は愛する者を他の男に譲るほど、心広くはない。

リリー嬢。貴女が聖印の出現を認め、私と契約を交わしてくれる日を心待ちにしている。

貴女の王宮への召喚は、四日後に定まった。取り急ぎ、ご連絡申し上げる。

——愛を込めて。ハーラルト

追伸
聖印に関して、他言無用と陛下よりご裁可がくだった。私と、貴女が授かっているはずの聖印については、許しがあるまで、今知っている人以外には秘密にしておいてください』
手紙を読み終わったリリーは、呆然とした。
「……え?」
寝起きのネグリジェ姿だった彼女は、所々跳ねた栗色の髪を揺らして、あわあわと視線を彷徨《さまよ》わせる。
「ど、どうしよう……」
「……あら、お嬢様。今日は早起きですね。おはようございます」

カチャリと扉が開く音に振り返ったリリーは、笑顔で挨拶をする侍女・エルゼに、頬を真っ赤にして駆け寄った。

「どうしよう、エルゼ……っ。ハーラルト殿下が、私を王宮へ召し上げると……！」

「――へ？」

事態を理解していない侍女に、手紙を見せて説明しようとするも、それはポンッと音を立てて小鳥の羽根に戻ってしまう。

ひらひらと床に舞い降りていく翡翠色の羽根を見つめ、説明の手段を失ったリリーは、立ち尽くした。リリー以外の目に触れることなく、あっけなく消え去ってしまった彼の元手紙の羽根を見つめ、彼女は震え声で呟く。

「……魔法のお手紙は、色々な形があるのね……」

長年片田舎で過ごし、只人としてのんびり過ごしてきた彼女にとって、ハーラルトの魔法は斬新であった。

「……なぜこのようなことに……」

昼前に戻ってきた父は、ノイナー侯爵家の一階にある図書室に家族を集め、疲労困憊《ひろうこんぱい》の顔で額を押さえた。

一人掛けの椅子に座る父の手前には、同じく疲れ果てた顔つきの兄が長椅子の端に座っており、生気のない目で足下を見つめている。

兄の向かいにある長椅子に座った母は驚いた顔をし、父と向かい合う位置にある、一人掛けの椅子に座ったリリーは、項垂《うなだ》れていた。

昨日の出来事を二人に報告できないまま朝を迎えていたのだが、説明はいらなかったらしい。

昨晩、父と兄が戻ってこなかったのは、他でもないハーラルト自身が、ノイナー家での出来事を説明していたせいだったのだ。

曰く——昨日ハーラルトは、使用人とはいえ、多くの人前でリリーに想いを告げた。

いくら他言無用を命じたところで、あれで放り出すわけにはいかない。この国は、男女が二人きりでいるだけで責任問題になるのだ。どんなに口どめしても、いつか必ず噂は広まり、リリーはハーラルトの寵姫《ちょうき》だと認知されるだろう。

何もせず放っておいたら、今度はハーラルトに手を出されて捨てられたと、不名誉な噂がつきまとうようになる。身に覚えはなくとも、傷物として扱われ、社交界での立場は悪くなる一方だ。

——己の失態を認め、責任を取る。リリー・ノイナーを私の婚約者候補として召し上げる——。

彼は父と兄、そして主要な臣下を集めてこう宣言したそうである。

「リリー」

父に名を呼ばれ、リリーは肩を震わせた。

「……はい、お父様」

何を言われるのかわからず、緊張した彼女に、父は眉尻を下げる。

「……本当なのか？　ハーラルト殿下は本当に、お前に想いを告げられたのか」

「……はい」

もうハーラルト自身から聞いているはずの質問をされ、リリーは戸惑いつつ頷く。父の顔が苦渋に歪んだ。

「……お父様は、反対だ」

視線を逸らし、首を振った。

「詳しくは話せないのだが、今、外務省はとても大切な政策を進めていてね。ハーラルト殿下は、その政策は破棄してかまわないとおっしゃるが、お父様の立場では、頷けないお話なんだ。殿下とお前の婚約は、どうしても認められないんだよ、リリー」

恐らくそれは、ハーラルトとエレオノーラの政略結婚だ。リリーは部外秘の事柄を決して口にしない父の内実を察し、頷く。

「はい、お父様」

それなら自分は、国の将来のためにも、不名誉な噂を甘んじて受け入れよう。そう決意しようとした彼女に、父は弱り切った声で続けた。

「……だが、国王命令がくだってしまった。お前は必ず王宮へ召し上げられる」

「え？」

きょとんと聞き返すと、父に代わり、寝不足顔の兄が口を挟んだ。

「僕たちにもわからないんだけれどね。ハーラルト殿下が説明されている最中に陛下がやってきて、リリーは必ず王宮へ召し上げよとご下命になったんだ。なんでも、建国記に記された定めに触れるとかで。詳しくご説明を願っても、説明することそのものが禁に触れるのだとおっしゃって、何も教えて下さらない。……陛下や王太子殿下の側近は理解している風だったんだけど、何も知らないこちらは、困惑するしかないんだよ」

「建国記……」

リリーは眉尻を下げ、指先で口元を押さえた。

フェアトラーク王国には、建国記という、王族とごく一部の許された臣下のみが目を通せる書物がある。その内容は国民に流布されている歴史書とあまり変わらないそうだが、建国記そのものには複製ができぬよう呪いがかけられているという。

初代国王が制作させたらしいが、各ページに沢山の魔法がかかっていて、手にするのも危険な書物だと、実《まこと》しやかに伝えられていた。

肩を落としていた父が、顔を上げる。心なしか、瞳に涙が滲んでいる気がした。

「いいかいリリー。たとえお相手がハーラルト殿下であろうと、貞淑を忘れてはいけないよ。お前は誰とも婚約していない、未婚の令嬢なんだ。今回のお召しだって、あくまで婚約者候補というだけで、婚約者になるわけじゃない」

「……どうして婚約者候補なのです？　貴方のご政策と関係があるのですか？」

母が怪訝に尋ねると、父は唇を引き結んだ。答えたくないという顔をした父を横目に、兄が答える。

「……父上の反対も理由になっているんだけど、ハーラルト殿下は、リリー当人の気持ちが定まってから、婚約者になって欲しいと考えられているそうだよ。なんでも、リリーは殿下の告白に応じなかったんだろう?」

リリーはくっと喉を鳴らした。とんでもない場所に聖印ができたので、ハーラルトに応じられなかったのだとは言えない。

家族にもまだ、聖印の出現を打ち明けられていないリリーは、じわりと額に汗を滲ませた。

母はそうなの、とリリーを見やり、ふと呟く。

「だけど、リリー。昨日ハーラルト殿下は、貴女を〝運命の恋人〟だとおっしゃっていなかった? 聖印がどうのとおっしゃっていたように思うのだけれど」

核心を突く質問をされ、リリーは凍りついた。父が眉を顰める。

「……そういえばこのところ、連日王家より聖印の有無を確認されていたな……。リリー、聖印を授かっているのか……? ハーラルト殿下も聖印を授かっていると……?」

聖印を授かっていると知れたら、父はどんな反応をするだろうか。少なくとも喜んではくれないだろう。その上、聖印の位置が位置だ。

リリーは国の未来を揺るがしたくもなければ、家族を嘲笑の的にもしたくなかった。

それに今朝方ハーラルトからもらった手紙に、聖印については他言無用と書いていた。言うべきではないと確信し、リリーは首を振る。

「いいえ……。私も殿下も、聖印は授かっておりません……」

父はほっと頷いた。

「そうか。……リリー、お前が殿下との婚姻を望まないなら、無理に応えなくていい。今回のお召しで、巷《ちまた》にはお前が殿下の寵姫だと噂が流れ、今後縁談の来手はなくなるだろう。だがお前は私の娘だ。恋愛結婚は難しくとも、お父様が必ずよい嫁ぎ先を見つけてあげるから、決して殿下に身を許してはいけないよ。……お前のために、只人でも使える逃走用魔道具を調達しよう。襲われそうになったら、殿下を殴って逃げなさい……っ」

「逃げ……」

王宮とはいえ、同じ屋根の下。あらぬ心配をして、父は苦悶の表情になった。けれど恋もしたことのなかった初心なリリーは、あまりに露骨に心配され、青ざめる。

「……貴方。もう少し言い方はないの。それにお相手は、あのハーラルト殿下よ。紳士で有名な殿下が、ご無体な真似をなさるはずもないでしょう」

リリーの気持ちを察した母にたしなめられるも、父はかっと声を荒らげた。

「何を言っているんだ、エリーザ！　既に無体な真似をなさっているだろう！　殿下は、私たちの手元から突然、娘を取り上げようとされている……っ。私は、リリーが嫁ぐその日まで、共に過ごせると考えていたのに……！」

嫁ぎ先を早く見つけろとせっついていた割に、心の準備はできていなかったらしい。珍しく狼狽《ろうばい》を露《あら》わにする父の姿に、名を呼んで訴えられた母は黙した。

父は目尻に涙を滲ませ、恨み節だ。

「一晩中ご再考願ったにもかかわらず、陛下も殿下もお譲りくださらなかった……っ。エリーザと私の可愛い娘に、何かあったらどうする。あの若造……じゃない、ハーラルト殿下には、教会で式を挙げるまでは、絶対にリリーに手を出さないと誓約書を書かせたのだ。現状、リリーとの結婚など認められないが――あの誓約は守ってもらわねば困る！」

臣下でありながら、王太子に誓約書を書かせたのか――と、リリーは目を丸くした。寝ていないのだろう二人の様子からも、相当突っぱねたのがわかる。

王家の威光も恐れぬ父の愛情に、リリーは頬を染めて俯いた。彼女は、政策の成功云々《うんぬん》とは別のベクトルで、大切にされているようである。

可愛らしく俯いたリリーを見つめ、父は悔しげに目頭を押さえた。

「穏やかで平凡な恋愛結婚をさせてやりたかっただけなのに……っ、なぜ私の娘が、このような目に……！　幼い頃も今も、どうして殿下は、私の娘に手を出そうとされるのだ……っ」

「……？　……私、ハーラルト殿下とは、この間の園遊会が初対面よね、お父様……？」

まるで昔、ハーラルトとリリーに何かあったかのような物言いに、首を傾げる。

父は顔を強ばらせ、すぐに笑みを浮かべた。

「あ、ああ、そうだよ。言い間違えただけだ。気にしなくていいよ、リリー」

「……はい……」

父の返答を聞いた兄が、はあー……と重く長いため息を吐き、母は眉尻を下げて頬を押さえる。

二人はなぜか、もの言いたげに父を見つめていた。

三章　やっかいな副作用と恋する王子

一

ノイナー家を訪ねた二日後、ハーラルトは腰に剣を下げ、自身の執務室から続く回廊を歩いていた。丁寧に表面を研磨された大理石で造られていた廊下は、冷えた空気に包まれている。

聖印を授かったことが発覚して、ハーラルトはすぐ、父王に報告をした。父王は普段から内心を表に出さない人だが、報告を受けた瞬間、彼の瞳が輝いたのをハーラルトは見逃さなかった。

現状、ハーラルトとエレオノーラの婚姻を望む臣下は少なくない。それが最も楽な友好関係の保証になるからだ。しかしこれを提言する外務省に対し、父王は吟味《ぎんみ》するとだけ応じて、まだ答えを出していなかった。

父王には即答を避ける理由があり、ハーラルトもまた、安易な道に進むべきではないと考えている。フェアトラーク王国はあまりにも、新興国家に及び腰になりすぎている気がしていた。

隣国との国交を締結すると決議されて以降、交渉は全てフェアトラーク王国側から動いている。先方に出向き、要望を聞き、対応を練るといった具合だ。

ヴンター王国は、フェアトラーク王国側に国交締結を望むのならば、相応の金銭を寄越せと要求していた。即決できぬ額を提示され、外務省は今、なんとか値下げ交渉を続けている。

そして家臣らは、政略結婚を勧める第一の理由として、エレオノーラの反応を挙げていた。彼女がハーラルトに向ける眼差し。とろりと潤んだ瞳で、頬は常にほんのりと赤い。あれは恋する少女の姿だとして、議会では、エレオノーラがハーラルトを望んだなら、結婚以外に道はないと言う者があった。それは何の疑問も抱いていない調子で、ハーラルトは現状に危うさを感じている。

一千年を超えて安寧の時を刻んできた大国が、僅か百年あまりの歴史しか持たない新興国家におもねるのか――？　と。言葉にはしていないが、ハーラルトはフェアトラーク王国が、国家としての矜持《きょうじ》を失おうとしているように感じられた。

軌道修正を図るならば今しかないだろう。ハーラルトは、唯々諾々と隣国の意向に従い、誇り高きフェアトラーク王国の歴史に影を落とす王にだけはなりたくなかった。

父王には、聖印については今しばらく、特に信頼の篤い臣下以外には極秘とするよう命じられている。今後の方針も定まっていないこの状態では、混乱を招くだけであり、議会を納得させるには時間が必要だ。それは重々承知しているが――と、ハーラルトは重苦しく息を吐きだした。

『餓え』は日を追う毎に悪化している。

気を抜くとリリーのことしか考えられず、集中しようとしても、半時しか持たなかった。今も彼は、執務と渋面の近侍・オリヴァーを放り出して、息抜きに廊下を歩いているところだ。

本当は一人で過ごしたかったのだが、シックなブラウンの上着を羽織る彼の背後には、二名の近衛兵がついてきている。

他でもない、使えないハーラルトに不満顔をしていたオリヴァーが、絶対に連れて行けと譲らなかったのだ。

ハーラルトの様子を観察していたコンラートが、揶揄《からか》い半分に言った。

「いやあ、今の殿下でしたら、簡単に首を取れそうですね！　僕でも勝てそうな気がします」

明らかに集中力を欠き、不眠により精神を削られているハーラルトは、目尻を痙攣《けいれん》させる。不機嫌も露わに、ぼそっと言い返した。

「お前を不敬罪で投獄するのが先だろうがな」

隣国の出方はまだわからない。

友好のために招いたエレオノーラは、護衛と称して五十の兵を同伴してきていた。敵意がないことを示すために、フェアトラーク王国側は彼らの行動に制限をかけていない。王宮内は隣国兵も自由に闊歩《かっぽ》できるようになっている。

だが表向きは信頼を示そうとも、王宮の主要箇所を占拠、ないし王族に刃《やいば》を向けるのも可能な数だ。王宮内の空気はどこも緊張していた。――脳天気なコンラートを除いて。

もっとも、彼が普段通りなのは、腕に覚えがあるからだ。国王軍内の実力を競う闘技会で、彼は毎年将軍クラスと打ち合うところまで勝ち進んでいた。

ハーラルトも、昨年の闘技会では準優勝まで残り、魔法闘技会では毎年優勝を収めている。

こういった実績から、多少調子が悪かろうと、ハーラルトは隣国の近衛兵如《ごと》きに容易《たやす》く討ち取られはしない自負があった。普段と違って、有事に備え常に帯剣しているのはやや居心地が悪いが、仕方ない。

コンラートは明るく笑った。

「酷いなあ、冗談ですよ。でもノイナー侯爵家からお戻りになった殿下に対する、陛下のご指示はいささか意外でした。少々強引です」

「……『餓え』の症状を民衆が知ってしまえば、建国記の呪いがどこまで影響するかわからないからな……」

廊下に沿って設けられた窓から、オレンジの光が差し込んでいた。考え事をしていると、時間が経つのが早い。もう陽が沈む頃合いかと、どうでもいい感想を抱き、彼は一昨日の記憶を蘇らせた。

あの日のハーラルトは、我慢の限界を迎えていた。再三使者を送っているにもかかわらず、リリー当人がいっかな聖印の出現を認めない。

『餓え』の症状のおかげで仕事がはかどらず、遅れを取り戻すため、彼は連日、深夜まで仕事をしていた。彼女の聖印を確認してから、正式に議会に申告、婚約の手続きなりするつもりだったのに、どうにもこうにも動きが取れない状態だったのだ。

ハーラルトは色よい返答を持ち帰らない使いに苛立《いらだ》ち、五度目の訪問で、自ら赴《おもむ》いてしまった。

そして彼女を目の前にするや、激しい『餓え』の症状が襲ったのである。

強靱《きょうじん》な精神力でもって欲求を抑えていたが、終盤、頬を染めて恥ずかしそうにまごつくリリーが異様に可愛く、好きだと想いを告げた。『秘密のお話』の魔法も解いていた。

そんな真似をすれば、今後、リリーはハーラルトのお手つきだと噂が流れる。それも承知の上だった。

あの時、ハーラルトは彼女への激しい恋情に襲われながら、エレオノーラとの政略結婚を覆す術《すべ》を考え、答えを見つけたのだ。全てをうまくまとめる自信があった彼は、『餓え』に抗わずに告白したのである。

王宮へ戻ったハーラルトは、父王の元へ出向き、リリーに告白した旨を報告した。

王宮の奥宮で母とくつろいでいた父王は、ハーラルトから話を聞き、低い声で応じる。

「……お前はこれまで、よくできた息子だった。我慢強いお前が抑えきれなかったのなら、それは相当の感情だったのだろうな」

ハーラルトが計算ずくで動いたと知らない父王は、『餓え』に吞まれて行動したのだと判じ、ため息を吐いた。長椅子の傍らに腰掛けていた母に目を向け、頬杖をつく。

「……さて、どうしたものか」

ゆらゆらと揺れる灯火《とうか》の光が、父王の頬を照らし、視線を向けられた母は当然の顔で言った。

「どのような理由があれ、責任は取らねばなりません。未婚のお嬢さんの将来が関わっているのですから」

「――リリー嬢を、王宮へ召し上げるお許しを頂きたい」

ハーラルトが顔を上げて言うと、父王はちらりと視線を寄越し、冷笑を浮かべた。

「……召し上げて、どうする。妻にするとでも言うのか？　我が国に側室制度はないぞ、ハーラルト」

父王の言葉に、ハーラルトは顔色を変えなかったが、母は目を見開く。

フェアトラーク王国は、国王から民衆まで一夫一妻制度だった。父王は暗に、エレオノーラを正室に置くならば、リリーは愛人にするしかないと言っているのだ。

母は父王に非難の眼差しを向ける。

「貴方は、『祝福の血を宿す者』である息子の幸福を願わないのですか」

「レーナ。たとえ神の祝福を頂こうと、国のために目を瞑《つむ》らねばならないこともあるだろう？」

父王は母の名を呼んで、やんわりと返した。母は目を据える。

「では『餓え』で暴走した息子を許容し、被害を受けた少女の将来を潰すとおっしゃるのね。たった一人の少女も救えずに、何が国王でしょう。もしもこのままにするならば、ハーラルトも次期国王たる器ではなかったと言うしかありません」

ぴしゃりとたしなめられた父王は俯き、楽しそうにクックッと笑った。

「やはり、私の妻は素晴らしい。いつまでも私に媚《こ》びぬ、いい女だ」

その返答を聞いた母は眉間に皺《しわ》を刻み、緊張していたハーラルトは、うんざりした気分で視線を逸らす。

たまに繰り広げられる光景だった。父王は時折、こうして暗愚な王を演じ、母に怒られるのを楽しむ傾向にあるのだ。

――面倒くさい人だ。

「面倒くさい人」

母はハーラルトが内心に留めた言葉をきっぱりと口に出し、父はまた嬉しそうに笑った。それからハーラルトを振り返り、何の迷いもない顔つきで命じた。

「ではお前がこれ以上失態を犯さぬように、彼女を近くへ置くことを許そう。リリー・ノイナーをお前の婚約者候補として王宮へ召し上げる。『餓え』の症状は民衆に知られてはならぬ。建国記の呪いにより、民を失うのは避けたいからな」

建国記は、初代国王自身が授かった聖印に関する項目のほぼ全てが、複製・転載を禁じている。しかも聖印に関する特定の指定項目を王族、当事者、および特に許された者以外が知ると、命を落とす呪いつきだ。

この国で、聖印を授かった者は国に申請を――と義務づけているのは、事前に警告するためだった。

他国で自由に流布されていたらどうするのだ、とも思うのだが、不思議なことに、近隣各国全て、同じような禁則事項が発布されている。

もしもハーラルトが、外でリリーに会えば、『餓え』の症状を一般人に見せてしまう恐れがあった。何も知らない民衆が聖印の実態に気づき、悪気なく『餓え』について話しても、建国記の呪いが発動して命を奪われる。罪なき民の命を危険に晒《さら》したくないのは、ハーラルトも同じだった。

父王は足下に視線を落とし、皮肉げに言う。

「リリー嬢が聖印の出現を認めていないのならば、アダムには、息子がお前の娘を気に入ったから寄越せ、と命じることになるな。……あいつに恨まれそうだ」

リリーの父の名を呼んで、おかしそうに笑う。

王太子という立場上、ハーラルトもリリーの父、アダムの人となりを知っていた。豊富な知識と外交力を父王に買われ外務大臣に任じられた彼は、生粋の真面目人間だ。国王への忠誠心は篤いものの、誤ちはどのような相手にも恐れず正そうとする人なので、どこまで話を聞いてくれるか謎である。

父王は、異例の采配を振るうことになるこの事態を、楽しんでいるようだった。愉快そうな眼差しをハーラルトに向け、命じる。

「対応は早いほうがいい。今宵《こよい》、アダムらを集めて説明せよ。頃合いを見計らい、私も顔を出す。ただし、先だって申しつけた通り、お前たちの聖印については秘匿とする故、言葉は選べ」

ハーラルトの聖印について知っているのは、近侍のオリヴァーとコンラートら一部の近衛兵だけだ。リリーの聖印については、確認も取れておらず、出現を知っている者はいない。彼女の母親に聖印の出現を匂わせてはいるが、確証はない上、アダムの妻だ。後ほど改めて箝口令《かんこうれい》を出す必要はあろうが、不必要に口外しないだろう。

ハーラルトが呼び出す人員を頭の中で整理していると、母が呟いた。

「……けれど、どうして聖印の出現を認めないのでしょう」

「……アダムに似て、聡明《そうめい》なのだろうよ。きっと国の方針を理解している」

軽く見透かした父王の言葉に、ハーラルトはぎくりとする。告白した時、彼女は確かに、ハーラルトはエレオノーラと婚約するはずだと言っていた。

国の方針は極秘事項で、たとえ家族でもアダムは話していないだろう。彼女は父親の動向を見て、方針を察したのだ。

――それでも、父親の推し進める政策を守るため、『餓え』を堪えるのか――？　と、ハーラルトはわだかまりを感じた。

好きだと告白した時、彼女の顔は、明らかにハーラルトに惹かれていた。けれどその想いは、実父の政策を邪魔したくないという、親愛に負ける程度なのか――。

彼女は昔から、父親が大好きな子だった。幼い頃、彼女が自分に会いに来ていたのは、アダムを迎えに来たついでだ。そして今、彼女はハーラルトなどすっかり忘れ、己の気持ちよりも、父親の政策を優先する。――ハーラルトは、いつだってアダムに勝てない。

胸に悔しさが広がり、思わず唇を噛み締めた時、父王が鼻で笑った。

「『餓え』というのは、たまにはいいものだな。顔色の変わらぬお前の不満顔が、久しぶりに見られた」

はっと顔を上げるも、既に表情を見られたあとだ。父王はにやりと笑い、顎《あご》をしゃくる。

「お前が『餓え』に翻弄されているのは、よくわかった。建国記にはどう書かれていたかな。〝強い恋情〟に苛まれるのだったか。神もやっかいな奇跡を与えたものだな」

その通りだが、答えるのは癪《しゃく》で黙っていると、父王は首を振る。

「……まあせいぜい、聖印の確認だけは早い内にすませなさい。彼女を愛人にするか、正妻にするかは、まだわからぬが――彼女の命を守りきれなければ、お前を次期国王にはしない。わかっているな、ハーラルト？　気に入った娘一人も守れぬ者が、王になれるとは思うな」

ハーラルトは、すうっと息を吸う。ひたと突き刺さった、自分を見据える父王の目は、怜悧《れいり》な刃のようだった。

リリーを王宮に住まわせる意味は、十二分に理解している。彼女を婚約者候補として傍近くに置ける。だがそれは、王宮内を闊歩する隣国兵ともすれ違う機会が増えることを意味した。

エレオノーラが本当にハーラルトとの婚姻を望んでいれば、リリーは邪魔者だ。隣国王女の意向次第では、暗殺の対象になる可能性がある。

己を見定めようとする父王の眼差しに、ハーラルトは真顔で応じた。

「もちろん、承知しております」

そして彼は一晩をかけてアダムを説得し、絶対に手は出さないと誓約書を書いてやっと、リリーを王宮へ召し上げることを承諾させたのだった。

息抜きを兼ねて廊下を歩いていたハーラルトは、一昨日の記憶から現実に意識を戻す。前方から歩いてくる一団を認め、柔和な笑みを浮かべた。

空色のドレスを着たエレオノーラが、隣国兵を四名引き連れてこちらへ向かってきていたのだ。腰に届く金色の髪が、窓から差し込む夕日の光を反射している。いつも熱に浮かされているように潤んだ青い瞳が、ハーラルトを認めて細められた。

軽口を叩いていたコンラートが口を閉ざし、気配を消す。

互いに歩みを緩めず対面した二人の内、最初に口を開いたのは、エレオノーラだった。

「ごきげんよう、ハーラルト殿下。どちらへおいでですか？」

淡い花の香りがする。彼女の纏う香水は、彼女自身の佇まいと同じく、上品だ。

ハーラルトは外交用の笑みを浮かべた。

「執務の息抜きに出てきたところです。エレオノーラ姫は、いかがされました。今日は城下町へ出かけるとおっしゃっていたように思いますが」

「ええ。今戻ってきたところなのです。殿下にお土産をお渡ししようと思いまして……。アスラン、出して」

エレオノーラが目配せすると、彼女の斜め後ろに控えていた近衛隊長・アスランが、懐《ふところ》から絹の小袋を取り出した。隣国兵は皆、硬い空気を纏っているが、このアスランはそれが顕著だ。厳《いか》めしい表情で、常にひりつく空気を発し、己の主人にすら気を許していないのがわかる。

エレオノーラが彼の手から小袋を取った刹那、肌が触れるのも嫌なのか、不自然なまでの素早さで手を下ろした。

エレオノーラは少し悲しげにアスランを見上げ、視線を落とす。そしてハーラルトを振り返った。

「やはり長く安寧の時代を保たれている国は違いますね。城下町には沢山の珍しい魔法店や書店、小道具屋がありました。つい楽しくて、買いすぎてしまったくらい」

ハーラルトは瞳を細める。

豊富な書物や開発の進んだ魔道具は、生活に余裕があってこそ初めて発展する。戦続きのヴンター王国では、戦を続けるための税の徴収が激しく、民に余裕はないはずだ。

自国との違いを楽しんだ様子のエレオノーラに、ハーラルトは小首を傾げた。

「お好みの本はありましたか？」

エレオノーラは目を瞬き、恥ずかしそうに笑う。

「まあ、ハーラルト殿下はよくわかっておいでね。そうなの。あんまり沢山本を買ってしまったから、アスランにとめられてしまったくらいなのです。〝姫、あまり買いすぎると、持ち帰るのが大変です〟って。それで振り返ったら、彼の顔が隠れるくらい本を持たせていて、ごめんなさいって言ったの」

エレオノーラは頬を染めて、クスクスと笑い声を立てた。彼女だけを見ると、仲がよさそうな主従の話だ。しかしアスランを見やれば、その表情に困惑する。

彼はぴくりとも笑わず、鋭い眼差しをハーラルトの背後に控える近衛兵に向けているのである。

「そうそう。それで、魔道具店で面白いまじないが売っていたから、ぜひハーラルト殿下にお贈りしたいと思ったのです。どうぞ」

手渡された絹の小袋から中身を出したハーラルトは、反応に困った。それは色とりどりのガラスで作られた、ステンドグラスのようなまじない飾りだ。菱形《ひしがた》のガラスの下に細い糸で石が三つ吊《つ》り下げられていて、風に揺れると高く美しい音色を奏でる。

「これは……」

「『恋が叶うまじないガラス』」

ハーラルトの声に重ねて、エレオノーラは静かに言った。彼女は腰に下げていた自身の小袋から、色違いのまじないガラスを取り出して見せる。

いたずらっぽい眼差しで、ふふっと肩をすくめた。

「我が国では、恋のまじないなど不謹慎で、このような商品はありません。けれど、とても可愛らしいと思います。私の国も、いつかフェアトラーク王国のように、女の子たちが恋について一生懸命悩む、平和な時代が来るといいと願っています」

「……」

恋が叶うまじないガラスは、ハーラルトも知っている。対となるまじないガラスを好きな相手に贈って、告白の代わりにするのだ。だからフェアトラーク王国では、恋人同士がよくこの飾りガラスを持っていた。

ハーラルトは、エレオノーラの真意を測りかねて見つめ返す。

これではまるで、結婚したいと言っているようなものなのだが――ヴンター王国の姫君は、フェアトラーク王国の俗習を理解しているのだろうか。

彼女はにこっと笑って、首を傾げた。

「ハーラルト殿下には、可愛らしすぎるお土産だったでしょうか？　お気に召さなければ、どなたかに下賜《かし》されてくださいい」

「……そうですか。わかりました。ありがとうございます」

どう扱うか曖昧な返答をして、ハーラルトはまじないガラスを懐にしまった。雰囲気から察するに、俗習は知らないのだろう。

用がすんだ彼女は、踵《きびす》を返そうとして、もう一度ハーラルトを振り返る。

「そうだ、お伺いしました。寵姫を一人、王宮へ召し上げられるとか」

ハーラルトは内心、ぎくりとした。一昨日の決定事項は速やかに臣下たちに周知され、王宮には既にリリーの居室が準備されている。噂はたった二日で王宮内に広まっていた。

何も言わずに見返すと、彼女は先ほどよりも冷えた眼差しで、ハーラルトを見上げる。

「……園遊会で私もお会いした、ノイナー侯爵のお嬢様だそうですね。……とても美しいご令嬢でしたから、殿下が見初《みそ》められたのもわかります。私もお会いできるのを、楽しみにしております」

ハーラルトの心臓が、キンと冷えた。

エレオノーラとの政略結婚は、隣国から正式な打診があったわけではない。彼女の意向が定かでない現状、リリーを婚約者候補として王宮へ召し上げたことは、対外的に問題ではなかった。

だがもしも、臣下たちの考え通り、彼女がハーラルトの妻になりたいと考えていたら――。

血で血を洗う戦を続けている、ヴンター王国の姫君。彼女は、フェアトラーク王国に来て以来、終始穏やかに過ごしていた。しかし彼女の真意までは、読み切れていない。

武力と魔力で数多《あまた》の国を攻め落とし、侵略を続ける隣国の攻勢には、欲しいものは手に入れるという、強い念を感じた。

荒々しい戦略を敷いているのは、彼女の父王だ。エレオノーラが、父王と同じ気性を持っていたら、邪魔者は容赦なく排除しようと動くはず。

ハーラルトは大切な人を守るため、咄嗟《とっさ》に牽制《けんせい》を口にしていた。

「……彼女は体が弱いので、茶会などをするお時間が設けられるかどうか、わかりませんが」

エレオノーラが口を開きかけ、彼女の傍らにいた近衛隊長《アスラン》が鋭い眼差しをこちらに向ける。

「恐れながら、体が弱くては、次期王妃には不適格かと存じる。再考をお勧めする」

「――控えなさい、アスラン」

これまでの穏やかさからは想像できない、凛《りん》とした声だった。エレオノーラは自身の近衛兵をたしなめ、ハーラルトに膝を折って謝罪する。

「私の臣下が、出すぎた発言を致しました。お許しください。……それでは私はこれで、失礼致します」

「いや、かまわない。どうぞごゆるりとお過ごしください、エレオノーラ姫」

ハーラルトが言うと、エレオノーラはふわりと嬉しそうに笑って、今度こそ踵を返した。

ハーラルトはしばらくその場に立ち尽くし、彼女の姿が見えなくなった頃、息を吐く。

気配を消していたコンラートが、ひゅうっと口笛を吹いた。

「本心の摑めない姫君ですねえ」

「……そうだな」

単純に友好を築くために来たのか、隙を見つけて侵攻を図ろうとしているのか、はたまたハーラルトを手に入れようとしているのか。かの国の姫君は、いっかな思考が読めない人だった。

「ですが、あのアスランという近衛隊長。もしかしたら、リリー嬢に一目惚れしていたのかもしれませんね。殿下に再考をお勧めするなんて、直球だ」

「——うん？」

聞き捨てならない言葉に、ハーラルトは振り返る。にやにやと笑っていたコンラートは、半ば睨みつけられ、両手を挙げて降参のポーズをした。

「やだなあ、僕を怒らないでくださいよ、殿下。ほら、園遊会の日、リリー嬢もお倒れになったでしょう。あの時、医務室へ運ぶのを手伝ったのは、彼だったそうですよ。リリー嬢はお美しい上、ドレスも裂けていたそうですから、普通の男なら落ちますよ」

「……」

園遊会の光景が、瞬時にハーラルトの脳裏を駆け巡った。リリーが倒れた時、ハーラルトは彼女の傍におらず、状況は見ていない。しかしコンラートの言う通り、華奢で美しい令嬢が、ドレスの裂けた状態で腕の中にいれば、その気になるのも道理だろう。倒れる前、リリーは愛想よくエレオノーラとアスランに、あの愛らしくも不思議と色香を感じる微笑みを向けていた。

噂によれば、彼女に結婚を申し込んだ多くの者は、彼女の笑顔一つで陥落したという。

——リリーは、エレオノーラ姫に命を狙われるばかりか、隣国の近衛隊長からも別の意味で狙われるかもしれないのか……!?

ハーラルトは真顔になり、踵を返した。

「……部屋に戻る」

——一刻も早く、リリーを娶る必要がある。

だが前回会った際は、聖印の出現すら認めてくれず、逃げられたからな——。

頭を悩まし始めたハーラルトの背を、コンラートが小突いた。

「あ、次はちゃんと紳士にしないとダメですよ、殿下。リリー嬢は見た感じ、ものすごく初心ですから。この間みたいにいきなり迫ったら、また逃げられちゃいますよ！」

「…………そんなことは、わかっている……」

年頃の令嬢からは、言い寄られこそすれ、逃げられた経験のなかったハーラルトは、忌々《いまいま》しく女慣れした近衛兵を睨み返したのだった。

二

リリーの引っ越しは、内々に執《と》り行われた。王宮内の勤め人は、只人と魔法使いが半々だが、急ぎの場合は往々にして魔法使いが活躍する。当日は王家の紋章入りのローブを纏った魔法使いが三名現れ、ノイナー家がまとめた荷とリリーを一瞬で王宮へ転送した。

実質、引っ越しまでの準備期間は三日しかなく、衣装と必要最低限の物しか準備はできていない。しかし必要な物は王家側が都度用意すると確約されていて、母はあまり心配していなかった。

一方父は、リリーのドレスをハーラルトに用意されるのは業腹らしく、この三日間、侍女エルゼの実家――『バーナー衣装工房』を呼びよせ、これでもかと新しいドレスを新調させていた。

エルゼの一家は、魔力はあまり強くないながら代々魔法使いの血筋で、布地さえ揃えば、あっという間に何着も作ってしまうのだ。デザインも斬新なものが多く、最近人気が出てきている。

フェアトラーク王国では、異性に贈られた衣服を着ることは、贈り主の恋人だと認める行為になり、リリーが婚約を承諾していない以上、それだけは譲らない、と父は息巻いていたのだった。


王宮へ召し上げられたリリーはまず、国王と王妃に会い、挨拶をしていた。父も同伴しての対面は、大変和やかな雰囲気だった。

頭を垂れて形式的な挨拶をしてから、許しを得て顔を上げたのだが、リリーを見た王妃は、扇で口元を隠し、驚き交じりに言う。

「まあ、なんて可愛らしく育ったのかしら。この子がハーラルトのお嫁さんになってくれるの？　まあまあ。あの子が失態を犯すなんて、と驚いていたのだけれど、これは仕方ないわね……」

父が気合いを入れて作らせた、ベージュと桃色の布地でできたフレア型のドレスは、あちこちにワインレッドカラーのリボンや刺繍が施され、とても可愛らしい仕上がりだった。肘から広がる鈴型の袖にはレースが使われ、腰からドレスに沿って垂らされた薄布と一緒に、小さな動きでふわふわと揺れる。

背に届く髪はハーフアップにされ、ドレスと同じ色のリボンが編み込まれていた。

栗色の柔らかな髪に、長い睫に縁取られた翡翠の瞳。肌は透き通るような白さで、肢体は華奢。

壮年になってもなお、女性の人気が衰えない父・ノイナー侯爵と、類希な美貌を有する母・エリーザの娘は、その造作だけでも十分愛らしかったが、衣装のおかげで可愛さに拍車がかかっていたのである。

王妃の反応を見た父はリリーを見やり、渋面になって「しまった」と漏らした。即座に笑みを浮かべ直し、口を挟む。

「恐れながら、レーナ王妃殿下。我が娘はあくまで、建国記の則にのっとって王宮へ召し上げられただけでございます。ハーラルト殿下の妻に、などと恐れ多い考えは持ち合わせておりません」

「あら、そうだったわね。ごめんなさい……」

王妃は物言いたげな視線をリリーに向けた。リリーは、幼い自分を知っているかのような彼女の物言いに違和感を覚えながら、微笑み返す。

白金色の髪に空色の瞳を持つ王妃の雰囲気は穏やかで、優しそうな方に見えた。他国から嫁いできた彼女は、政《まつりごと》にも明るく、国王の相談役も兼ねるとか。出回っている肖像画では凛とした顔つきが多かったので、きつい性格の方なのかと思っていたが、そうでもないようだ。

リリーの笑顔を見た王妃は、優しく笑い返した。

二人のやりとりを見ていた国王が、ふっと笑う。

「リリー嬢には、急な召し上げとなり、すまなかったと思っている。できた息子なのだが、抑えられなかったようだ」

泰然と笑うその表情を見たリリーは、胸をどきりとさせる。

ハーラルトを彷彿とさせる銀糸の髪に、濃紺の瞳。高い鼻に形良い唇。少しばかり皺の目立つ国王の顔に、ハーラルトも年を重ねればこうなるのだろうか、と想像が巡った。

リリーは頭を下げる。

「いえ、とんでもございません……」

「……アダムの方針もある故、今後どうなるか確約はできぬが、其方を召し上げねばならなくなった理由については、後ほどハーラルトから説明させよう」

方針とは、エレオノーラ姫との政略結婚のことだろう。安易に結婚を勧めない国王の姿勢に、リリーは好感を抱いた。

父はさっと表情を引き締める。

「私も同席させて頂きたく存じます」

「――すまないな、アダム。事情は当人にしか話せぬのだ。お前も大事な娘が心配でならぬだろうが、あれの誓約を信じてもらえると嬉しい」

リリーを召し上げるに至った理由は、当人にしか話さないと言われ、父は唇を引き結んだ。ため息を吐き、リリーを見やる。

「……ハーラルト殿下に、失礼のないように振る舞いなさい。何かあったら、すぐ知らせるんだよ」

心配そうな声で、父はリリーを王宮へ送り出した。

リリーの部屋は、王宮の南――奥宮近くにある『アムレットの塔』に用意されていた。豪奢《ごうしゃ》な部屋の窓辺に立ち、彼女は息を吐く。

「王宮の窓は大きいわね……」

それは窓というより、扉といった方が正しい。天井から床までガラス張りの窓にはドアノブがついていて、開くとバルコニーにつながっていた。

リリーは窓を開け、景色を見渡す。アムレットの塔は奥宮近くにあるからか、城下の街に面していなかった。見えるのは少し離れた位置にある奥宮の建物と、その間にある花園、そして王宮の敷地内にある森と青空だ。

「お嬢様、お茶を」

リリーに同伴したエルゼが声をかけ、カチャリと茶器をテーブルの上に置いた。振り返ったリリーは、実家とは段違いに広い部屋を見渡し、また息を吐く。

部屋の中央に丸いテーブルがあり、大きな花瓶に大ぶりの花が沢山生けられている。照明はシャンデリアで、光が揺れるとキラキラと輝いた。部屋の西側にある暖炉前には上質なビロード地で覆われた揃いの長椅子と一人掛けの椅子が二脚ずつ。東側には少し奥まったスペースがあり、そこは書棚が三方を囲い、中央にある机と椅子は読書にも書斎としても使えそうな一式だった。カーテンを下ろすとそこだけ個室にもできる。

寝室はその隣にある扉の向こうだ。天蓋付きのベッドは、リリーが四人くらい眠れそうな大きさだった。寝室の隣に衣装部屋があり、そこで着替えをする。

暖炉脇の席に茶を用意したエルゼはこちらに目を向け、にこっと笑った。

「陛下も王妃殿下も、お優しそうなお方でよかったですねぇ」

「そうね、お二人とも懐深そうな方たちだったわ」

リリーは頷いて室内に移動する。シャラ、と胸元で音がして、彼女はドレスから零れた魔道具の鎖を引っ張り出した。

父が宣言通りに準備した、只人でも使える逃走用魔道具だ。凝った装飾をされた銀製のそれは、中央にある二つの水晶に魔力が込められていて、転移魔法を二度だけ使える。魔法を使う際はその水晶を指で砕くのだ。大きさは指先の二関節分くらいで、いつも懐に入れておきなさいと命じられていた。エルゼがいるのだから必要ないのでは、と思ったのだが、彼女は魔力がさほど強くなく、一人ならできても、リリーを連れて一緒に転移する技量はないそうだ。

エルゼがふふっと笑い声を漏らす。

「旦那様も心配性ですねぇ。そんな高価な物までご準備なさって」

「そうよね。ありがたいけれど、きっと使わないのに……」

只人でも使える魔道具は貴重で、値の張る物がほとんどだった。申し訳ない気持ちになるが、せっかく用意してもらったのだからと、リリーはまた胸元に押し込む。

エルゼがふと、北側にある扉を見やった。扉の向こうからざわめきが聞こえる。時を置かずしてノックがあり、リリーは長椅子の手前で身を強ばらせた。

心臓がドキドキと鼓動を打ち始め、覚えのある状態に、彼女はハーラルトの来訪を予感した。

対応に出たエルゼが先方の使いと何事か話し、扉が開かれる。数名の近衛兵と近侍を引き連れたハーラルトが、こつりと靴音を鳴らしてリリーの部屋に足を踏み入れた。

たった四日なのに、随分と長い間、会っていなかった気がした。北側にある窓から光が差し、銀糸の髪が煌めく。藍の瞳は凜々《りり》しく、引き締まった顔つきは精悍。

気を抜くと指先が震えそうなほど鼓動が乱れ、リリーは瞳を潤ませた。

——挨拶を、しなくちゃいけないわ。

乱れる鼓動を堪え、リリーは淑やかに膝を折る。

「……お目にかかれ光栄です、ハーラルト殿下……」

ハーラルトはすぐには返答しなかった。黒髪の近侍がハーラルトを横目に見やり、後方に控えた金色の髪に青い瞳の近衛兵が咳払いをする。

真顔でリリーを見つめ続けていたハーラルトは、一度瞬き、何事もなかったかのように笑んだ。

「こちらこそ、また顔を見られて嬉しい。急な召し上げとなってしまい、すまなかった。……不足の物などがあればすぐ用意するから、言って欲しい」

「はい。お心遣いに感謝致します……」

目を伏せて礼を言うと、ハーラルトが息苦しげに吐息を零した音が聞こえた。

「今回の、召し上げに至った理由を説明したいのだが……貴女の傍近くに寄ってもいいだろうか？」

リリーとハーラルトの間には、十五歩分ほどの隔たりがある。この距離を詰めてもいいか——と聞かれたリリーは、反射的に首を振った。

「だ……ダメです」

この返答に、ハーラルトの近侍と近衛兵たちはきょとんとする。扉を開けたあと、リリーの傍近くに戻っていたエルゼが驚いた顔をして、助け船を出した。

「……お嬢様？　ちょうどお茶をご用意したところでございますから、こちらに腰掛けて頂いてはいかがでしょうか」

リリーは、はっとする。高貴な身分の人を立たせているのは、確かに無礼だ。彼女は侍女に頷き返し、暖炉前の椅子を勧めた。

「そ……そうね。失礼致しました、ハーラルト殿下。どうぞ、おかけ下さい……」

ハーラルトに長椅子を勧めたリリーは、椅子には座らず、すすすっと後退していく。扉と反対側にある、バルコニーに面した窓辺まで下がる様を見た彼は、苦く笑った。

「……そう警戒しなくとも、何もしないよ、リリー嬢。それにそこまで離れられると、声を張らなければ話ができない」

ちょっと困った笑顔に、リリーの胸がどきっと跳ねた。

ハーラルトの鷹揚《おうよう》な笑みは肖像画などでもよく見かけるが、困り顔は珍しい。心が勝手に、その表情も素敵――と感想を述べた。

無自覚に恋心に火を灯し、リリーはハーラルトを見つめる。

潤んだ瞳で見つめられたハーラルトは、視線を逸らし、額を押さえた。

「……うん、可愛いな……。いや、違う。――なんの話をしていたのだったか……」

彼は混乱しているのか、目的を失念し、眉根を寄せる。隣にいた近侍・オリヴァーが、冷え冷えとした表情で耳打ちした。

「……リリー嬢を召し上げるに至った理由を、ご説明しようとなさっているところです」

「ああ、そうだったな」

うっすらと額に汗をかいたハーラルトは首を振り、前髪を掻き上げた。彼はリリーに視線を戻し、にこっと笑う。

「失礼した。そうだな、説明をするのに、この距離はどうかと思う。私の方からは決して近づかないので、とりあえず先ほどの位置まで戻ってくれるだろうか、リリー嬢？　私の精神力は人並み外れている。安心して欲しい。貴女の方が『餓え』で少々突飛な行動を取ったとしても、一切問題はないと約束しよう」

『餓え』で突飛な行動を取るとは、具体的にはどうなるのだろう。

リリーの自覚症状は、ハーラルトが近くにいるだけで、恋する気持ちが膨れ上がること。瞳が潤み、息が浅くなること。あと、この間のように壁に追い込まれるのは、ドキドキしすぎるから、あまりされたくない。

彼女がハーラルトから遠く離れたのは、鼓動が乱れて浅い吐息を零す自分を見られたくないからであった。

かといって、同じ部屋にいるのに、声を張って会話するのも変だ。

リリーはハーラルトの譲歩を受け入れ、おずおずと元の位置に戻った。

ハーラルトは優しい笑みを浮かべる。

「ありがとう。……それではまず、リリー嬢の侍女君《ぎみ》に伝えておくが、今から話すことは機密事項で、他言してはいけない。建国記の呪いに関わる話だ。貴女は〝特に許しを得た者〟とするが、口外しようとすると呪いにより命を落とす。よいだろうか」

さらっと身近な者の命がかけられ、恋する気持ちに満ちていたリリーは正気に戻った。青ざめてエルゼの前に立ち、ハーラルトから隠す。

「おおお、お待ちください、ハーラルト殿下……っ。エルゼは大事な使用人の一人です。そのような危険にはさらせません。退席を申しつけてもよろしいでしょうか？」

噂程度にしか知らなかった建国記の呪いは、本物だったらしい。慌てて代案を出したリリーに、ハーラルトは難しい顔をした。

「……それは構わないけれど、そうすると貴女一人になってしまう。側仕えの者には、症状を理解してもらっている方が、今後何かと心強いと思うよ」

もっともな意見だが、ハーラルトに仕える臣下と、エルゼは違う。王家に仕える人々は、任命時、命を捧げ忠誠を誓うと誓約するのだ。彼らの覚悟は人一倍だった。

他方、アルタール州という片田舎出身のエルゼは、あくまでノイナー家が雇ったお嬢さんである。命までかけろとは、到底言えなかった。

ハーラルトはぼそっとつけ加える。

「……それに、貴女一人と対話したなんて聞いたら、アダムがなんと言うか。ちょっと、今後ごたつくかもしれないから、彼の心労はあまり増やしたくないんだ」

王家に忠誠を誓った、一臣下に過ぎない父の気遣いをしてくれるなんて、優しい人だ。けれど、今後ごたつく、というセリフの意味がわからず、リリーは首を傾げた。

ハーラルトは腹の辺りで両腕を組み、ため息交じりに続ける。

「これから話す内容についても、同じ理由で、彼には聞かせない方がよいと判断した。だから貴女が望むなら、侍女を退席させても構わないけれど、代わりにアダムをここへ呼ぶことはできない。娘の父親としては、承服できない話だろうから」

そう言われてみれば、命がかかっているなら、侍女よりも父が聞いた方がよほど現実的だった。でも事前に却下されたので、できることは、侍女への意思確認だけだ。

リリーはエルゼを振り返る。突如命をかけよと促された彼女は、目をまん丸にしている。

「……いいのよ、エルゼ。怖いでしょう？　私一人で構わないから、下がってちょうだい。お父様には私がそうしてとお願いしたとお伝えするわ」

「……い、いえ……。田舎者の私を侍女にまでしてくださったお嬢様のためでしたら、エルゼは命をかけます……！」

田園ばかりが広がる田舎から王都へ引っ越せたことを喜んでいた侍女は、意を決した表情で、意外な返答をした。

献身的な気持ちは嬉しいが、命なんて簡単にかけていいものではない。リリーは眉尻を下げ、エルゼと向き合った。

「よく考えて、エルゼ。命をかけるのよ」

再三確認し、七度目の質問にも是と答えられて、やっとリリーは折れた。

「そう……。では、お願いします、ハーラルト殿下」

延々主従のやりとりを見せられていた王家側の臣下は、集中力の切れた、ぼんやりした表情になっていた。唯一、平静に見守っていたハーラルトは、杖を呼び出し、手元に一冊の分厚い書物を出現させる。

「では、原本を確認するのが一番早いから、この百四十二章を読んでもらえるだろうか」

書物は空を舞い、リリーの手元にどさりと収まった。片手では持てそうもない厚さのその書物は、建国記第一巻と背表紙に書かれている。リリーがページを開かずとも、ひとりでに指定されたページまでめくられた。古い書物で、紙は黄ばみ、端がボロボロになっている。

しかしインクだけはそこに命でも宿っているかのように鮮明な色で、古びた紙の上にはっきりと記されていた。

ハーラルトが説明を始める。

「『聖印』は実例が少なくて、今もあまり詳しくわかっていないのだが、概《おおむ》ね一般の者が知る通りだ。聖印を身に授かった者は運命の恋人を持ち、互いの聖印に口づけを贈り合うと、もう他人に興味を抱かないようになる。聖印を宿すきっかけは、視線を交わすこと。ただ一般に広められていない事実も多くあり、まず聖印を授かるのは、成人した者のみということ。これまで未成年で聖印を授かった者は他国にも存在しない。そして授かる際には、言語を絶する激痛に襲われる。これは共通事項のようだ。――これらの情報は、建国記作成時には証明されていなかったから、そこに記載されているのは痛みについてだけだ」

リリーはぎくりとした。彼と出会った時、確かにリリーは死んでしまいそうなほどの痛みに苛まれ、意識を失っていた。

「また聖印にはやっかいな副作用があって、以前貴女にも話したけれど、『餓え』という症状に苦しめられる。今開いたページに、『餓え』の実態が書いてあるから、読んでくれるかな。エルゼも一緒に読みなさい」

言われてエルゼと一緒に文章を読み始めたリリーは、ぐっと顎を引き、頬を染めた。

かつえ【餓え】

聖印を授かった者に生じる生理的な現象。

聖印を身に宿した者は、運命の恋人を激しく慕う強い恋情に見舞われる。合わせて相手に触れたくてたまらない衝動に襲われ、強靱な精神力がなければこれを抑えることは不可能。相手が近くにいると動悸、息切れに見舞われ、頬が上気し、目は潤む。

相手が近くにいなければ症状は和らぐが、多くは集中力を失い、落ち着きをなくす。これらの症状は、聖印に口づけ、運命の恋人となる契約を交わすことにより収束する。

——なお、餓えの実態は当事者および王族、特に許しを得た当事者の臣下以外には秘匿とし、本文書の複製・転載は厳禁とする。禁を犯した者には、死の呪いを与える。

フェアトラーク王国建国記　第百四十二章　留意事項の二

読み終えたリリーは、頬を染める。——これは、リリーも父には読ませたくない。

読み終えた頃を見計らって、ハーラルトが苦笑交じりに話しかけた。

「私は幼少期から感情をコントロールするよう教育されているから、割と平気なのだが、貴女も相当に精神力があるようだね。この間から一度も、貴女が『餓え』で我を失う姿を見ていない」

「……私は、聖印など……」

現在のフェアトラーク王国は、隣国と微妙な関係にある。聖印を頂いたなどと認めて、政略結婚にケチをつけたくはなかった。ましてや、聖印の出現を認め、はしたない願望のある痴女——などと呼ばれるのは嫌だ。

聖印の出現を認めてはいけない。そう思ったが、ハーラルトはリリーの言葉を遮って言った。

「貴女も聖印を宿している。他でもない聖印を宿した私が言うのだから、間違いない。私は貴女に会うたび、『餓え』の衝動を覚えている」

「…………」

婉曲《えんきょく》に、今し方読んだ建国記通りの症状になっているのだと告白され、リリーは首元まで真っ赤になった。

——運命の恋人を激しく慕う強い恋情に、相手に触れたくてたまらない衝動だなんて……。

目の前にいる清廉とした王太子が、そんな激情に苛まれているとは、にわかに信じがたい。もしもそうだとしたら——いや、当人が言うのだから事実そうなのだろうが——想像するだに、恥ずかしい。

彼はまた困った顔をして、杖を振り、リリーの手元から建国記を消した。

「この症状は、ちょっと仕事に差し障《さわ》ってね。集中力が続かないから、苦労しているんだ」

仕事をしていたらそれは大変だろう。リリーは少し落ち着きがなくなり、勉学に集中できない程度だが、王太子の職務は重大だ。心配する顔になったリリーに対し、彼はやんわりと笑った。

「だから、できれば早めに契約したいと考えている。リリー嬢、聖印を見せてくれないだろうか？」

リリーは、瞬時に冷静になる。聖印は、内ももにあるのだ。とてもではないが、見せられなかった。

「……それは、できません……」

一歩下がって首を振ると、ハーラルトは紳士的な笑みを浮かべ、一歩近づいた。

「なぜだろう？」

「……それは……」

リリーは真っ赤になったまま、指先で唇を押さえる。人前で足を見せるなんて、淑女としてできない。口にするのも恥ずかしい。

「貴女が望むなら、婚約をしてからの契約でも全く問題はないよ。私の聖印は授かった位置が特殊で、瞳の中にあるから、どうやって口づけと見なすのか、調査しているところなのだけれど。責任は必ず取るつもりだから、ひとまず聖印の所在だけでも確認させて欲しい」

リリーは、自分もさることながら、ハーラルトの願望もおかしなものだと思った。瞳の中にキスして欲しいだなんて、普通は考えない。

彼はカツ、と靴音を鳴らし、また一歩リリーに近づいた。

「リリー嬢？」

ハーラルトとの距離が近くなるだけで、リリーの胸は騒ぐ。彼女は堪えられず、唇から艶のあるため息を零した。ハーラルトに何もかも捧げたい衝動を覚えながら、首を振る。

「……申し訳ありません……私は、聖印など頂いておりません」

どう見ても『餓え』の症状に翻弄されているのに、この期《ご》に及んで否定する彼女に、ハーラルトはにこっと笑った。

「うん、思いのほか強情だね」

「そうでしょう。私が確認した際も、頑なに認めて頂けませんでした」

ハーラルトの後方から、近侍・オリヴァーが口を挟み、ぼそっと呟く。

「自白粉でも使えば、すぐわかりますが」

リリーはひゅっと息を吞み、真っ青になった。自白粉は重犯罪者に使われる魔法薬だ。安全性はほぼなく、使用量を間違えると、永遠に真実を語り続けてしまったり、頭がおかしくなったりするという。

リリーはぷるぷると首を振り、ハーラルトは大仰にため息を吐いた。

「やめなさい、オリヴァー。脅かすな」

「失礼致しました。脅せば答えるかと」

「……お前は、女性への接し方を勉強した方がいいと思うな……」

「生憎《あいにく》、性別で対応を変える予定はございません」

なかなかに辛辣《しんらつ》な物言いに、リリーは戦《おのの》いて数歩後退する。気づいたハーラルトが「あ」と弱った顔をするが、リリーは再度首を振った。

「わ、私は、聖印など授かっておりませんが……っ、ハーラルト殿下は、契約をするべきではないと思います。――エレオノーラ姫とご婚約される際の、支障になります……っ」

父はハーラルトとの結婚に反対し、国王だって、今後はわからないと言っていたのである。聖印の契約をしてしまえば、他の異性は目に入らなくなるのだから、時期尚早だ。

そう言うと、彼は不思議そうに小首を傾げた。

「……なんの話だろう？　エレオノーラ姫はあと一月《ひとつき》ほど滞在される予定だが、彼女と私たちの聖印については、なんの関係もないよ」

リリーはあれ？　と瞬く。てっきり政略結婚が決まっているとばかり思っていたが、違ったのだろうか。

外務省が進めている政策を、父親から直接聞いたわけではないリリーは戸惑い、ハーラルトはまばゆい笑みを浮かべた。

「貴女は、私と契約を結ぶことについてだけ、考えて欲しい。わかっていると思うけれど、契約を交わせば、私は貴女しか見ないようになる。つまり、貴女は私の婚約者になり、いずれ妻になるということだ」

リリーはこきゅっと喉を鳴らす。深く考えるまでもなく、彼の言う通りだった。聖印の契約を交わしてしまえば、リリーの未来は大きく変わる。

ノイナー侯爵家の娘として十分な教養を身につけてはいても、彼の妻になるのは覚悟が必要だ。彼はいずれ、この国の王になる人なのだから。

頬を強ばらせたリリーに、彼は片眉を下げた。

「……王太子の妻なんか、嫌かな?」

「いえ……その……」

王太子だから、ハーラルトを拒んでいるわけではない。リリーは、覚悟云々以前の問題を抱えており、そこをどう解決したらいいのか、さっぱりわからないのだ。

——どうして内ももなんてところに、聖印を授かってしまったの……っ。

自分の願望が恥ずかしく、リリーは身をすくめ、胸元でぎゅっと拳を握った。

リリーの瞳や頬、唇、指先の動きにまで視線を走らせ、その反応を観察していたハーラルトは、ふう、と息を吐く。

「……貴女に手紙を出さなかったことを、本当に後悔している」

「……手紙?」

なんの話かわからず、顔を上げたリリーを、藍色の瞳がまっすぐに見つめ、優しく細められた。

「貴女は忘れてしまったようだけれど、私は貴女との約束を守るつもりでいるんだよ、リリー」

「え……?」

親しみを込めた声色で名を呼び捨てにされ、リリーは驚く。

光を弾く美しい銀糸の髪に、宝玉のように澄んだ藍色の瞳。鼻は高く、その微笑みは人を魅了する。

リリーは、こんな目立つ外見をした男の人と旧知ではなかった。約束を交わした記憶もない。

何か、勘違いをしているのでは——そう言おうとしたが、ハーラルトは彼女の返答を待たず、言葉を重ねた。

「貴女が記憶に残していないようなのは残念だが……何年も前のことだ。印象の薄かった私が悪いのだと思う。……けれど今日この時から、私を見て、よく考えて欲しい」

開け放っていた窓から風が吹き抜け、ハーラルトの髪を揺らす。彼は甘い微笑みを浮かべ、とても切なそうな掠れ声で言った。

「……かつての私は、貴女を追わなかった。だけど、神は私たちに聖印を授けた。だからもう、私は自分の感情から目を逸らすのはやめようと思う。——リリー。私は貴女を諦めるつもりはない」

鼓動が大きく跳ね上がり、リリーは言葉を失う。

彼は何も言い返せない彼女に優しい笑みを向け、踵を返した。

「また会いに来るよ。今日はゆっくり休んで」

ハーラルトが近侍たちと共に部屋を出ていき、パタンと扉が閉まるまで、リリーは身動きできなかった。

吐息が震える。

——どうして、あんな言葉をかけられるの……？

エルゼがはしゃいで話しかけた。

「すごいですねえ、お嬢様。王太子殿下は、随分とお嬢様にご執心です」

「……そ、そんなはず……」

きっと何かの間違いだ。リリーはハーラルトとの思い出なんて何もない。彼に求められる理由など、聖印以外にないはずなのに——。ハーラルトと過去に出会っていただろうかと考えると、なぜか体の芯が凍え、震えが走った。

エルゼはリリーの顔を見て、眉尻を下げる。

「まあ、初心なお嬢様には、刺激が強すぎたようですね……」

体の震えとは裏腹に、リリーの顔は、これ以上ないほど紅潮していた。両手で頬を覆い、俯く。鼓動が乱れすぎて、今にも泣いてしまいそうだった。

エルゼはポケットからハンカチを取り出し、リリーの目尻に滲んだ涙を拭う。

「ですが、王太子殿下は本気かと存じます……。はっきりと、お嬢様を諦めるつもりはないとおっしゃっておりましたし……」

王族である彼が、無責任にそんな発言をするはずがない。エルゼにそう囁《ささや》かれ、リリーは未だ鼓動の速い胸を押さえた。じわじわと血流が上昇し、顔だけでなく、ドレスに覆われていない肩口、そして指先まで真っ赤になっていく。

聖印はやっかいだ。問答無用で恋心を抱かせる。

だからリリーは、自分のこの気持ちが、どこから来るものなのか判断できなかった。

聖印に惑わされ、彼を愛しく感じているだけなのか、それとも――。

「……どうしたらいいの……？」

昏から、情けない弱音が零れ落ちた。

リリーは、ハーラルトとの思い出なんて知らない。それに父は、外務省の政策を理由に、結婚には反対だと言っていた。

望まれていないはずなのに、ハーラルトはリリーを諦めないと言う。

そしてリリー自身は、見せられない場所に聖印を授かり、契約なんてできないのだ。

悩みの種が一気に膨れ上がり、今後に不安しかない、王宮初日であった。

三

リリーの部屋を出たハーラルトは、足早に執務室へ向かいながら、堪えていた息を大きく吐きだした。彼女の前では平静を装っていたものの、背中は汗でぐっしょりだ。

『餓え』は日を追う毎に症状を激化させる。これは記録に残すべき情報だ。

頭の片隅でそんな風に思い、彼はふっと嘆息を漏らす。――聖印に関する新たな情報だが、恐らく今後、ハーラルトほど聖印への口づけを拒否される人間もいないだろう、とも思った。

斜め後ろをついてきていたコンラートが、意外そうに声をかけた。

「殿下は以前からリリー嬢とお知り合いだったのですね。知りませんでした」

コンラートの反対側にいたオリヴァーが、問題はそこではない、と眉根を寄せる。

「どういうおつもりでしょうか、殿下。エレオノーラ姫と殿下は無関係ではありません。リリー嬢について、陛下より婚姻のお許しを頂いたわけでもなく、あくまで聖印の確認をご指示されただけでしょう。今後どうなるかもわからぬ今、あのようなお戯《たわむ》れを口にされるのは、無責任に過ぎるかと。殿下には、いざとなれば、リリー嬢をお諦め頂く必要があるのですよ」

リリーを前にしたハーラルトの鼓動は、乱れに乱れていた。『餓え』の欲求のまま動けば、彼女を泣かせる結果になっていたのは確実だ。なんとか紳士の皮を被ったままやり過ごした彼は、苛立ちを感じながら、眉間に皺を刻む。

「だからどうした。神により恋人となるべしと定められたならば、ご意志に従うのが敬虔《けいけん》な信者だろう」

荒い息を隠すため、ハーラルトは口元を手で覆いながら、低い声で言い返した。

オリヴァーは眉を上げ、歩む速度を上げる。ハーラルトの隣に追いついた彼は、冷たい視線を注いだ。

「神のご意志も、時に国の安寧のために目を瞑る必要があると、陛下はおっしゃったのではございませんか、殿下」

ハーラルトが父王に対面した時、オリヴァーは同席していなかった。あくまで父王の側近から今後の方針を示されただけの近侍は、父王と同じ言葉を吐き、非難する。

ハーラルトは口元から手を下ろし、口角を上げた。

「お前はいつから父上の近侍になった。お前が忠誠を誓ったのは、俺だろう。父上に忠義を尽くすつもりならば、辞めろ」

オリヴァーはぴくっと肩を揺らし、コンラートが慌てて割って入る。

「あーっと、ほら！　殿下は今、『餓え』で普段より体調が芳しくないんだ。もう少し時間をおいてから、話し合いの場を持つべきではないかと思うなあ。ねえ、オリヴァー？」

気の置けない仲間に休戦を提案されたオリヴァーは、しかし冷徹に言い返した。

「――どのような体調であっても、殿下は自身の発言に責任を持つ必要がおありだ。いついかなる時も」

コンラートはぐっと言葉に詰まり、ハーラルトは皮肉げに失笑する。

「いい、コンラート。オリヴァーの言う通り、俺はいかなる時も、発言に責任を持たねばならない人間だ。だからこれまでの発言にも、二言はない」

前言撤回はしない。暗にそう言われたオリヴァーは、顔を歪めた。

「……私が選んだのは貴方だ。貴方以外に仕えるつもりはない。だが貴方に従うだけの木偶《でく》人形にもならない。気に入らぬなら、更迭されよ」

「お前が俺の臣下であるなら、それでいい」

ハーラルトは杖を出し、魔法を行使する。近侍と近衛以外に声が聞こえないようにしてから、口を開いた。

「俺は個人的な感情抜きに、隣国姫との婚姻には同意しないつもりだ。我らは今、血なまぐさい急成長を続ける隣国に、おもねる必要はない」

オリヴァーはすっと表情を引き締め、コンラートは静かに後方に下がる。

「議会どころか、この国の民は全て、戦など知らぬ者ばかりだ。人を殺《あや》めてはならぬと定められた世界の住人にとって、人を殺し、それを功績として称《たた》える世界は理解の範疇《はんちゅう》を超えるだろう。だから俺は、平和を保つために、相手の顔色を窺う議会を責めるつもりはない。だが承服もできない」

ヴンター王国は、狡猾《こうかつ》に数多の国を攻め落としてきた。彼らに隙を見せてはいけないのだ。こちらの弱気を悟られれば、それは戦の呼び声となる。

「我らがなすべきは、対等な国交締結だ。そして俺はそれが可能だと考えている」

「……何を根拠に、そうおっしゃるのです」

オリヴァーに尋ね返され、ハーラルトは瞳を細めた。

「隣国は今、国交締結を望む我らの足下を見て、戦を望まぬならば金銭を寄越せと声高に言ってきている。交渉で度々訪ねているアダムの話によれば、かの国の都は実に潤い、豊かな様相だったらしいが——多くの勝利を収めてきた分、国は疲弊しているはずだ。戦には数多の兵がいる。これを移動させるには、多くの魔法使いや只人、馬が必要だ。その兵や馬、人員を食わせるための兵糧とて無尽蔵ではない。ましてや、命だけは魔法ではどうすることもできないから、馬や人を失えばそれきりだ。どんなに領地を広げようと、多くを殺し、奪い続けてきたのだから、限りがある」

その証拠が、エレオノーラの近衛兵だ。なぜ自国出身の兵でないのか。それは姫の命を預けるに足る力量の兵が不足しているからであり、また同時に、隣国にとって彼女は、恐らく失っても構わない姫なのである。

あの近衛隊長は、ヴンター王国に自国を滅ぼされた。恨みを抱いていないはずもなく、彼女が寝首を掻かれる可能性を考えられないほど、隣国王家は無能ではないだろう。

隣国は今、休戦して英気を養う必要があり、エレオノーラは万一殺されても構わないとされた、使い捨ての駒に過ぎないのだ。

ハーラルトが考えを伝えると、オリヴァーはふん、と鼻を鳴らした。

「……おっしゃる通りかと存じます」

ハーラルトは廊下の先に国の未来を見るように、強い眼差しを注ぐ。

「隣国は兵も備蓄も十分にあると交渉の場ではひけらかしているが、事実ではないはずだ。現状、彼らに他国を攻撃する余力はないと予想され、またエレオノーラ姫を娶ることに意味はない。彼女との政略結婚は、先方が我が国に侵攻してこようと考えた際の抑止力にするためだ。しかし彼女の命は隣国王家にとって価値はなく、侵攻を断念させる枷《かせ》にはならない。そして十全な武力も食料もある我らは今、臆病になる時ではないんだ。一千年余りの平穏は長すぎ、人の心を弱らせた。だが今後一千年の安寧を保つためにも、我らはいかなる脅威にもへつらわぬと、強い姿勢を見せねばならない」

オリヴァーは俯き、黙り込んだ。ハーラルトはすうっと息を吸う。

「だから、父王が俺と異なる主張をされた場合は、ご意向に沿うつもりはない。ご説明申し上げれば、理解してくださるとは思うが、今は考えをお伺いできていない」

先だっての対話では、リリーを愛人にするのかと揶揄された。父王がエレオノーラを迎え入れようと考えているのかどうか、今時点では判断ができない。

黙して考え込んでいたオリヴァーが、静かに言った。

「……では、陛下のご意向次第では、真正面から争われるおつもりで、リリー嬢へもあの態度だったと」

国がどのような方針を取ろうと、リリーは妻にする。ハーラルトの中では、それだけは揺るがない決定事項だった。そもそも、リリーに告白した時点で腹は決まっていたのだ。聖印を授かったこの体では、リリー以外の女性を妻にはできない。日を追う毎に、彼女への想いが膨らみ、欲しいのはこの世でただ一人になっていく感覚があった。

だから彼女には、エレオノーラとの婚姻など話にも上がっていない振りをしたのだ。エレオノーラを理由に身を引かれても、逆にこちらが困る。

ハーラルトは嘆息する。

「あくまで最悪の場合はそうなる、という話だ。だが心づもりはしておけ」

リリーとの結婚には意味があった。

フェアトラーク王国の民は、聖印伝説を愛している。隣国の脅威に怯える今だからこそ、フェアトラーク王国は自国の武力と十全な蓄えを背景に、対等な国交を結ぶ必要があった。そして『祝福の血を宿す者』の婚姻をもって、不穏な空気を感じていた国民の憂いを晴らしたいのだ。

皆気づかぬように振る舞っているが、誰もが隣国との戦を恐れていた。国境付近にはかつてよりも多く兵が配置され、地方へ行くほどに民の不安の色は濃い。

王家は国民を導き、守るためにあるのだ。不安に怯える民の瞳をもう一度輝かせるためにも、ハーラルトはこの国に神の祝福あり、と示したかった。

父王は、リリーを守れなければハーラルトを王にはしないと言った。見定められているのはハーラルトだ。けれどこちらとて、常に王の決断を見定めている。

オリヴァーに忠誠を確認したのは、最も避けたい事態になった場合に備えてだ。ハーラルトは愚策に付き合う気はなく、また次期国王の立場を捨てる気もさらさらなかった。

ハーラルトの腹の底まで察したのか、オリヴァーは飄々《ひょうひょう》と応じる。

「承知致しました。ハーラルト殿下が指揮権を持つ師団兵の数が一万。内魔法使いは五千ですから、不意打ちでしたら勝機はございますね。王宮内の主権を強奪したのち、聖印を背景に建国王の再来を謳えば、多くの兵が下るはずです。まあその場合、強硬派の動きによっては、時勢が隣国との戦へ傾く可能性もございますが」

ハーラルトは国王軍の内、一師団の指揮権があり、彼らは王ではなく王太子に忠誠を誓っている。これらの武力をもって王宮内を実効支配し、玉座を奪うシナリオを聞いたコンラートが、慌てて身を乗り出した。

「待ってオリヴァー……！　そんなにあっさり謀反《むほん》の計画立てないで！　もっと平和にいこう」

口を慎めと焦る近衛副隊長を、オリヴァーは怪訝に見返す。

「何を言っている。王族に仕えるのだから、常にあらゆる事態の想定をしておかねばならん。いかに腕があろうと、事前の備えなしでは対処しきれないだろう。お前はそんなだから、酔狂で近衛兵などしている変わり者、と誹《そし》られるのだ。忠義心だけは強いのだから、もっと覚悟を見せろ」

これはフェアトラーク王国独自の習慣で、王太子は成人した十八歳から独自の近衛隊と軍隊の指揮権を与えられていた。王宮内を実効支配できる数の兵が与えられているのは、文字通り謀反を可能とするためだ。初代国王は、自身が乱心した場合を想定し、自らを討ち取る術も作ったのである。

コンラートは手厳しい友人にしょげ返った。

「ええー？　いや……何があってもハーラルト殿下をお守りする覚悟はしてるけどさあ、血なまぐさい話は苦手なんだよ。嫌だなあ。エレオノーラ姫が来てから、王宮内はずっとギスギスしてるし、隣国の近衛隊長は目つきも態度も怖いし。僕はもっと穏やかに生きたいのになあ……」

ブツブツと文句を言うコンラートを放置して、ハーラルトはオリヴァーに命じる。

「……まあ謀反とまでいくつもりはないが、ひとまず、内々に隣国の実情を調べさせろ。予想通りの状態だろうが、報告を確認できたら、今後俺は強硬派として振る舞う。相手方は、こちらが友好関係を築きたいのだと踏んで、強気な条件を出したんだ。〝では戦となっても構わぬ〟と俺が振る舞うことで、相手をひるませ、隣国優位なこの状況を覆す」

「かしこまりました」

ハーラルトは、すぐに自身の方針を理解した有能な近侍に頷き、コンラートを振り返った。

「コンラート。リリーの護衛は俺の近衛兵の中から人員を割くから、人選を頼む」

「あ、はい。かしこまりました」

コンラートもすぐに頷き返し、それから何かを思い出した顔で笑った。

「そうだ。リリー嬢といえば、先ほどは可愛らしかったですね。立っているだけだと、魂を吸い取られそうな色香を感じますが、話をすると、殿下のお言葉一つに赤くなったり、青くなったり。口説かれ慣れていないご様子でしたねえ」

「……ああ……そうだな……」

途端にハーラルトの声は暗くなり、瞳から生気が失われる。

リリーの反応は、純情そうで初々《ういうい》しく、可愛くて仕方なかった。『餓え』により、コンラートのふわふわした感想どころでない状態だった彼は、己の欲求を懸命に内に留めていたのだ。

幼少期から惹かれていただけに、彼女と結ばれたなら、幸福だろうと思う。だが――。

彼は腹の底にわだかまっていた疑念を、再び蘇らせた。

――彼女はなぜ、聖印を見せてくれないんだ……？　そんなに俺と結ばれるのが嫌なのか？『餓え』に抗うほど嫌がられているなら、相当だぞ……。しかもやっぱり、俺のことは全然記憶にないようだった……。

「……どうかなさいましたか、殿下？」

「……なんでもない」

いつの間にか立ちどまっていた彼は、訝るコンラートに首を振り、執務室へと向かった。

リリーには、覚えていなくても仕方ないと言った。しかしこちらの記憶は鮮明で、忘れられているのは堪える。その上彼女は、ハーラルトが近づくのも嫌がっていた。

意中の女性に忘却されたあげく、あからさまに拒まれて、彼は密かに傷ついているのだった。

四

王宮での生活は、リリーにとって平生と異なりすぎて、目が回るようだった。なぜか王家により配された家庭教師に、宮廷内での振る舞いやダンス、教養を教え直される。父が外務大臣を任じられるくらいの由緒正しい侯爵家の娘であるリリーは、どれもこれも既に学んでいる内容だ。エルゼもリリーもどうしてそんな内容を、と思うのだけれど、家庭教師は確認ですので、と言って、朝から晩まで講義を続けた。

その合間には王妃からお誘いがあり、お茶やら買い物やらに連れ回される。それに部屋の前や移動する時は必ず近衛兵が護衛についていて、落ち着かないったらない。

ハーラルトは仕事が忙しいらしく、この四日、顔を見せない代わりに、毎日リリーの部屋にお花とお菓子を届けていた。

「まあ、今日はラベンダーですか、お嬢様」

「……そうね」

バルコニーに出ていたリリーは、部屋の中から話しかけてきた侍女を振り返る。リリーは両手にラベンダーの花束とお菓子の入った包み箱を抱えていた。朝から家庭教師の講義を受け、休憩に入ったお昼時である。バルコニーに出たところ、琥珀鳥が舞い降りて、嘴《くちばし》に咥《くわ》えていた小さな宝石をリリーの手の中に落とした。宝石がリリーの肌に触れると、ぽんと花と菓子になる。ハーラルトは魔法が得意らしく、贈り物は毎度この形式だった。

振り向いたリリーを見たエルゼは、ぷはっと笑う。

「贈り物は素敵ですが、ハーラルト殿下の琥珀鳥は、いつもお行儀が悪いですね」

「……この子はきっと、私を揶揄っているのだと思うの」

リリーは窓ガラスに反射した自分を見て、眉尻を下げる。頭のてっぺんに鳥を乗せ、お花と菓子箱を抱えた自分は、ちょっと間抜けだ。ガラス越しに見ていると、リリーの髪をツンツンと弄《いじ》っていた鳥は顔を上げ、クルル、とあざとくも可愛らしい声で鳴いた。以前、手を差し出して移動させようとしたのだが、怒って突《つつ》かれたので、鳥の気がすむまで放置することにしているのである。

ひとしきり笑ってから、エルゼはバルコニーにあるテーブルの上にクロスを広げた。

「贈り物をご確認なさいますか？」

「ええ……」

机の上に花束を置くと、ふわっとラベンダーの爽やかな香りが辺りに広がる。

「いい香りですねえ。ラベンダーは気を落ち着かせる効果があると言いますから、あとで寝室に飾りましょうか」

「そうね」

リリーは言葉少なに頷き返し、花束をじっと見つめた。王宮へ来てから、ハーラルトは色々な花をリリーに贈ってくる。薔薇の花束にカモミール、レモングラスや枝に実ったラズベリーなんて日もあった。

どれもいい香りで可愛いけれど、彼が贈ってくる植物の香りに包まれれば包まれるほど、リリーの心はざわつく。何か、大事なことを忘れているような、漠然とした不安が心を侵食していくのだ。

箱のリボンを解いて開けると、またリリーの好きな菓子が入っていた。砂糖で甘く煮たオレンジをのせたクッキーだ。昨日はバターをたっぷり使ったガレットだったし、一昨日《おととい》はマドレーヌ。一《さき》昨昨日《おととい》はタルト。

誰かに聞いたのかしら、とも思うが、こう毎日好きなお菓子が贈られ続けると、彼の言葉の方が本当なのだと思ってしまう。

『貴女は忘れてしまったようだけれど、私は貴女との約束を守るつもりでいるんだよ、リリー』

ハーラルトの言葉を脳裏に蘇らせるだけで、鼓動が速くなる。

「……どうして、聖印なんて授かってしまったのかしら。これじゃドキドキしすぎて、あっという間に死んでしまいそう……」

胸を押さえて文句を言うと、エルゼが首を傾げた。

「あらでも、恋をした時って、みんなそんな感じですよ、お嬢様。いつも好きな人のことを考えて、胸がドキドキするんです。寝しなに思い出したりすると、ずっと寝られなかったり」

「……そうなの？　それじゃあ、ずっと恋をしていたら、みんな寝不足？」

初恋もまだだったリリーは、驚きながらもおっとりと聞き返す。侍女がおかしそうに笑って、リリーのために椅子を引いてくれた時、頭の上の小鳥がキューイと甘える声を上げた。

椅子に腰掛けようとしていた彼女は、風の動きが変わるのを感じ、視線を転じる。斜め前方に風が渦巻いたと思ったら、瞬きのあとには、もうそこにハーラルトの姿があった。直後、その背後に近衛兵が二名出現する。頭の上にとまっていた琥珀鳥が、彼の肩に飛んでいった。

忽然と現れた人たちに、リリーは目を丸くし、ハーラルトはにこっと微笑む。

「こんにちは、リリー。休憩の時間が重なったから、一緒に茶でも、と思ってきたのだが」

襟元に銀の刺繍が入る、濃紺の上下に身を包んだ彼と視線が重なった途端、彼女はふらりと彼の元へ歩み出した。銀色の髪はキラキラと太陽の光を弾き、藍色の瞳は甘くリリーを見つめている。

ハーラルトはリリーが近づいてきているのに気づき、軽く両手を広げた。

「抱きしめていいの？」

笑顔で確認された瞬間、リリーははっと足をとめた。すぐに自分が何をしようとしていたのか理解し、青ざめる。『餓え』の症状に見舞われ、無意識に彼の胸に飛び込もうとしていたのだ。

淑女として立派な教育を受けてきた彼女は、己のはしたなさに戦き、膝を折った。

「ご……ご挨拶もせず、失礼致しました、ハーラルト殿下……。お目にかかれ、光栄……」

「うん、まあ貴女の場合は、かしこまった挨拶なんてしなくてもいいよ。その内家族になるのだし、私もこうして突然現れた不調法者だから」

スカートの端を摘み、頭を垂れたリリーは、彼のセリフに身を強ばらせる。ハーラルトの中では、すでにリリーと結ばれるのは決定事項のようだった。

『――お父様は、反対だ』

不意に父の声が脳裏を過り、リリーはきゅっと唇を引き結んだ。父に認められなければ、リリーは決してハーラルトと結ばれない。貴族社会において家長の言葉は重く、貞淑を命じられたリリーは、すすっと元の位置に戻った。

ハーラルトは残念そうにため息を吐き、机の上に視線を向ける。

『餓え』のおかげで、リリーの鼓動はとくとくと速くなり始めていた。思考は徐々に平静さを失い、次第にハーラルトへの恋情に染まっていく。口からは切なげなため息が零れ、その音を聞いたハーラルトは視線を戻した。恋する少女の顔になっている彼女に、やんわりと微笑む。

「……花は気に入った?」

リリーは揺れる瞳で彼を見つめ、頷いた。

「はい、ありがとうございます……」

「お菓子も好きな種類だった?」

「はい……」

「一緒にお茶にする?」

「はい……」

うっとりとハーラルトに見惚れ、いつの間にかお茶をすると答えてしまっていたリリーは「あ」と口を押さえた。ハーラルトはしたり顔でふっと笑い、エルゼに目を向ける。

「悪いが、私の分も用意してくれるか、エルゼ」

「かしこまりました」

どうにも、自分よりもハーラルトの方が、『餓え』に翻弄されていない様子だ。

——どうして？　殿下の方が恋心に慣れていらっしゃるということ？　……そういえば殿下は、これまで沢山のご令嬢に慕われてきたのだわ……。

恋愛経験ゼロのリリーは、経験値の差で『餓え』の抑制力に差が出るなら不公平だわ、と不満を顔に乗せたのだった。


リリーはほんのり頬を染めて俯き、ハーラルトはティーカップを片手に苦く笑う。

「やっぱり無理があったね。契約をすまさない状態で、優雅に茶なんて飲めるはずもない。初代王は幾週間も隣国姫と話し合ったと建国記には残っているが、偽りじゃないかと思うな……」

お茶を始めて僅か五分で、二人は既に限界を迎えようとしていた。リリーは鼓動が乱れすぎて今にも失神しそうであるし、ハーラルトはギリ、と拳を握り、とめどなくため息を吐いている。

二人とも『餓え』に見舞われているのだ。

テーブルの上に置かれた彼の拳を見て、リリーは掠れ声で尋ねた。

「そんなに強く手を握られていると、お怪我をなさいませんか……」

爪で皮膚を傷つけやしないか、と心配すると、彼は手を開いて確認し、眉尻を下げる。

「気にしないでいいよ。痛くしないと我を忘れそうだから……。それに気にかけてくれるなら、聖印にキスさせてくれると嬉しいのだが……」

「……お仕事が、はかどらないのですね」

前回、仕事に支障をきたしていると聞いたばかりだ。王太子の職務は重要事項ばかりだろうから、迷惑をかけているのは申し訳なく感じた。

彼は頬杖をつき、視線を逸らす。

「……ああ、少し誤解をさせているかな。仕事を円滑に行うために、貴女の一生を寄越せと言っているわけではないよ。できれば、私の妻になりたいと思った貴女と契約を結びたい」

「……でも……父は反対しておりまして……」

エレオノーラとの政略結婚があるのかどうかは知らないが、政策上、父が反対を示していたのは事実だ。

ハーラルトは目を細め、皮肉げに口の端をつり上げた。

「へえ……アダムは私が気に入らないと？」

リリーはびくっと肩を震わせる。

「い、いいえ、そのような意味ではございません。父はあくまで、政策上問題があると……」

王太子に向かって、娘の夫に相応しくないなどと臣下は言えない。不敬極まりなく、王族がその気になれば、不敬罪で投獄も可能だ。それにハーラルトは建国王の再来と謳われるほど、優秀な人だった。父もハーラルトの資質は否定していない。

ハーラルトはどこか冷えた眼差しをこちらに向け、微笑んだ。

「そう。アダムは優秀だけど、私は今回の政策に乗れないんだ。外務省の方針は蹴るつもりだから、私を拒むなら、他の理由にしてくれると助かるな。例えば、昔から私が嫌いだったとか」

リリーはきょとんとした。リリーに、彼を嫌う感情は一切ない。むしろ聖印を授かってからは恋心ばかりで大変だ。だけど彼が言っているのは、聖印云々ではないだろう。もっと心の奥底の、過去にまつわる話をしている――と察せられた。

リリーは眉尻を下げ、俯く。

「申し訳ありません……。私には、ハーラルト殿下とお会いした記憶はないのです。何かの間違いではないかと」

「……本当に、何一つ覚えていないんだね」

ハーラルトは、抑揚のない声で呟いた。リリーは言葉に詰まり、彼を見上げる。感情の乗っていない表情が、かえって彼の傷ついた心を表しているようだった。

「……ハーラルト殿下……」

「……昔の貴女は、今よりずっと白くて、細くて、そしてとても優しい子だったよ」

「え」

謝罪しようとしたリリーは、目を瞬く。彼は無表情のままリリーを見つめ、しかしその目はずっと遠い昔を見るように、ぽつりぽつりと話しだした。

季節は肌寒くなり始めた秋の終わり。緑鮮やかな芝生に覆われた王宮の庭園で、沢山の貴族子女が招かれた茶会だった。午後五時にもなれば太陽は地平線へと沈みはじめ、そろそろお開きになる頃合い。

外務省に勤めていたアダムが、当時十歳のリリーを連れて、ひょいと顔を出した。アダムとは何度か王宮内で挨拶を交わしていて、ハーラルトは彼のことは知っていた。

アダムはハーラルトの母に挨拶をしに行き、リリーは子供たちのところへ行くように言われたのか、背を押された。でも彼女は戸惑った顔つきで立ちどまり、不安そうに庭園を駆け回る子供たちを見つめる。アダムは庭園の一角にいたハーラルトに視線を向けながら、彼女に何事か耳打ちした。恐らく、まず最初に王太子に挨拶をしに行きなさいと命じたのだ。

彼女は、まっすぐにハーラルトに向かって歩いてきた。鮮やかなオレンジの光に包まれた庭園を、ゆったりと進む彼女の姿は、幼いハーラルトには、どんな同じ年頃の少女よりも上品に見えた。

高貴な家に生まれても、子供といえば大声を上げて走り回り、落ち着きがないのが普通なのに、彼女は誰よりも大人びた少女だった。

趣味のよいクリーム色のドレスはフリルが沢山あり、彼女が動くたびに可愛らしく揺れる。髪に巻かれた紅色のリボンは、大ぶりで派手なものが人気なのに、繊細な細いデザイン。でも逆にそれが、とても美しく見えた。

透き通るような白い肌に、赤い唇。淡い色の長い睫に縁取られた翡翠の瞳は、ビスクドールを彷彿とさせる。

目の前まで歩み寄った彼女は、ハーラルトに笑みを浮かべた。

「はじめまして、リリー・ノイナーです」

「僕はハーラルト。よろしく」

彼は当初、いつもの〝友人〟が一人増えただけだと思っていた。ハーラルトにとって友人とは、身分を理由に一線を引き、自分を怒らせないよう気を遣った会話を選ぶ、つまらない存在だ。

ハーラルトだって厳しい教育を受けているのだから、彼らに理不尽な態度を取ったりしない。そんな内面を知ろうともせず、腫れ物に触るような態度を取られ、幼心に苛立ちを覚えていた。でもこれは生まれの問題だから、仕方ない。そう割り切って過ごしていた彼は、リリーと出会って、心地よさを覚えていった。

出会った日は、挨拶をしただけだったけれど、以降も彼女は時々父親に会いに王宮を訪ね、時たまハーラルトに会いに来るようになったのだ。茶会や公式行事でもないのに、自分を訪ねてくる子は初めてだった。

朝方はもう、吐息が白く凍る。そんな時期に、ハーラルトの部屋を訪ねたリリーは、一緒に図書室に行かないかと誘ってきた。

「図書室……？」

王都の西にある王立図書館とは別に、王宮内には数万の書物を収めた宮内図書室がある。でも子供の遊びといえば、外でかけっこをしたり、隠れ鬼をしたりするのが普通だ。本を読むのは勉強だろう。そう思って訝しむと、彼女は上目遣いで尋ねる。

「王宮の図書室は広すぎて、迷子になってしまいそうなの。でもお父様はお忙しくてご一緒に来られないし、ハーラルト殿下とご一緒なら迷子にはならないとおっしゃるから。……ダメ？」

そのおねだりする顔が可愛かったから、ハーラルトは己に忠実に頷いた。

「いいよ。勉強も終わったし」

「本当？　よかった。私、この季節はあまりお外にいられないの」

「どうして？」

ほっとした笑顔も可愛いなと思いながら聞き返すと、彼女は唇を尖《とが》らせる。

「私、冷たい風に当たるだけで、すぐ熱が出ちゃうの。みんなはお外にいても平気なのに、不公平よね。本当はお外にいたいのだけどできないから、ご本を読んでお外にいる気持ちになるのよ」

体が弱いと聞いて、ハーラルトは彼女を改めて見た。確かに肌は普通の子供より青白く、体つきも細かった。

「……ご飯は食べてるの？」

リリーと一緒に部屋を出たハーラルトは、食事が足りないのかな、と尋ねる。その時、彼はびくっと体を震わせた。

リリーが何気なく、ハーラルトと手を繋《つな》いだのだ。王太子の身辺はいつも大人の近衛兵がいて、怪我をさせぬよう目を光らせている。不必要に近づくと鋭い視線を注がれるから、ハーラルトに触る子なんて今までいなかった。

驚いて見返すと、彼女は繋いでいない方の人差し指を口元に当て、中空を見上げている。

「ご飯はね、沢山食べると吐いてしまうの。スープとパンがちょうどいい量なのよ。でもお兄様やお父様はお肉やお芋も食べて欲しいみたいだから、時々食べるかな。夜に吐いてしまうことがほとんどなのだけれど」

「……」

リリーは、ハーラルトと手を繋いだことなんて当たり前すぎて、全然意識もしていなかった。近衛兵たちも、リリーは普通の子よりも動きがゆっくりとしているからか、厳しい目を注いでいない。

出会った当初、ハーラルトに強烈な印象を与えた彼女の大人びた雰囲気は、実のところ、動きがおっとりしているせいだった。彼女は基本的に、何をするにも人より遅い。

何度か顔を合わす内にその理由には気づいたが、彼女が優美なのは事実で、その佇まいを好ましく感じていた。

リリーはハーラルトを振り返り、ふわっと笑う。

「でも私がお肉やお芋を食べると、お父様もお兄様も嬉しそうになさるのよ。戻してしまうからもったいないけれど、お二人が笑うと嬉しくなるから、時々無理をするの」

「……どうして、ご飯を沢山食べられないんだろうね」

家族思いなんだな、と考えながら尋ねると、彼女は首を傾げた。柔らかそうな栗色の髪が揺れ、甘い香りが鼻先を掠める。

「さあ、お医者様もわからないみたい。私は元々、体力がないみたいだから、大人しくしておきなさいとおっしゃってたわ」

「……役に立たない医者だ」

ハーラルトは、リリーには聞こえない小声でぼやいた。この国には医者がいるが、大体がリリーの言うような、大雑把な診療だった。原因不明のまま、熱が出たら解熱薬をだし、咳をしたら咳どめを処方する。しかもよく効く薬にはそれだけ強い副作用があって、慎重に使用しないといけない。

この子はどうして、体が弱いのだろう。自分がわかったらいいのにと、彼は繋いでいない方の手で、少し落ちくぼんだ彼女の目の下を撫《な》でた。

リリーは目を丸くして、かあっと頬を染める。

「あ、目の下に隈《くま》がある……？　三日前まで熱が出て寝ていたの。風邪を引くと、すぐ隈ができちゃうから、早く大人になってお化粧ができるようになりたいな……」

そうしたら、みんなに心配されないのに、と不満顔をする。

ハーラルトはどうしてだか、胸が苦しくなった。熱が出やすくて辛いのは自分なのに、この子は周りの人ばかり気にして、心配をかけたくないと言う。

「化粧なんかしなくても、体が元気になったら、みんな心配しなくなるよ」

体調不良を化粧で隠されても、家族は本当の意味で嬉しくなんてならない。遠回しにそう言うと、彼女は困った顔をした。

「そうね。だけどどうしたら、元気になれるのかな」

彼女は呟いてから、ふふっと肩をすくめて笑った。

「本当はね、図書室で本を読んでいるのは、元気になる方法がないかなと思って調べているの。あ、物語も時々読んでいるのよ。本の中なら、冬の寒い世界もへっちゃらだもの」

リリーは、冬が嫌いな子だ。寒くなると、途端に寝込む日が増えて、家族を心配させてしまうから。それに冷えた空気を吸うと、咳がとまらず、とても苦しい。

もうすぐ嫌いな冬が来る。そう言って、彼女は憂鬱そうにため息を零した。

王都の冬は厳しい。朝晩の冷え込みは著しく、一晩中外にいると、人は凍え死んでしまう。暖炉は命を繋ぐ重要な設備で、政府から助成金が出ているくらいだった。

ハーラルトは口には出さなかったが、腹の中で、この子は毎年、冬を越せるかどうかわからないのだ――と思った。

その証拠に、まだ秋なのに、彼女の手はもう、ひんやりと冷たかった。


それからハーラルトは、王宮にある図書室で、リリーと時折過ごすようになった。話す中で知ったのは、リリーは屋敷の中で過ごすばかりで、最近までほとんど外出していなかったこと。だから同年代の友人はおらず、それ故に、彼女は他の子と違うのだと理解した。彼女は変な先入観を与えられていないから、ハーラルトとも対等に接してくれるのだ。

読書スペースに行くのが面倒で、二人は書棚の間にある通路に分厚い本を置き、座り込んで本を読んでいた。だけど医学書はどれも難しくて、子供の二人にはさっぱり理解できない。

医学書に飽きたら、リリーの好きな物語を選んだ。口先では冬のお話だって読めると言っていたけれど、彼女が選ぶのはどれも、花が咲き乱れる、暖かな季節の本ばかりだった。

「リリーは花がでてくるお話が好きだね」

読書傾向を把握した頃、含み笑って尋ねると、彼女は明るい笑みを浮かべる。

「うん！　お花もお菓子も大好きよ。だからこの『妖精の贈り物』というお話は一等好きなの。お父様の領地の、アルタール州にとてもよく似ているのよ」

「アルタール州……」

ハーラルトは、国内の州は全て把握していた。アルタール州は南の辺境にある、比較的温暖な地域である。王都から遠く離れ、魔法なら一瞬で行けるが、馬車では二カ月もかかる距離だった。

彼女は胸を膨らませ、楽しそうに話しだす。

「領地にあるお屋敷にはね、大きなお庭があるの。冬に行くことが多いのだけど、あそこは夏が一番綺麗なのよ。辺り一面にラベンダー畑が広がって、とてもよい香りがするの。それにお庭にはカモミールやラズベリー、レモングラスや紅茶にできる薔薇も咲き乱れて、本物の妖精が現れそうな素敵な世界になるの」

この世には、魔法はあっても、妖精やドラゴンはいなかった。全て物語の中の生き物で、彼女は想像の世界に浸って、うっとりとする。

アルタール州は遠い。もうすぐ冬になろうとしているこの時期に、そんな話がでるのは、もしかしたら彼女が領地へ下がる予定だからかもしれなかった。

凍える王都より、領地の方が幾分暖かい。彼女にとってはその方がいいのだろうけれど、ハーラルトは面白くなかった。冬の間、リリーと会えなくなるのは嫌だ。

彼は王都だって魅力的だと示したくて、掌に杖を呼び、魔法を使った。

「……こんな感じ？」

さあ、と魔法の光が辺りに広がり、図書室は瞬く間にラベンダー畑に姿を変える。数万の本を並べた書架が一気になくなり、リリーは驚いて立ち上がった。

「わあ、すごい……！　ハーラルトはアルタール州に行ったことがあるの？　そっくり！」

何度か顔を合わせる内に、二人は名で呼び合うようになっていた。ハーラルトは次々にリリーが挙げていった植物をあちこちに生み出していき、はしゃぐ彼女に満足する。

「花畑くらい、僕がいつでも見せてあげるよ。王都は寒いけれど、リリーが凍えないように、暖炉も防寒具も揃えられる。だからここで暮らしても、大丈夫だよ」

彼は立ち上がり、リリーを抱き寄せた。

「わ……っ」

華奢な彼女は、ハーラルトの腕の中にすっぽりと収まる。ついこの間も、熱が出て寝込んだ彼女は、純粋にハーラルトの体温を感じ、ほおっと心地よさそうに笑った。

「ハーラルトの腕の中、暖かい」

王宮内は暖房が効いている。それでも彼女は、ハーラルトの腕の中を暖かいと喜んだ。ハーラルトにはちょうどよい空調も、彼女にはまだ足りないのだ。彼は眉根を寄せ、冷たいリリーの体を抱きすくめた。

「……リリー……僕は医者になるよ。君が熱を出さないですむように、よく効く薬を作る。君の体が元気になるように、いい治療方法を探す」

——だからそれまで、生きていて。

ハーラルトは最後の言葉を呑み込んで、息を吸う。

父親が大好きで、よく王宮まで遊びに来るリリー。家族が大切で、心配をかけたくないと憂う、優しい性格の女の子。ハーラルトはこの少女を、失いたくなかった。

侯爵家の令嬢だからか、彼女はハーラルトの知る小難しい学問の話にもついてきた。かと思えば、夢物語を楽しそうに読み、想像を巡らせる。ハーラルトの態度が気に入らなければ文句を言い、喧嘩をしても、次に会う時にはどちらかが非を認めて仲直りできた。

彼女は自分と屈託なく話してくれる、気のいい友人だった。

可愛い人だから、ハーラルトは友人以上に好きになってしまっていたけれど、リリーにそんな感情がないのは知っていた。

それに彼は、自分が恋をしてはいけないと承知している。

将来、政略的に結婚しなくてはならない可能性だってあるのだ。想いは胸にしまい、せめて友人として一緒にいたい。

そんなささやかな願いも、叶いはしなかった。それからしばらくして、王都は酷い寒波に見舞われ、リリーは体調を崩したのだ。予想した通り、彼女はアルタール州へ住まいを移し、彼の元からいなくなる。

ハーラルトが恋をした、年下の可愛い友人との交流期間は、半年にも満たない短い期間だった。

しかし彼は、彼女がいない間、魔法学と武術に加え、魔法医学も修得して資格を取った。心の片隅で、いつか彼女に再会し、その傍らに立つチャンスがないかと想いを燻《くすぶ》らせながら。

あれから八年――リリーは以前よりずっと健康になって、王都に戻った。再会した瞬間、彼女はその身に聖印を宿し、今、ハーラルトの目の前に座っている。

ハーラルトから、当時の感情込みで過去の出来事を説明され、リリーは真っ赤になっていた。

リリーに与えられた居室のバルコニーで、自らが贈ったお菓子と香り高いお茶が並ぶテーブルを挟み、彼は平然と向かいに腰掛けている。

「あ、あの……。あれ……？　えっと……」

リリーは混乱し、両手で耳を押さえた。

――聞き間違い？　ううん、でも、はっきりおっしゃっていたわ。好きだとか、恋だとか。

どう聞いても、ハーラルトは幼少期にリリーに出会い、恋をしたと話していた。

普通、自分の恋心を好きな相手に伝えるのは、多少なりとも恥じらいを感じるのではないだろうか。どうして彼は、堂々としているのだろう。

混乱極まっているリリーに、彼は首を傾げた。

「……私のことを、思い出したかな？」

「い、いいえ……申し訳ありません。なんだかそれは私のような気がするのですけれど、やっぱり記憶になくて……」

彼の話す内容には、現実味がある。昔、王都に住んでいた頃のリリーは、痩せぎすですぐに熱を出し、父が大好きで、よく職場にお邪魔していたのだ。

けれど、ハーラルトの部屋を訪ねた記憶や、一緒に図書室に行った思い出は蘇らない。むしろどうしてだろう。よく考えると、アルタール州へ下がる直前の記憶が、さっぱり思い出せない。

「そう……」

ハーラルトは若干気に入らなそうに嘆息し、頬杖をついた。

「まあでも、貴女が思い出そうと忘れていようと、私が昔から貴女に惚れているのは事実だ。聖印を授かった今、結婚しないという選択肢はないよ。だから諦めて、私と契約してくれると嬉しい」

言ってから、彼は顔を上げる。

「ああ、いや違うな。諦めて、ではなく、私を好きになった上で、結婚して欲しい」

ハーラルトは藍色の瞳をまっすぐにリリーに向け、真面目な顔で言った。

紅茶を手にしたリリーは赤面し、茶器をカタカタと震わせる。

「ど……どうして、人前でそんなお話を、堂々とできるのですか……」

彼の背後にいる近衛兵の方が、いくらか恥ずかしそうに視線を逸らしていた。二人の傍らで茶を入れていたエルゼに至っては、興奮した様子で、口を押さえている。

ハーラルトは「うん？」と周囲を見渡し、不思議そうにまた頬杖をついた。

「……別に恥じる話をしているつもりはないけれど。それに人前と言うが、リリー。近衛兵や侍女を衆目として換算するのはどうかと思うよ。彼らは私たちのプライベートを外に漏らしはしないし、側仕えの目を気にしていたら、王族はキスも夜しかできない」

――キスは、夜だけでいいのではないですか？

そんな反論が漏れそうだったが、リリーはなんとか呑み込み、茶器を机の上に戻す。お茶など飲んでいる場合ではなかった。これは正直に、お伝えしなくてはならない。

リリーはこくりと唾を飲み込み、背筋を伸ばした。改まった姿勢になったリリーに、ハーラルトも頬杖をやめて、姿勢を正す。

リリーは真剣に――顔は真っ赤なままだけれど――ハーラルトを見返し、思いを口に乗せた。

「――ハーラルト殿下。私は……ひ、人前でキスなんて……できません……」

これは大事な問題だ。

貞淑を求められるこの国では、男女が触れ合う行為は人目に晒してはいけなかった。こんな昼間からキスの話をするのも、はしたないとされる部類だ。なのに彼は、侍女や近衛兵の前ではキスをすると言っている。断固拒否をせねばならない。

ハーラルトは虚を衝《つ》かれた顔をして、しばらく硬直したあと、ふはっと笑った。

「あれ、そういう返事になるんだ？　ははは……っ、ごめん。そうか、リリーは私が思うよりずっと、純情なんだね」

何がおかしいのか、さっぱりわからない。でもその笑顔は、今まで見たことのない明るさで、リリーの胸がじわっと温かくなった。

彼は肩を揺らしてくつくつと笑い、目尻に涙まで滲ませる。あんまり笑うので、リリーは口を尖らせた。

「わ、笑い事ではありません。お父様……父からも、貞淑に過ごすよう命じられております。私、そんなはしたない真似はできません！」

　恥ずかしくて涙目になりながら言い返すと、ハーラルトは咳払いをして、笑いを収めた。

「ごめん、笑いすぎたかな。……あんまり可愛いから、つい。でもその返事だと、貴女は私とキスをする前提の話になっているのだけど、わかってる？　貴女が望むなら、もちろん人払いをしてからにするよ」

　リリーは目を丸くする。

　ハーラルトと自分の貞操観念が違いすぎて、そちらに意識が向いてしまっていた。よく考えると、彼とキスをする予定はなく、こんなに真面目に言い返すところではなかった――。

「ち、違……」

　リリーは慌てて首を振りかけ、ハーラルトはその途中でおかしそうに笑って立ち上がる。

「……嘘だよ。そんなつもりはないよね。貴女は昔から、色事には鈍感だから……わかってる」

　穏やかに頷いて、彼は机を回った。リリーの傍らまで歩み寄り、黄昏時の空を思い出させる、綺麗な藍色の瞳を細める。何をするつもりなのかわからず、リリーは彼を見上げた。ハーラルトは、艶やかに微笑み、囁きかける。

「……今日はこれで失礼するよ、可愛い人。さすがに限界が近い」

　全然限界など感じさせない、余裕ある笑みだった。リリーがその甘い微笑みに見入っていると、彼は手を伸ばし、指先でリリーの前髪をそっと払う。

「……またね、リリー。次は色よい返事をくれると嬉しい」

ハーラルトはごく自然に身を屈《かが》め、その形よい唇を、ちゅっとリリーの額に優しく押しつけていった。

「……え……」

リリーは、ぽかんとする。きらっと、魔法を使ったような小さな煌めきが視界の端に映った。

彼は軽く手を振り、現れた時と同じく、忽然と転移魔法で姿を消す。

呆然と数十秒凝り固まっていたリリーは、傍らにいた侍女の興奮した声で我に返った。

「さらっとキスをされていくなんて、素敵ですねえ、お嬢様……っ」

どっと脈拍が上昇し、全身が真っ赤に染まる。

「……っ……ダメだと、申し上げたのに……」

直前まで断固拒否をしていた、キスをしてから帰るなんて――……！

リリーは、わけのわからないトキメキを感じている胸を押さえ、唇を噛んだのだった。

五

「まずい……可愛すぎる……」

リリーの部屋から己の執務室へ転移したハーラルトは、床に足をついた瞬間、愕然《がくぜん》と呟く。どっと全身から汗が吹き出し、こめかみを伝い落ちていった。

「可愛かったですねえ。いいなあ、僕もあんな初心なご令嬢を口説きたい」

一部始終を見ていたコンラートがうらやましそうに呟き、ハーラルトは額を押さえる。

ハーラルトの呟きは、そんな呑気な感想ではなかった。このままでは自我を抑えきれないのでは、と戦いているのである。

召し上げる際、彼女の気持ちを待って婚約したいと示した通り、彼はリリーを大事にしたかった。しかしこのままでは理性が焼き切れ、いつ襲うかもわからない。

ハーラルトが休憩している間、執務室で書類仕事の準備をしていたオリヴァーが振り返り、皮肉げに笑った。

「またも聖印への口づけは許して頂けなかったのですか、殿下」

「――うるさい、黙れ……。あの至近距離で、何もしなかった俺を褒めろ……！」

部屋の中央に転移して現れたハーラルトは、ふらふらと机まで歩き、両手をつく。

リリーを前に余裕の紳士面で過ごしていたハーラルトだが、その実、鼓動の乱れによる浅い息や、ギラギラと獣の眼差しになりそうになる己の欲求を懸命に抑え込んでいたのだ。

どうもリリーと自分では、『餓え』の症状が異なるのではないか、と思う。

昔からリリーを愛していた彼は、今や彼女を前にすると、押し倒したいほどの欲求を感じていた。聖印を授かった当初はここまでではなかったのに、症状は日を追う毎に恐ろしい変化を遂げる。

「……これはむしろ呪いだ……。これでは俺は、遠からず死ぬ……」

オリヴァーが鼻で笑った。

「欲求不満で命を失うとは、後世に語り継がれそうな、愉快な死因ですね」

ハーラルトは口の減らない近侍に、手近にあった文鎮を投げつける。オリヴァーは難なくキャッチし、コンラートが肩をすくめた。

「いやあでも、リリー嬢の前ではかなり紳士に努めていらっしゃったよ。もうここのところずっと、睡眠不足でイライラされて、僕らへの当たりも酷いのに」

「さっさと押し倒すなりして聖印への契約をすませられればよいのだ。八つ当たりされるこちらの身が持たん」

「お前は何一つ堪えていないだろう……っ」

ハーラルトは片手で顔を覆い、大きくため息を吐きだす。コンラートが背後で頷いた。

「そうですよねえ。オリヴァーはネチネチ嫌みを言うだけで、割を食ってるのは僕らですよねえ。毎日毎日剣術の訓練に付き合わされて、もうヘトヘトです」

「そうしないと寝られないんだから、仕方ないだろう……っ。それでも三時間が限界なんだぞ。俺はもう死にそうだ……」

ハーラルトは、リリーを王宮へ召し上げて以降、以前より距離が近くなったせいか、症状の悪化に悩んでいた。常にドキドキして集中できないどころか、夜も寝られず、コンラートたちを付き合わせてへとへとになってやっと、三時間まとまった睡眠を取れるという有様なのだ。

疲労困憊でも十分な睡眠は取れず、仕事も滞る一方。近頃の彼は、「もう死ぬ」が口癖になっていた。

オリヴァーは半目になって言い捨てる。

「嫌われたくないからと、恰好をつけているからです」

「恰好くらいつけさせろ……！　というか、婚約もしていないご令嬢を押し倒せるわけがないだろう、悪魔かお前は……っ」

——そんな真似をしたら、確実に泣かせてしまうではないか。

逆に罵られ、オリヴァーはふん、と鼻を鳴らした。

「あいにく、情緒とは縁のない人生を送って参りましたので。それで、エレオノーラ姫のご要望は通すのですか？」

ハーラルトは息を吐き、机を回って椅子に腰掛ける。一番上に置かれていた書面に目を通し、渋面で頷いた。

「……アダムまで巻き込んでいるのでは、仕方ないな……」

その書面は、隣国側から提出された、リリーを含む、複数の令嬢を交えての茶会の要望書だった。エレオノーラが、庭園の使用許可を求めているのである。外務大臣のアダムにまで同意を求めたらしく、彼のサインもあった。

アダムにとってリリーは、どこに出しても恥ずかしくない娘だ。現在彼女は、ハーラルトの妻になる可能性を鑑《かんが》み、王家から家庭教師をつけられている。ところが、講義内容は全て把握していて、おさらいをしているだけの状態らしく、講師たちは彼女の教養の高さに舌を巻いているとか。

十二分に教養を身につけさせ、大事にしてきた娘でも、最も力を入れている外交政策の要《かなめ》に所望されれば、断る術はない。隣国と友好を結ぶため、アダムも必死なのは理解でき、無下に退けられない要求だった。

ハーラルトは、オリヴァーに目配せする。

「隣国の現状は調べがついたか？」

オリヴァーは手にしていた書類の束を差し出した。

「……やはり、殿下のお考え通りでした。王都はかなりの金額を投資し、華やかに潤っておりますが、それ以外の州は酷く厳しい経済状況です。長きにわたり強制された高額な税の徴収に食糧不足で民は困窮し、豊かさとは無縁の生活を送っております。飢えにより、病魔に冒されている地域も多い。王都以外の視察を求め、正式に申請書を提出した外交官には、許可が下りる気配はありません」

「……そうか」

隣国を調べろと命じてから、オリヴァーは魔法省の使い魔と人員を使い、秘密裏に隣国の実情を調査していた。詳細が記載された報告書を読んだハーラルトは、その惨状にため息を吐く。

「……この状況では、隣国は次の戦など到底できないな」

ヴンター王国はすでに、多くの兵を失い、もはや民間人レベルの者も軍人として登用されていた。国庫は枯渇《こかつ》し、兵糧《ひょうろう》もないようだ。

フェアトラーク王国の外交官には実情を隠し、いつでも戦ができると見せかけて、金銭をむしり取る腹づもりだったのだろう。オリヴァーが淡々と口添える。

「外交上、許可のない場所を視察するわけにはいきませんから、ノイナー侯爵をはじめ、外務省は実情を知りません。彼らに非はございませんが、相手方の条件を呑むことも、隣国姫と結婚する意味もなさそうです。先方に余力はなく、婚姻を蹴ったところで、開戦は不可能でしょうから」

「そうだな……」

ハーラルトが同意すると、近侍は目を細めた。

「ご予定通り、今後殿下は、強硬派として振る舞われますか？」

隣国の許可なく調査官を向かわせて得た情報は、公にできない。領土侵犯だと怒りを買うのは確実だ。この情報は内々に保持し、正攻法で——ハーラルトが念頭に置いていた、強攻策で動く他なかった。

穏健派であるリリーの父と対立する構図になることに引け目を感じつつ、ハーラルトは応じる。

「ああ。今後俺は、強硬派として戦も辞さないと振る舞い、隣国に揺さぶりをかける。実際に戦をするつもりはないが——提示された馬鹿げた条件を覆させよう」

ハーラルトは報告書を机に置き、コンラートに指示を出した。

「コンラート。手始めに、一週間後、東園の花園で茶会をする。護衛の人員割りを作れ」

「かしこまりました」

ハーラルトは近侍たちを見やり、にっと笑う。

「それでは——偽りの戦をしかけようか、諸君」

「——御意」

オリヴァーとコンラートは深く頭を下げ、粛々と動き始めた。

四章　恋

一

王宮の東園にある花園は、各所にフェアトラーク王国とヴンター王国の近衛兵が配置され、やや物々しかった。ラベンダーにクレマチス、ビオラにカンパニュラ。色とりどりの花が咲き乱れるその庭園の、一際鮮やかに薔薇が咲くエリアに、円卓が用意されている。

前回参加した、王太子主催の園遊会ほどではないながら、庭園内には複数名の令嬢の姿もあり、すでに談笑している声が聞こえた。

リリーは兄にエスコートされながら、人で賑《にぎ》わっている茶席へと向かう。

王宮へ召し上げられて十日あまり、彼女はエレオノーラとお茶をすることになったのである。

エレオノーラからの要望らしく、二日前に父が部屋を訪れ、念を押していった。

『いいかい、リリー。エレオノーラ姫には、あくまで一臣下の娘として接するんだよ。巷では、お前がハーラルト殿下の婚約者になる予定だと大騒ぎしているが、事実無根なのだから。婚約するのかなどと聞かれたら、絶対に否定しなさい。いいね?』

王宮に召し上げられて以来、講義漬けの毎日だったリリーは、外界は大騒ぎなのかと血の気が引いた。外交政策上、父にとってエレオノーラは大事な客人だ。無礼のないよう対応するつもりだが、婚約の話題について念を押されたところを見ると、やっぱりハーラルトと政略結婚する予定なのでは、と思う。彼は否定したが、どうなのだろう。

リリーは、人に囲まれて庭園の中央に佇んでいた、エレオノーラに視線を向けた。茶会を始める時間の前だったため、参加者はまだそれぞれ立ったまま雑談をしている。茶会にはハーラルトも参加予定だが、彼の姿はまだなかった。エレオノーラの傍らには、リリーの父の姿がある。

エレオノーラは隣国からの賓客であるため、接待役をかねて、父が彼女に同伴しているのだ。そして兄によると、ハーラルトはリリーのエスコートを申し出たらしいが、婚約もしていない以上、承服しかねると父が固辞したそうだった。

大きく襟ぐりの開いた鮮やかな翡翠色のドレスに身を包んだリリーは、ゆっくりと彼女に近づいていく。父がリリーに目を向け、他の令嬢たちと会話をしていたエレオノーラもこちらを振り返った。彼女につられ、庭園内にまばらに散っていた令嬢たちの視線も集まる。

エレオノーラは、赤とクリーム色の布地を使った、首元までがレースで覆われたドレスを着ていた。彼女は今日も無表情で、その眼差しは睨んでいるようにも感じる。

ハーラルトに対しては笑顔を見せていたところを考えると、事実無根でも、婚約者候補などと呼ばれるリリーに不快感があるのだろうか。

彼女が茶会を望んだ理由も想像できず、リリーは緊張した。

エレオノーラの傍近くにいた令嬢の一人が、隣にいる少女に話しかける声が聞こえる。

「見て。なんて遅い歩みかしら。あれじゃ、待ちくたびれちゃうわ」

「昔と変わらないわね。鈍くさいリリー」

リリーに聞こえる声音で囁き合い、二人はクスクスと笑った。幼少期に王都で見た覚えのある顔ぶれだった。

健康な子たちについて行けず、いつのまにかひとりぼっちにされていた記憶が蘇り、リリーは焦る。体が弱かったため、ゆっくりした所作が身に染みついてしまっていた彼女は、普通よりも足が遅かっただろうか、と足早になりかけた。

手を取ってエスコートしていた兄が、苦笑する。

「リリー。僕が昔話したこと、覚えてるかな?」

リリーは、栗色の髪にやや垂れ気味の青い瞳を持つ、端整な顔をした兄を見上げた。なんの話かわからない。目で尋ねると、兄は優しく笑い、かつてと同じセリフを吐いた。

「言っただろう?　そのままのリリーを受け入れてくれる人が、本当の友達だよ」

リリーはそうだった、と息を吸う。――うっかり、失念するところだった。

友人は欲しいけれど、時間をかけて見つけると決めたのだ。周りの目を気にして、無理をしたってあとで困るのは自分だろう。

兄は陰口を叩いた令嬢たちに妖艶な笑みを向け、リリーにだけ聞こえる声でつけ足した。

「それにお前の所作は、人より少しゆっくりなくらいで、大して問題はないよ。彼女たちは、本当にお前が鈍くさいと思っているわけじゃなくて、王太子妃の座を奪われたと思って、妬んでいるだけだ」

「そうなの……？　私は殿下の妻にはならないのに……」

父に反対されている以上、リリーがハーラルトの妻になることはない。誤解だと説明した方がいいだろうか。リリーは惑い、彼女たちに目を向けた。そして驚く。王太子妃を望んでいるはずの令嬢たちは、先ほどの意地悪な笑い声などなかったかのように、兄の笑顔に頬を染めていた。

笑顔一つで少女の心を奪った兄に、リリーは眉根を寄せる。

「……お兄様。誰彼構わず愛嬌《あいきょう》を振り撒《ま》きすぎるのも、よくないと思いますけれど……」

「どんなに性格の悪い子でも、好かれていれば、のちのち利用できるかもしれないからね。これもお仕事の内なんだよ、リリー」

父と同じく仕事人間の兄は、笑顔で辛辣なことを言い、リリーの背をぽんと叩く。

「それにお前は、心ないご令嬢でなく、本日の主役に集中しなさい」

促されて、前方に視線を戻したリリーは、意外に感じた。兄は人より少しゆっくりなくらいだと言ってくれたが、リリーの足が遅いことに違いはない。待っていられず、他の令嬢たちと話していてもよさそうなものなのに、エレオノーラは、リリーが歩み寄るのを静かに待ってくれていたのだ。

彼女の態度に不思議と懐かしさを感じ、リリーはふわっと笑みを浮かべた。当人に自覚はないながら、優雅な足取りで歩み寄り、膝を折る。

「お待たせして申し訳ございません、エレオノーラ様。再びお目にかかれ、光栄です。リリー・ノイナーでございます。先だっては園遊会でお世話になりましたこと、心より御礼申し上げます」

伏せた翡翠色の瞳は長い睫で縁取られ、弧を描いた口元は艶ある薔薇色。肩口からはらりと栗色の髪が垂れ落ちると、意図もせぬのに、淡い色香が漂った。

茶会に招かれた令嬢だけでなく、周辺に配置されていた近衛兵までリリーに視線を向ける。エレオノーラは周りの反応を見回してから、リリーに膝を折って挨拶を返した。

「私も、またお会いできて光栄です、リリーさん。お体がよろしくなったようで、安心しました。今日も、ご無理はなさらないでください」

平坦《へいたん》な声音だったものの、労《いたわ》りの言葉をかけられ、安堵する。ハーラルトに恋をしていても、婚約の噂があるリリーに正面から意地悪をするような、品のない人ではないようだ。

おっとりと笑い返すと、エレオノーラは視線をリリーの背後に向け、軽く眉を顰めた。庭園に集っていた令嬢たちがにわかにざわめき、リリーは胸を押さえる。急に鼓動が乱れ、全身が熱を帯びる。呼吸が浅くなりかけ、振り返って、その理由を理解した。

軍部の制服に身を包んだハーラルトが、近衛兵を引き連れて歩み寄ってきていたのだ。銀糸の髪が明るい太陽の光を弾いて、そこだけ光が差しているかのように目映《まばゆ》く見える。均整の取れた体軀に秀麗な顔。何もかも忘れて見惚れそうになり、リリーはまずい、と視線を逸らした。

ハーラルトは平然とリリーの傍らで立ちどまり、エレオノーラに挨拶をする。

「やあ、エレオノーラ姫。ご機嫌いかがだろうか」

リリーは思わず、彼からじり、と離れた。こんなに沢山の人前で、『餓え』に襲われる様を見せるわけにはいかない。

ハーラルトしか目に入らなくなり、頬を紅潮させ、吐息を乱すなんて、淑女としてあり得なかった。リリーは音を立てぬように、そっと庭園の端にある薔薇の方向へ向かう。

「リリー……？」

今日は、エレオノーラのために開かれた茶会だ。もてなさねばならぬ客人から離れようとするリリーに、兄が声をかけた。逃げようとする彼女を、ハーラルトもまた見逃さない。

「リリー、茶会は今からだから、花を愛《め》でるのはあとにしようか」

「ひゃっ」

ぱしっと手首を掴まれ、リリーは肩を揺らした。何の気なしに、といった感じで自分を引き寄せたハーラルトの力は、想像以上に強い。軽く引き寄せているだけなのに、リリーは逃れようもなく、彼の傍に連れ戻された。

その光景に、参加客らが囁き合う。

「やっぱり、リリー嬢が婚約者候補というのは本当なのね……」

「社交デビューするなり殿下を射とめるなんて……『魔性の一族』は怖いわね」

聞き覚えのない通称に、リリーは内心首を傾げる。しかし息が乱れ始め、それどころではなかった。じわりと額に汗が滲みだすも、とにかく、ハーラルトの婚約者候補だなどとエレオノーラに勘違いをさせてはいけない。リリーは震える息を吐いて、手を離してくれないハーラルトを見上げた。

「あ、の……ハーラルト殿下……手を、離してください……」

ハーラルトはこちらを見下ろし、視線が絡む。否応なく瞳は潤み、自分を見つめる彼の瞳にも、やや危うげな熱が灯ったように見えた。その時、エレオノーラが口を開いた。

「……私、しばらくリリーさんと二人でお話がしたいのです。せっかく茶会の用意を頂いておりますので、ハーラルト殿下には他のご令嬢方と歓談なさって頂けると嬉しいのですが」

今度はエレオノーラが、リリーの手をさっと摑む。彼女に引き寄せられ、たたらを踏んだリリーは、事態が理解できず当惑した。

ハーラルトは軽く眉を上げる。

「……女性二人で、内緒話がしたいとおっしゃるのですか？」

エレオノーラはにこっと笑った。

「ええ、ハーラルト殿下は懐深い方ですもの。これくらいお許し頂けますでしょう？　周囲には近衛兵が沢山侍っておりますから、何の心配もないかと」

ハーラルトは片目を眇め、エレオノーラの傍らにいた父が気遣わしく口を挟んだ。

「娘と話すのはいつでもできます。今日はせっかく多くの令嬢を招いておりますので、エレオノーラ様が以前から望まれていたように、少女らしい雑談を楽しまれては……」

エレオノーラは父を困り顔で見返す。

「そうですね。母国では同年代の少女たちと話す機会がほとんどありませんでしたから、おしゃべりをしたかったのは山々なのですけれど。残念なことに、私は当人に聞こえるよう陰口を叩く者たちと雑談を交わす趣味はないのです。――気がそがれた、と言えばわかって頂けるかしら」

ぴしゃりと言い放たれ、父はもとより、参加していた令嬢たちが全員静まり返った。リリーの陰口を言っていた少女たちは、真っ青になる。彼女たちとて、自分たちが賓客をもてなすために呼ばれたのはわかっているだろう。客人の気分を害したと知って、縮こまった。

ハーラルトは思案げに胸の前で腕を組み、エレオノーラはリリーと手を繋いで、参加客らに背を向ける。

「異論はないようですから、行きましょうかリリーさん」

エレオノーラに引っ張られ、リリーはどうしたらいいのかと、振り返った。兄はにこっと笑って手を振り、父は複雑な表情で言い添えた。

「……リリー。お父様の言いつけを、忘れてはいけないよ」

「エレオノーラ姫。護衛用に結界を張っておりますので、東園からは出られませんように。リリーを連れて結界を出ると、雷が落ちるようにしております」

父に続けてハーラルトが忠告し、リリーはなんて結界を張っているのだと目を見開く。しかしエレオノーラは、平然と応じた。

「わかりました」

茶席から声も届かぬほどに離れた庭園の一角で、エレオノーラはリリーの手を離した。

「……つい、連れ出してしまったのだけれど、ご迷惑だったらごめんなさい」

「い、いいえ……その、お気遣いありがとうございます」

陰口を言われるのは、リリーだって楽しくはない。あの場を離れる理由を作ってくれて感謝しているると言うと、エレオノーラは視線を逸らして、眉尻を下げた。

「……聞こえよがしに陰口を言う者が不快だったのは事実だけれど、貴女と二人きりになる理由を探していて、ああ言いました」

「……何か、お話があったのでしょうか？」

聞き返すと、彼女は俯き、言いにくそうに口を開いた。

「……貴女が急に召し上げられることになったと聞いて……話を聞きたかったのです」

リリーは肩を揺らす。きっと彼女はハーラルトに恋をしているのだから、婚約者候補と噂されるリリーの存在を、見過ごせるはずもない。エレオノーラは、事の真相を聞きたかったのだろう。

茶席を離れる際、父は言いつけを忘れるなと言った。婚約話そのものが事実無根だと言うよう命じられていたリリーは、おっとりと首を振った。

「……エレオノーラ様。僭越《せんえつ》ではございますが、私は、ハーラルト殿下の妻になる予定はございません。ハーラルト殿下のような、素晴らしい才のある方には、きっとエレオノーラ様のような方が相応しいかと……」

学問も、武術も、魔法も、他の追随を許さない優秀な次期国王。一国の姫君であるエレオノーラは、彼に相応しかった。おかしな場所に聖印を宿してしまったリリーなど、彼の隣に立つべきではない。

外務大臣の娘として、正しい答えを口にした彼女は、ツキリと走った胸の痛みに、眉根を寄せた。

――……？　どうして、悲しく感じるの……？

自分の感情に戸惑っていると、じわりと涙が滲みかけ、慌てて瞬きを繰り返す。

なぜか、ハーラルトに語って聞かせられた過去の話が、脳裏を巡った。

ほんの数カ月しか一緒に過ごさなかった、脆弱《ぜいじゃく》な体を持つ少女を忘れず、想い、魔法医の資格まで取った王太子。

リリーは覚えていないけれど、彼の記憶は鮮明だ。

聖印を宿してしまったがために王宮へ召し上げたが、今はリリーが婚約を承諾するまで、鷹揚に待ってくれている。

聖印を授かってからずっと、リリーは溢れるほどに恋をしていた。その強烈な感情は身に覚えがなく、違和感を覚えるばかりだった。けれど、幼い日からの恋情を告げられて、リリーは戸惑いながらも鼓動を乱した。その後に見せられた彼の明るい笑顔には、胸が温かくなった。額へのキスはびっくりしたけれど、やっぱり態度は真摯で、瞳は彼の姿を追わずにいられない。

ハーラルトの優しい想いに、とくりとくりと、鼓動と一緒に感情が追いつこうとしている。

心が、変質しようとしている。

リリーは自分の本音に気づき、掌をぎゅっと握った。

――ダメよ。お父様は、結婚を望んでいないもの。

リリーの内心など知らぬエレオノーラは、その答えにほっと息を吐く。

「そう。ならいいの、安心したわ。……変な話をして、ごめんなさい。……あっ」

胸を撫で下ろした彼女は、腕を下げた拍子に腰に下げていた小袋に指先を引っかけ、何かを落とした。リリーはしゃがみ込み、落ちた物を拾う。

ピンクと紫のガラスを使った、菱形のステンドグラスに、細い糸で石を三つ吊り下げた魔道具だった。風に揺れると高い音色を奏でるそれは、国中至る所で手に入る。

一国の姫様も、こんなまじないガラスを気に入るのか、とリリーは微笑んだ。

「『恋が叶うまじないガラス』ですね。色々なデザインがあるので、選ぶのが楽しい商品ですよね」

リリーが手渡すと、彼女は初めて、リリーに対して明るい表情を見せた。

「この間、王都で見つけたのです。この国の方なら誰でも知っているまじないなのでしょうか。私の国では、恋なんて不謹慎で、商品名を見た時とても驚いたのです。フェアトラーク王国は、あまりに母国と違っていて、感動するばかりなの。生活水準の高さや、豊かさ、民や臣下の幸福そうな様子。……戦続きの我が国は今、やっと一息ついている状態だから……」

年頃の令嬢らしい無邪気な表情に、リリーは笑みを深くする。同時に、エレオノーラのセリフに滲む、ヴンター王国の現状を感じ、心は沈んだ。

血気盛んな隣国は、領地を次々と拡大していったが、安寧にはまだほど遠い時代なのだろう。フェアトラーク王国に住む少女たちが恋に一喜一憂している時、彼女はきっと、国民を思い、憂えている。今ここにいる間だけでも、年頃の少女として過ごしてもらえたらと、リリーは彼女の手元に目を向けた。

「はい。年頃の女の子たちに人気のあるまじないです」

エレオノーラは、嬉しそうにまじないガラスを指先で弄《もてあそ》ぶ。

「そうなのですね。可愛かったので、一組買って、片方をハーラルト殿下にお贈りしたのです」

「――」

リリーは一拍、言葉を失った。頭が真っ白になりかけたが、なんとか平静を装い、相づちを打つ。

「……そうですか……。ハーラルト殿下は、受け取られましたか……？」

微かに震える唇で尋ねると、エレオノーラはふふっと笑った。

「ええ。気に入ってくださったかどうかは、わからないけれど」

「……さようで、ございますか」

このまじないガラスは、製造当初、あまり売れなかった。なぜなら、魔道具とは名ばかりで、商品に魔法はかかっていないからだ。買ったところで恋は叶わず、とんだ欠陥商品だと、当初は見向きもされなかった。でもいつからか、好きな人に渡して受け取ってもらえたら、両思いの証になると、少女たちの間で広まっていったのである。そうして今、『恋が叶うまじないガラス』は、恋人同士が持つ揃いの飾りとして、有名なのだ。

このガラスを受け取ったなら、ハーラルトはエレオノーラの想いを受け入れたという意味だった。

けれど、それじゃあどうして彼は、リリーと結婚したいと言っていたのだろう――。

どう判断したらいいのか迷い、思考を巡らせたリリーは、そうかと内心で手を打った。

ハーラルトがリリーに想いを告げてから今日まで、一週間ほど経っている。この間に、彼は方針を変更したのだろう。

『餓え』の症状は、物理的に離れてしまえば、多少なりとも緩和した。彼は聖印ではなく、隣国との友好的国交締結に重きを置き、王太子として正しい選択をしたのだ。

リリーは自分を納得させる答えを出して、エレオノーラを見やる。彼女は、ほんのり頬を染めて『恋が叶うまじないガラス』を見つめていた。青い瞳は微かに潤み、唇から物憂げな吐息が零れる。

ハーラルトに恋をする、可愛らしい少女の顔だった。

エレオノーラはため息交じりに言う。

「……アスランが護衛に戻ってきたようですね。今日は女の子同士の茶会だから、しばらく離れていてとお願いしたのに」

「……？」

唐突な話題について行けず、リリーはきょとんとした。芝を踏む足音がして、背後を振り返る。

漆黒の髪に濃紺の瞳の近衛兵が、歩み寄ってくるところだった。以前、園遊会で倒れたリリーに駆け寄り、救助を手伝ってくれた——アスランという名の人だ。

エレオノーラは、気配だけで自身の近衛兵の接近を察したのか、振り返りもせず苦笑した。

「彼は、とても心配性で。まだ国交も結んでいない他国の地だから、私に万一がないよう、いつも傍近くに控えています。近衛兵だから当然なのですが、最近疲れてしまって。少し休憩したくて、茶会の間は離れていてとお願いしていたのです」

だけど茶会の席から離れたから、戻ってきたようだと、彼女はまじないガラスを小袋にしまって、後ろを振り返った。

彼女の傍近くに戻ったアスランは、鋭い濃紺の瞳でエレオノーラを見下ろし、異常がないか確認するように彼女の顔に視線を走らせた。何事もないと見て取ったあと、今度はリリーに目を向ける。

リリーは、彼に向かって膝を折った。

「先だっては、園遊会にて私の救助をしてくださり、ありがとうございました、アスラン様」

「いや、礼には及びませぬ。……あれ以降、お体の調子はよろしいのか」

やはり外見通りの、無骨な人らしい。堅苦しい物言いのアスランに、リリーは顔を上げて頷いた。

「はい、薔薇の棘で裂いた腕の傷も、すっかり治ってしまいました」

「……そうか」

アスランは言葉少なに頷き、リリーは彼を見返しつつ、園遊会の日を思い出す。

思えば、アスランに助けられた、あの時に聖印を授かったのである。あの日、ハーラルトと出会わなければ、聖印を授かることもなかっただろう。社交界に興味のなかったリリーなら、頻繁に宴《うたげ》にも出席しなかった。彼と顔を合わせぬまま、一生を終える可能性だってあったのに。

――王宮の園遊会に参加したばかりに……。

出会ってしまった憂いに胸が苦しくなって、リリーは視線を落とした。リリーを見ていたアスランが、言いにくそうに尋ねる。

「……その、エレオノーラ姫と何か、諍《いさか》いでもあったのだろうか」

彼を見つめていたエレオノーラが、むうっと口元を尖らせた。

「私とリリーさんはお話していただけよ。諍いなんてあるわけないでしょう」

「いや、しかし……」

彼は言い淀《よど》み、リリーに手を伸ばした。

「泣いていらっしゃる」

「……え」

乾いた指先で頬を拭われ、リリーは目を見開いた。染み一つない白い頬は、瞳から零れ落ちた涙で濡《ぬ》れていた。

「あら、本当……。どうしたの？　どこか痛い……？」

エレオノーラが心配そうに顔を覗き込む。同時に、リリーの髪が風に揺れた。

リリーはぎくりとする。数刻前に味わった『餓え』と同じ症状に襲われ、彼女は掌で口を押さえた。そして背後から自分を包み込んだ体温に、心の中で悲鳴を上げた。

「……私の寵姫に何をしている」

鼓膜に響く、苛立ちを抑えた低い声は、間違いなくハーラルトのそれだった。


転移魔法で突如現れたハーラルトに、アスランは弾かれたようにエレオノーラを背後に下がらせ、腰に帯びた剣に手をかける。剣を抜く直前、エレオノーラが彼の上着を摑んだ。

「剣を抜いてはダメ、アスラン……っ」

周囲に配されていた近衛兵たちが一気に緊張し、ハーラルトは、背後からリリーを抱きしめたまま、薄く笑った。心臓が飛び出そうに鼓動を打ち、リリーは頬を染めて身じろいだ。

「殿下……っ、は、離……っ」

狼狽して声を上げるも、彼はリリーではなくエレオノーラたちを見据えていた。

エレオノーラが頭を下げる。

「失礼致しました、ハーラルト殿下。突然のおいでだったため、私の護衛は咄嗟に警戒を」

アスランも剣から手を離し、頭を下げる。ハーラルトは涼しい声で応じた。

「いいえ、不意の出現に驚かれるのも無理はない。それはいいが、私の寵姫を泣かせるとは、どういったおつもりだろう」

ハーラルトは拘束を解き、リリーを自分に向き直らせる。心配そうに見つめられ、リリーは震えた。

顔は真っ赤になり、吐息が浅くなる。

視線が重なると、心があっという間に恋心に支配され、リリーの瞳からまた涙が零れ落ちた。感情が乱れ、自分でもどうして泣いているのか、わけがわからない。

ハーラルトは眉根を寄せ、リリーの涙を拭った。優しく頬を撫でられ、途端に『餓え』が酷くなり、リリーは身をすくめる。ハーラルトは平気な顔で、アスランに冷えた目を向けた。

「私の寵姫に何をされた。それに、気安く触れられるのも控えて欲しい。我が国では貞淑が重んじられている」

剣呑な雰囲気に、リリーは二人は無関係だと言いかける。が、それ以前に、この状況はマズイと気づいた。リリーはエレオノーラの前で、ハーラルトに触れられていたのだ。ハーラルトに恋をしている彼女にとっては、気分のよい光景ではないだろう。

「あの、違うのです。私は寵姫ではございません……っ。え、きゃ……っ」

エレオノーラに言い訳をして、すぐに離れようとしたリリーを、ハーラルトは逆に抱き寄せた。

「……リリー？　どうして逃げようとするのかな」

どうしても何もない。自分とハーラルトは婚約もしておらず、実質無関係だ。こんな風に抱き寄せられては困るし、エレオノーラに誤解されては大変だ――。

反論する言葉が頭の中を駆け巡り、ジタバタともがきながら彼を見上げたリリーは、びくっと身を強ばらせた。

自分を見下ろしていたハーラルトの笑顔が、なぜだか恐ろしく感じ、体が凍りついたのだ。

微笑みとは裏腹に、冷えた空気が放たれている気がする。大人しくなったリリーに、ハーラルトは満足そうに頷いた。

「うん。あまり暴れられると、理性が持ちそうにない。しばらく大人しくしていてくれると助かる」

怒りのあまり、殴ってしまいそうなのだろうか。間違いなく怒っている雰囲気のハーラルトに、すうっと青ざめると、彼は耳元で囁く。

「ああ、別に怖いことはしないよ。ただこのところ、『餓え』が酷くてね。貴女もこんなところで、私に襲われたくないだろう……？」

「……は、はい……」

どういう意味で襲われるのか定かでなかったが、本能的に身の危険を覚えたリリーは、大人しく彼の腕の中に収まった。

その様子に、アスランが眉を顰める。

「貞淑が重んじられるのならば、ハーラルト殿下とて、そのようにリリー嬢に触れるべきではないのではないだろうか」

ハーラルトは眉を上げ、口角をつり上げた。

「お聞きではなかったのか？　彼女は私の寵姫ゆえ、これは許された行為だ。私以外の男が触れたらわかるよう、検知の魔法もかけている」

浅い吐息に気づかれぬよう、両手で口を押さえていたリリーは、怪訝に思う。

「……そんな魔法をかけられた記憶はございませんが……」

恐る恐る尋ねると、彼は人差し指でリリーの前髪を払い、ぼそっと言った。

「……この間、キスをした時にかけた」

リリーは目を丸くして、それから眉をつり上げる。

「私に何もおっしゃらず魔法をかけるなんて、マナーがなっておりません。特に只人に対して魔法を行使する際は、よく礼儀を払うようにと魔法学の講師に教わっていらっしゃるはずです」

只人ながら、魔法学の一般教養は一通り学んでいるリリーに作法を指摘され、ハーラルトは意外そうに瞬いた。そのあとで、眉尻を下げる。

「……ごめん」

「謝罪すればよいという問題ではありません。私は殿下の寵姫でも婚約者でもございませんので、今すぐ魔法を解いてください」

我がもののように監視されては困る。そう言うと、ハーラルトはにこっと笑って、アスランに目を向けた。

「で、リリーに何をされたのだろう？」

リリーはぽかんとする。――無視だ。

アスランは苛立たしげに息を吐いた。

「私は周辺を確認して戻ったところだったため、リリー嬢が涙を流されている理由は存じ上げない。だがハーラルト殿下におかれては、今少し配慮ある態度を取られることをお勧めする」

「と、おっしゃると？」

「聞く限り、リリー嬢は貴方の寵姫ではないようだ。一方的な想いは両者を幸福にはしない。何より貴方は、ヴンター王国との国交締結を望んでいらっしゃるのではないのか」

リリーは、全身を緊張させる。国交締結という、含みある言葉を吐いたアスランを振り返った。険のある眼差しがこちらに注がれ、ハーラルトはリリーを腕に抱いたまま、にいっと笑う。

「生憎、私はまだ血気盛んな年頃だ。安穏とした日々に飽いていた頃だから、多少平和な日々が乱れようと、気にしない」

エレオノーラがひゅっと息を呑み、見る間に青ざめていった。リリーは焦って、口を挟む。

「な、何をおっしゃっているのです、ハーラルト殿下……っ。それではまるで……！」

「……まるで、なんだい？」

ハーラルトは蠱惑《こわく》的な笑みを浮かべて見下ろした。リリーは最後まで言葉を紡げず、掌を震わせる。優しいばかりだった彼の瞳の奥に、獰猛な獣が見えた気がした。

——まるでハーラルト殿下は、隣国との戦を望んでいるよう。

ハーラルトは、隣国との国交締結を望む穏健派だったはずなのにと、リリーは混乱する。

隣国との関係が悪化しかねない状況に、視線を彷徨わせた彼女は、はたとアスランに目をとめた。

エレオノーラの傍らに立っていた彼が、苦しそうな面持ちで、口元を手で押さえたのだ。よく見ると、額にうっすら汗が滲んでいる。

「……アスラン様……？　ご気分が悪いのですか……？」

体調不良なら、医務室へ案内しなければいけない。純粋に心配して、アスランに歩み寄ろうとしたリリーは、途中で口を閉じた。腰に回されたハーラルトの手にぐっと力が入り、視界を大きな掌で塞がれたのだ。

「ハーラルト殿下……？」

リリーは戸惑って、目を塞いだハーラルトの手に触れる。ハーラルトは耳元で囁いた。

「……ねえリリー。私は嫉妬深いんだ」

吐息に鼓膜をくすぐられ、ぞくぞくと首筋から背中にかけて電流が流れる。

「で……殿下……手を、離してくださ……」

ハーラルトは震えた声で頼むリリーを無視し、エレオノーラに声をかけた。

「エレオノーラ姫、今日はこれでお開きにさせて頂く。茶会に招いた他の令嬢たちも、既に帰宅させておりますので、またご要望があれば、私にお伝え下さい」

「……ええ、わかりました。リリーさん、今日はありがとう。またお会いしましょう」

エレオノーラの声は硬く、緊張していた。

「は……はい……」

目隠しをされたままリリーは頷き、そして次の瞬間には、転移魔法でその場から連れ去られていた。

二

かつ、と足が床について、リリーは平衡感覚を取り戻した。転移魔法は、何度かけられても慣れない。まるで体が溶けてしまったように感じるのだ。腰にハーラルトの腕が回されていなければ、悲鳴を上げるところだった。

ぱっと瞼から手が離され、瞬く。

いつか見たことがある、木製の床だった。窓辺には読書スペースがあり、中央にあるらせん階段を見上げれば、三階分のフロアをくりぬいて造られた、数万の書物を収める書架が整然と並んでいる。

「王宮の図書室……」

「図書室は覚えてるんだね」

リリーが呟くと、ハーラルトは腰から手を離した。額に滲んだ汗を手で拭い、リリーから離れていく。

「……王宮の図書室は、父によく連れてきてもらっていたので……」

「アダムか……」

ハーラルトははあ、と息を吐き、リリーから十五歩ほど離れた位置にある、机の端に凭《もた》れかかった。そこまで離れてくれると、微細だが、『餓え』の症状が和らいだ。

彼は腹の前で腕を組み、横目にリリーを見る。

「……どうして泣いていたの」

庭園では怒っている雰囲気だったが、二人きりになると、彼の声はいつもの優しいそれに戻った。

リリーの肩から力が抜ける。

「……私もよくわからないのですが……いつの間にか、涙が零れていて」

「なんの話をしていたの？」

「……先日の、園遊会で助けて頂いたお礼を申し上げていただけです……」

そうして、ハーラルトと出会っていなければ――と考えると、涙が零れてしまった。

リリーは自分が泣いてしまった理由を意識しないよう、思考を切り替え、明るく微笑む。

「ハーラルト殿下は、エレオノーラ姫との婚姻をお考えになっているようで、ようございました。先ほどのお言葉は、お戯れですよね？」

まるで隣国との戦を望むようなセリフを吐いていたが、その前に、リリーは可愛らしい話を聞いていた。

彼は顔をこちらに向け、怪訝そうにする。

「どういうこと？」

「エレオノーラ姫から、『恋が叶うまじないガラス』をお二人でお持ちだとお伺いしました」

まじないガラスを二人で分けているなら、想い合っているという意味だ。さっきはきっと、冗談か、エレオノーラの気を引くつもりで、心にもない言葉を吐いたのだろう。

そう言うと、ハーラルトは何か考えるように、静かにリリーを見つめ返した。彼はため息交じりに立ち上がり、そしてぎくっと肩を揺らす。焦った風に口を開きかけ、何も言えぬまま数秒リリーを見つめた。彼は眉尻を下げ、呟く。

「……まあ、そうだよね。貴女は聖印を宿しているのだから、私が他の女性を想っていると考えると、悲しくなる」

「……え……？」

リリーは瞬き、ぽたりと温かな滴が床に落ちて、はっとした。瞳から、また涙が零れ落ちていたのだ。涙はとめどなく流れ、狼狽する。

ハーラルトは前髪を掻き上げ、俯いた。

「私が嫉妬を覚え、貴女の視界を塞いだように、貴女も嫉妬する。運命の恋人である私に、恋情を抱いているから」

「い……いいえ、これは……そんな……っ」

リリーは内心を見透かされ、焦って首を振った。

エレオノーラに、自身とハーラルトの結婚を否定した時も、彼女にまじないガラスを見せられた時も、胸が苦しかった。自分の感情を意識しないようにしても、聖印を宿さなければ――と考えるだけで、涙が零れてしまう。

リリーの心は、日を追う毎に塗り替えられていた。――抗う術もなく感じ続けている、ハーラルトへの恋情に。

ハーラルトが、ゆっくりとこちらへ戻ってくる。

「私もね、正直、自分がこんなに嫉妬深かったとは知らなかったよ。貴女以外に恋をした経験がないから。……多少は『餓え』の影響もあるのだろうが、しかしこれは、どうしようもないね……。私は貴女が他の男を見ているのは許せないし、それどころか、貴女の実父にすら苛立ちを覚える」

「――……お父様……?」

目を塞がれたのは、アスランを見ていた時だ。アスランになぜ嫉妬を――と思うものの、それ以上に、あの場にいなかった父の話題が不思議だった。

戸惑うリリーに、ハーラルトは苛立ちを顔に乗せ、笑う。

「……貴女は昔から、アダムが好きだよね。アダムに会うために王宮に来て、その片手間に私に会いに来ていた。いつも――一番に会いたいのは、アダムだった。そして今も、貴女は私など忘れ、父との思い出しか記憶に残していない。私は貴女を愛していたけれど、貴女は、私には興味がなかったのだろうね」

「……そんな、ことは……」

彼のことだけ、覚えていないのは本当だ。でもそれは多分、そんな薄情な理由ではない。だってハーラルトの記憶を聞くだけで、彼がいかにリリーを慮っていたかわかる。人柄も、想いも、記憶に残らないはずのない、優しい少年だったはずだ。

こつりこつりと歩み寄ったハーラルトは、リリーの目の前に立ち、そっと頬に手を伸ばした。白く柔らかな肌を撫で、苦しそうに顔を歪める。

「リリー……。貴女は、アダムが望むから、私を拒む。そして彼の望むよう、私とエレオノーラ姫を結びつけようとしている。……そうだろう？」

「――」

リリーは言葉を失った。鼓動が激しく乱れ、息が浅くなる。

父が望むから、ハーラルトとの結婚を否定した。外務大臣の娘として、正しい選択をしたはずだ。けれどその行動に、ハーラルトの想いは考慮されていない。

彼との過去を忘れ、そして今、父の望むように振る舞う自分が、いかに残酷な真似をしているのか、まざまざと見せつけられた心地だった。

彼はリリーの顎に指を添え、上向かせる。藍色の瞳を細め、艶やかに笑んだ。

「貴女の大事な父上を、喜ばせてあげられなくて残念だが、私は彼の望む通りには動かない」

リリーの唇から、震える吐息が漏れた。心が言うことを聞かない。もっと冷静に考えたいのに、『餓え』で思考が感情に埋め尽くされる。

ハーラルトはリリーのぷっくりとした唇に、妖《あや》しい眼差しを注ぐ。

「……聖印を宿したと知った日、私は神に感謝した。貴女が私のものになると、約束されたから。聖印を宿した貴女は、過去の記憶がなくとも、私に恋をする。……私が好きだろう、リリー？」

鼓動が乱れすぎて、目眩《めまい》がした。瞳はハーラルトしか映さず、思考はまともに働かない。彼が愛しい。その感情だけに支配され、リリーは震える唇を薄く開いた。

「ハーラルト様……」

「ああ、その呼び方の方がいいね。だけど、昔のように名を呼び捨てにして欲しいな、リリー？」

――それは、できない。身分が違いすぎる。

頭の片隅に残る理性が反発し、リリーは言葉を紡げなかった。

ハーラルトは潤んだリリーの瞳を見つめ、気に入らなそうに口角を上げる。

「ふうん……どこまでも理性的で、貴女は私の妻に相応しいね……」

ハーラルトは吐息混じりに言って、顔を寄せた。リリーは近づいてくる秀麗な王太子の顔に見入り、喜びに震える。

彼に触れたい。触れて欲しい。思考が恋情に染まり上がり、リリーは身を任せてしまいそうになった。より密着しようと、ハーラルトの片手が、するりと腰に回される。

その感覚に、リリーはびくりと背を震わせた。社交界にもまともに顔を出していなかった彼女は、家族以外の異性にエスコートされた経験がない。生娘故の敏感さは、同時に彼女を正気づかせた。色香溢れる眼差しで、口づけを交わそうと顔を寄せるハーラルトに気づき、目を見開く。顔を背けようにも、顎を摑まれていて逃げ場がなかった彼女は、彼の額に、べちっと手を置いた。

「こここ、婚約もしていないのに、何をなさろうとしているのです……！」

「……」

もうちょっとでリリーの唇を味わえるところだったハーラルトは、半目になった。

「……いいところで正気に戻るんだね……。でも、そもそも聖印を授かった時点で私たちは両思いなのだから、キスくらいいいんじゃないかな？　まあ、キスでとめられるかどうかわからないけど」

「……っ……っ……っ」

言いたいことが山ほどありすぎて、リリーは息継ぎしかできない。

ハーラルトはにこっと笑う。

「大丈夫だよ。責任は絶対に取る。貴女しか愛していないから。とりあえず、キスだけさせて？」

「……ダっ……ダメです！　キスは、両親に交際を許された人しかしちゃいけないことです……！　それに、それに、キスでとめられないなら、もっとしちゃダメ……っ」

恥ずかしすぎて、目尻に涙が滲んだ。彼は怯えるリリーをじっと見つめる。非常にさりげない仕草で彼女の前髪を整えつつ、ぼやいた。

「……厳しいね……。でも聖印への口づけは、アダムの許可はもらわずにするからね？」

「え……っ」

――どうして？

疑問が顔に出ていたのか、ハーラルトはくすっと笑う。

「あまり隠す意味はないようだから話すが、外務省は私とエレオノーラ姫の政略結婚を推し進めようとしている。彼はその筆頭に立つ者だ。聖印を宿していると知ったとして、外務大臣の彼が、私たちが永遠に愛し合うことを許すはずがないだろう？　そして私は、彼らの意向に沿うつもりはない。悪いけれど、そこは目を瞑ってくれ」

やっぱり、外務省は政略結婚を方針立てているのだ。リリーは咄嗟に国を思い、訴えた。

「そ、それではますますいけません……っ。ハーラルト殿下は、穏健派だったはず！　聖印などに引きずられず、どうぞ正しき道をお選びください……！」

彼が選ぶべきは、リリーではなくエレオノーラだ。

元来真面目なリリーが考え直せと言うと、彼は笑みを深めた。

「そうだよね。貴女ならそう言うと思ったから、はぐらかしていたのだけれど。でも貴女が私のお嫁さんにならないなら、隣国との友好的国交締結はないよ」

「は……？」

意味がわからない。ハーラルトは視線を逸らし、くつくつと笑う。

「善良なリリーにはわからないだろうね……。王族というのは古今東西、我欲が強いものでね」

「……どういう……」

さっぱり理解できない。ハーラルトは困惑するリリーを、揺るぎない眼差しで射貫いた。

「リリー。私は欲しいものは全て手に入れる。決して誰にも譲らない。私の妻になる者は、この世に貴女一人しかいない」

リリーの胸が、大きく高鳴った。じわじわと頬が染まっていく。恋に染まる思考の片隅で、聖印を宿した場所を意識し、彼女は思わず漏らしていた。

「……でも……私の聖印をご覧になったら……ハーラルト殿下はきっと、幻滅なさいます……」

——百年の恋も冷める場所にあるのだもの。

視線を逸らし、弱々しく言った彼女に、ハーラルトは満足そうなため息を漏らした。

「——そう。やっと認めてくれて、嬉しいよリリー」

「……っ」

リリーは口を押さえる。そういえば、今まで頑なに聖印を認めていなかったのだ。『餓え』のおかげで意味のない努力だった気がしないでもないが、聖印を見られていない以上、黙っていれば、シラを切り続けることも可能だった。

顔色をなくしていく彼女の耳朶《じだ》を撫で、ハーラルトは囁く。

「リリー……どんな場所にあろうと、私が貴女に幻滅する日はないよ。どこに授かったのか、教えてくれる？」

リリーは大きく首を振る。決して言えない。聖印は記録に残る奇跡だ。絶対に民衆に流布されるだろうし、内ももに授かったことが知れたら、家族も笑いものにされてしまう。

必死にうまい言い訳を探したものの見つからず、結局彼女は、同じ言葉を繰り返した。

「……わ、私は、聖印など授かっておりません……！」

ぐいっと胸を押し返すと、彼は素直に身を離し、やんわりと微笑んだ。

「……私は割と諦めが悪いよ、リリー」

幼少期からリリーを想い続けているという、実証済みの性分を告げられ、リリーの顔色は悪くなる一方だった。

三

奥宮にある私室で、フェアトラーク王は手渡された書類を片手に、頬杖をついた。王が執務に使っているその部屋は、窓辺に大きな机があり、壁面にはいくつも書棚が並んでいる。部屋の一角に設けられた応接スペースには一人掛けの椅子が四脚並んでいたが、ハーラルトは椅子には腰掛けず、床に膝を折っていた。

椅子に腰をかけた王は、ハーラルトから提出された書面を一通り読み、足下で頭を垂れる息子に視線を向ける。

「……なるほど。リリー嬢はようやっと、聖印の出現を認めたか」

時刻は深夜。ほとんどの官吏たちが業務を終了させ、家路についた頃合いだった。部屋の各所に設けられた灯火が、夜遅くまで執務をしていた父王の影をゆらゆらと揺らしている。

リリーが聖印を認めてすぐ、ハーラルトは父王に謁見《えっけん》を望み、即日報告に参上していた。彼は強い眼差しで父王を見上げる。

「隣国の現状については、書面にてご報告申し上げた通りです。我が国は今、新興国家に萎縮《いしゅく》してはならぬ時だと考えます。どうか私の方針にご同意頂きたい」

これが通らねば、袂《たもと》を分かつ。苛烈《かれつ》な意志を込めた視線に晒され、父王は苦笑した。

「そうか。……お前ももう、子供ではないのだな」

その声には寂しさが滲んでいて、ハーラルトは瞬く。

父王はクックッと笑い、書棚の一つに視線を向けた。そこには、幼少期のハーラルトと国王夫妻を描いた、小さな肖像画が飾られている。

「いつまでも子供よ、と思っておったが、私も年を取ったものだ。官吏らがどう動くか見守るつもりだったが、お前は別の道を選ぶのだな……」

父王は視線を戻し、満足そうに頷いた。

「いいだろう。お前の望むように動いてみよ。リリー嬢および隣国対応に関する裁量は全て、お前に一任する。次の議会でもそのように伝えよう」

ハーラルトは目を見はった。その表情に、父王はにやりとする。

「なんだ。俺が反対するとでも思っていたか？　俺と政権を巡る戦をしたいならば、乗ってやらんこともないぞ——愚息よ」

未だ統治者として現役である父王に、底光りする眼差しを注がれ、ハーラルトは渋面になった。

「……いいえ、それは結構です。お許し頂き、御礼申し上げます」

やぶ蛇にならぬよう、礼を言うや、さっさと退室する。大理石で覆われた、冷えた回廊に出た彼は、大きく息を吸った。

煌煌《こうこう》と王宮を照らす月を仰ぎ、藍色の瞳が鋭く輝いた。

リリーが聖印の出現を認めて以降、ハーラルトは毎日、花とお菓子を持って部屋を訪ねるようになった。自分のところではなく、エレオノーラの元へ行ってとお願いしているのに、彼はいっかな聞き入れてくれない。それどころか、会えば必ずどこかで口説き始められ、リリーは動悸が治まらず、今にも死んでしまいそうだった。

「リリー、今度一緒にノルト公園に行こうか？　貴女が好きそうな、ハーブの花が沢山ある公園なんだよ。薔薇も咲いているし、きっと気に入ると思うな」

「……殿下、手をお離しください……っ」

リリーは頬を染め、手を引いて歩くハーラルトに訴える。

二人は夕暮れ時の庭園を散策していた。父特注のドレスは、白と緑の薄い生地を幾重にも重ねた独特のデザインで、風が吹くとひらひらと布地が軽やかに揺れる。

バーナー衣装工房オリジナルのデザインで、着付けたエルゼはきっと流行すると胸を張っていた。ハーラルトの通う回数が増えるたび、エルゼは俄然《がぜん》やる気が増していくらしく、日を追う毎にリリーの様相は美しさを増す。

髪にはレースのリボンと白百合の花が使われ、爪は艶やかに磨き上げられていた。唇には淡い色の紅をのせ、それが彼女の白い肌を引き立て、清純で無垢《むく》な少女を演出している。

彼女の手を引いていたハーラルトは、振り返ってにこっと笑った。

「でも腰に触れるのはダメなのだろう？　貴女を見失ってしまわないように、手だけでも繋いでおかなくては。私の可愛い白百合姫」

リリーの部屋を訪ねてから、散策に誘った彼は、一度腰に手を添えようとしたのである。しかしリリーが嫌がったので、手を引いてエスコートしているのだ。

そしてリリーの今日の仕上がりを見たハーラルトは、開口一番『白百合が似合うね。無垢で清純な感じだ。本質はともかく、艶もあって似合うよ』と言った。それを聞いたエルゼが領地、アルタール州での二つ名を教えたものだから、今日はよく『白百合姫』と呼ばれるのである。

領地では、庭園でぼんやりと何も話さず佇むことが多かった。その姿は従者から見ると凛としていて、時折向ける流し目が妖しげだったらしく、いつの間にか『白百合姫』と呼ばれるようになっていたのだ。

連れてこられた王宮の西にある庭園は、大きな噴水があった。その脇にはベンチといくつかの茶席があり、周囲には丁寧に手入れされた薔薇のアーチと生け垣がある。それらの手前に広がる広場は色鮮やかな緑の芝に覆われ、子供が駆け回ってもよさそうな、余りある広さだった。

ハーラルトは王宮の外回廊から外れ、芝の方へ向かっていく。

「白百合も二つ名も似合わないのはわかっておりますから、もうその名で呼ばないでください」

揶揄われるのが嫌で、リリーは眉根を寄せた。ハーラルトは不思議そうに首を傾げる。

「うん？　似合ってると思うよ」

「……本質はともかく、とおっしゃっていたではありませんか」

恨みがましく言い返すと、彼はふっと笑った。

「悪い意味じゃないよ。貴女は色恋に鈍くて、おっとりとしている人だから。外見はいかにも恋に慣れた艶ある美少女なのだけど、本質は初心で可愛い人だ――という意味で言ったんだよ」

「……」

リリーは目を瞬き、かあっと頬を染める。その様子に、ハーラルトはぼそりと呟いた。

「本当に、貴女ほど純情な人はいないのに、世間は妄想が過ぎる……」

「……？」

うまく聞き取れず、顔を上げると、彼は首を振る。

「なんでもないよ」

「わっ」

ハーラルトは急にリリーを強く引き寄せた。たたらを踏んだ彼女の手と自身の掌を重ね、ぎゅっと指を絡める。両手を摑まれた状態になり、リリーの鼓動が跳ね上がった。

ハーラルトはリリーを見下ろし、少し頬を強ばらせる。

「……あー……。『餓え』も、悪くないかもしれないね。両手を繋ぐだけで、こんなに緊張できるのだから」

彼はリリーと額を重ね、ふっと笑った。

リリーは笑うどころではない。さっきまでは、できるだけ離れるため、腕を最大限伸ばして手を引かれていたのだ。急に額を重ねられ、血流が一気に上昇した。それだけではない。吐息は乱れ、瞳は潤み、落ち着きも失い、思考はめちゃくちゃだった。

「……さ、触っちゃダメって、言……っ、はな、離してくださ……っ」

「暴れたら、襲ってしまいそうだから我慢して」

「――っ」

容赦ない命令に、リリーは打ち震える。

ハーラルトはどうも、抵抗されると獲物を狩る獣じみた反応を示してしまう性癖のようで、距離を詰めた時、逃れることを許さなかった。

どう見ても余裕綽々《しゃくしゃく》の表情で、『餓え』など感じていない雰囲気だが、彼は彼で耐えているそうだ。

数日前に『餓え』は平気なのかと尋ねたら、「そうだね、死を意識するほどに我慢していると言えば伝わるかな?」と輝く笑みで答えられた。

ハーラルトは何かを堪えるため息を吐いてから、話しかける。

「……リリー、ここはね、貴女と私が出会った場所なんだよ。初めましてと、貴女と挨拶を交わした。……覚えてるかな」

「……」

リリーはきょとんとして、庭園を見渡した。オレンジ色の夕日が差す庭園は、どことなく懐かしさは感じても、ハーラルトとの思い出は蘇らない。

彼は苦笑する。

「思い出さないか……。私の白百合姫は、なぜ私を覚えていないのだろうね……」

笑いながらの呟きは、平気そうな顔色に反し、寂しさが滲んでいた。胸がずきりと痛み、リリーは俯く。

「……わからないのです。なぜか、アルタール州へ行く直前の記憶が、すっかりなくて……」

「……すっかり？」

「はい」

ハーラルトが真剣な面持ちで、顔を覗き込んだ。鼻先が触れそうな距離に、ぎくっとした。

「どれくらい思い出せないの？」

「……。数カ月分、くらいでしょうか。何度も、思い出そうとしているのですが」

「……そう」

彼はリリーをじっと見つめ、思案する。

見つめ合っていると、心臓がドキドキして大変な彼女は、視線を泳がせた。以前は視線を逸らすのも大変だったけれど、最近はなんとかできる。

二人の周囲に、近衛兵の姿はなかった。リリーが人前で手なんて繋げない、と言ったので、ハーラルトが下げているのである。しかし完全に離れるわけにはいかないらしく、遠巻きに兵の姿があり、彼女は身を縮こめた。

「……まだ恥ずかしい？」

声をかけられ、リリーは視線を戻す。距離が近くなると、ハーラルトの瞳はいつも雄々しさが増した。視線が重なるだけで、ぞくりと震えが走り、あえかなため息を零しそうになる。

リリーははしたない姿を見せるものかと、唇を噛んだ。

彼女の反応を間近で眺めていたハーラルトが、そっと咎《とが》めた。

「……唇を噛んじゃダメだよ。傷がつきそうだ」

リリーは眉をつり上げる。

「それでは、手をお離しください……」

「……それじゃあ、聖印がどこにあるのかだけでいいから、教えてくれる？　場所によっては、結婚の時期を早めるから」

恥ずかしい場所にあるなら結婚してから見るという、最大限の譲歩だった。思わぬ優しい提案に、リリーの心が揺れる。彼は明るく笑った。

「……それに、聖印の位置は流布しないよう命じることだってできる」

さりげなくつけ加えられた提案に、リリーはぱっと顔を上げる。見上げた彼の横顔に、夕日が差していた。銀糸の髪が暖かなオレンジ色に染まり、キラキラと輝く。

既視感を覚え、リリーは瞬いた。ハーラルトは、優しい眼差しで尋ねる。

「それならいい？」

「……そ、そんなこと、可能なのですか……？」

建国王夫妻の聖印については、国の隅々まで流布されている。建国王は手の甲に、王妃は首筋に聖印を宿した。

ハーラルトは頷く。

「私は王族だからね。国民へ流布する情報をコントロールすることだって、もちろんできるよ」

「……」

ハーラルトは、リリーのツボを突くのがうまかった。不安が全部解消されそうで、彼女は知らぬ間に握りしめていた手の力を抜く。ハーラルトは繋いでいた片手を解き、リリーの腰に回した。彼女がびくっと震えるのも織り込み済みで、耳元に唇を寄せた。

「貴女は本当に可愛い人だね……。生真面目で、正直だ。――私とは、大分違う」

「ん……っ」

耳朶に吐息が触れ、リリーはぎゅっと目を瞑る。

「……国民を騙そうと考えない、その清廉潔白さは、きっと私を助ける」

「……っ」

低く甘い声が鼓膜を震わせ、リリーの全身にぞくぞくと電流が走った。

「ねえリリー……私にはやはり、貴女しかいない。私の妻に……」

そこで、ハーラルトは言葉を切る。彼はリリーを見下ろし、おや、と目を瞬いた。

「おっと」

リリーは自力で立っていられず、かくりとその場にくずおれそうになる。洗練された衣服を身に纏った外見からは想像もできない、鍛えられたハーラルトの腕が、軽々と彼女を支えた。

「……リリー、大丈夫？」

リリーは頬をほてらせ、涙目で彼を睨んだ。

「手を、離してくださいと……申し上げたのに……っ」

意識してかしないでか、耳元で色香たっぷりに囁き続けられたリリーは、腰砕けになり、もはや体に力が入らない状態だった。

腕の中で吐息を乱すリリーを見つめ、ハーラルトは自嘲気味に笑う。

「ごめん。加減しているつもりだったんだけど。……今日はこの辺りで帰ろうか」

「……はい……」

王宮内とはいえ、西園は官吏たちが行き来する区域だ。いつ人目に晒されるかもわからない場所で、ハーラルトと過ごすことに引け目を感じていたリリーは、安堵した。が、ハーラルトが当然の顔で身を屈め、リリーの膝下に手を差し込んだので、目を見開く。

「えっ……あの、ハーラルト殿下……!?」

何をするつもりだ、と狼狽するも、彼はひょい、と彼女を横抱きにして、首を傾げた。

「うん？　立てないのだろう？　こうするしかないよね？」

いとも容易く抱き上げられたリリーは、顔を真っ赤にする。言い返そうにも、足は震えて役に立たず、腰砕けの彼女は確かに、こうされる以外に移動する方法はなかった。

「……申し訳ありません……」

リリーは情けなく謝罪し、大人しくハーラルトの腕に収まる。直後、ふわっと風が吹いた。うっすらかいた汗が冷やされ、心地よく目を細める。ハーラルトが、彼女の足先に視線を向け、肩を揺らした。

「――あ、まずい」

リリーは彼の視線を追って、目を見開く。

先ほどよりも強い風が吹いて、ぶわっとリリーのドレスの裾をめくり上げたのだ。バーナー衣装工房特製のドレスは、軽やかに揺れるのが特徴だが、通常より布地が軽く、風に弱かった。

「いやぁっ」

リリーは悲鳴を上げて、腹辺りまで裏返りそうになったスカートを押さえる。

両腕でリリーを抱えているハーラルトにスカートを押さえられるはずもなく、これは不可抗力だ。

彼女の白く細い生足を見た彼は、瞬き、ゆっくりとリリーの顔に目を向けた。

淑女として見せてはならない足を見せてしまった彼女は、青ざめ、ブルブルと震える。

「……ご、ご覧になりましたか……？」

――私の、破廉恥な場所にある聖印を……。

ハーラルトはしばし真顔でリリーを見つめ、朗らかに微笑んだ。

「何も見てないよ、リリー。いたずらな風だったね」

その笑顔は、どこまでも嘘くさかった。


「……リリー、大丈夫だよ。貴女の足は白くて綺麗だったけど、誰かに言いふらそうとか、そういう子供じみた真似はしないから」

リリーを抱えて庭園を横切り、外回廊を渡っていたハーラルトが、耐えかねた調子で言った。

リリーは息を呑み、頬を染める。庭園から外回廊に移動する間中、リリーは彼の顔を凝視し続けていた。足を見ただけなのか、聖印を見てしまったのか、彼の表情から判断しようとしていたのだ。

「……そうですか……」

聖印は見られていないようだが、結局足を見られるなんて、はしたない真似をしてしまった。はあ、と『餓え』と後悔がない交ぜになったため息を吐いた彼女は、回廊の先に目を向け、全身を緊張させる。ハーラルトが向かっている奥宮の方向から、人影がこちらに向かってきていた。

「お、下ろしてください、殿下……っ。人に、見られてしまいます……」

ハーラルトは前方から歩み寄る人に目を向け、たわいもない調子で笑う。

「ああ、国防総省の官吏だよ。バッハ侯爵と、もう一人は事務次官のアショフだな。……下ろしてもいいけど、立てる？」

リリーは聞き覚えのあるその名をどこで聞いたか思い出そうとしながら、こくこくと頷いた。そっと床に下ろされた彼女がドレスを整えている間に、二人はあっという間に歩み寄る。

「これは、ハーラルト殿下。ご機嫌麗しゅう」

「お目にかかれ恐悦至極でございます」

立派な口ひげを蓄えた壮年の男性と、神経質そうな青年だった。ハーラルトは微笑みを浮かべる。

「やあ、バッハ侯爵にアショフ。こんな時間までご苦労様。国防関係では苦労をかけているようですまないな」

ハーラルトの斜め後ろにひっそりと控えたリリーは、口元を手で押さえた。二人の名をどこで聞いたのか、思い出したのだ。園遊会のあと、ノイナー家に届いたリリーとの縁談を申し入れる手紙の中に、バッハ家の子息の名もあったのである。

彼らは、父が目の敵にしている、強硬派だった。せっかく多くの軍人を抱えているのに、使わぬのでは意味がないと、隣国との戦を推奨している人だとか。

父とも険悪な関係らしく、リリーは冷や汗を浮かべる。

「なんの。それもお国のためでございます。……おや、そちらのご令嬢は、噂のノイナー侯爵令嬢でしょうか」

恐らくこちらがバッハ侯爵だろう。壮年の男性が、大げさなくらいの笑顔でリリーに目を向けた。

リリーはぎくりとして、膝を折る。

「はい、リリー・ノイナーでございます。お目にかかれ、光栄です」

いつものようにスカートを摘み、しっとりと挨拶をすると、二人はリリーの全身に視線を這《は》わせた。百合とレースのリボンで彩った栗色の髪、大きく広がった襟ぐり、ふっくらとした胸元から、腹の前で重ねられた掌。値踏みする眼差しに閉口していると、バッハ侯爵が大らかに笑い声を上げた。

「なるほど、なるほど。ハーラルト殿下を一目で陥落させた、〝魔性の魅了を持つ令嬢〟とはまさに。ノイナー侯爵も、このような美しい娘を隠し玉にしていたとは、人が悪い」

聞き覚えのない通り名と品のないもの言いに、リリーは目を瞬く。

ハーラルトがリリーの腰にそっと手を添え、冷えた笑みを向けた。

「おや、生憎私は彼女を幼少期から見初めていたので、園遊会や公園で一目惚れした巷の男性陣と同じにされては困りますね。それに実際の彼女は魔性とは縁遠い、実に初心な方で、私もここ最近やっとエスコートを許されたくらいなのですよ……」

ハーラルトに引き寄せられ、リリーは『餓え』で瞳を潤ませ、頬を染める。息が荒くなったらどうしようと、彼女は控えめに俯いた。

その態度は、端から見れば淑女の見本。二人は目を丸くし、それからまた、バッハ侯爵が笑った。

「これは一本取られました！　さすが殿下、先見の明をお持ちだ。王家より我が家に縁談を断る文が届いた時は驚きましたが、殿下のご執心も理解できます。あの堅物……ではない、ノイナー侯爵が、一日も早くお二人の婚姻を許されるのを心待ちにしております」

「ありがとう」

「……殿下……っ」

ハーラルトは笑顔で頷き、リリーは焦る。お礼なんて言っては、結婚を望んでいると公言したも同然だ。先ほど結婚を早めると言った彼に心が揺れたのは、あくまで聖印の場所が流布されるのを恐れたためである。平静に考えれば、彼は和平のためにも、エレオノーラを選ばなくてはいけないとわかっていた。

リリーはバッハ侯爵とアショフを振り返り、首を振る。

「ち、違うのです……殿下は、お戯れを……っ」

二人は実に機嫌よい表情で、リリーに頷く。

「お喜び申し上げる、リリー嬢。王太子殿下が恋敵では、私の息子など足下にも及びませぬ」

「貴女に一目で魅了された多くの男たちの嘆きも、祝福の喝采の中ではかき消されましょう」

二人は、リリーの言葉などまるで聞こえていないように祝いの言葉を吐いて、脇を通り過ぎた。

リリーは呆然と立ち尽くし、後方から風に乗って届いた、二人の会話に凍りついた。

「ふん。噂は本当だったようだな。アダムも、己の娘が強硬派の後押しになるとは考えてもおらなんだろう」

「ええ、このままハーラルト殿下と結ばれて頂ければ、時勢は隣国との戦へと傾くはずです」

ハーラルトがリリーを選べば、エレオノーラとの政略結婚は白紙に戻り、国交締結政策も破綻する。自身の存在が、父が推し進めてきた政策を妨害し、フェアトラーク王国を戦へと導くのだ。

リリーは吐息を震わせ、ハーラルトを見上げた。彼は平然と促す。

「……リリー？　部屋に戻るのだろう？」

「い、今……バッハ侯爵たちが……」

彼はきょとんとリリーを見下ろした。聞こえていなかったのだろうか。どう訴えれば聞き入れられるか躊躇《ためら》ったリリーの頬を、ハーラルトは指の背で撫でた。

身をすくめた彼女に、彼は甘く微笑みかける。

「リリー、貴女は私のものだ。言っただろう？　貴女以外の妻などいらないと」

リリーは瞠目《どうもく》した。バッハ侯爵たちの会話は、聞こえている。彼は聞いた上で、訂正しようとしていないだけだ。

「……ですが、殿下……」

リリーが声を震わせて言うと、彼は片眉を下げた。

「リリー、いい加減、昔のように私の名を呼び捨てなさい」

そんな真似をしたら、ますます隣国の不興を買う。リリーは、己のしていることがわからないはずのない、聡明な王太子を睨みつけた。

「……貴方は、何をなさっているのです。王族とは、国を第一に考えねばならぬ者ではないのですか。聖印ごときに引きずられ、務めを見失われてどうします」

婚約もしていない、一貴族令嬢からたしなめられた王太子は、口角をつり上げる。

「聖印ごときか……。さすが私の想い人は、違うね。貴女は百年に一組あるかないかの奇跡を、些末なことだと言うのだね……」

大それた発言だった。神の奇跡を冒瀆《ぼうとく》するなど、あってはならない。しかしハーラルトの肩には、国民の未来が乗っているのだ。

ハーラルトはリリーをひたと見据え、淡々と言った。

「リリー。貴女宛てに届いた全ての縁談には、先日王家から断りの手紙を送ったよ。先ほどのバッハ侯爵の息子にも、私から丁重に断りの手紙を送っておいた。リリーは私のものだから、諦めてくれと」

「――」

リリーは青ざめ、ハーラルトはやんわりと笑う。

「王家からの返信をするには、父王の許しも必要でね。先日、父もようやく貴女を娶ることをお許しになった」

「そんな、陛下まで……なぜ……」

穏健派の筆頭は国王自身だったはずだ。なぜそんな事態になっているのか、リリーは混乱した。

ハーラルトはリリーの顔を覗き込み、囁く。

「リリー……もはや、この国に貴女が私の寵姫だと知らぬ者はいない」

「――」

ハーラルトと結ばれなければ、王宮から家へ戻っても、哀れみと嘲笑の的になるだけだ。暗にそう言われた気がして、リリーは唇を噛み締めた。

――それでも、国のためには恥も忍ばねばならない。

過ちを正すことを恐れない父を持つリリーは、眉をつり上げ、ハーラルトから顔を背けた。

「……ハーラルト殿下におかれましては、今一度冷静に考え直されることをお勧め致します」

リリーは言い捨てて、回廊を駆け出す。ハーラルトの傍にいると、『餓え』で翻弄されてしまう。冷静な判断ができないのは、彼も同じなのだ。

――距離を置くべきなのかもしれない。

リリーがそう思った時、ぐいっと手を引かれた。

「きゃ……っ」

全速力で駆けたつもりだったのだけれど、ハーラルトは息切れどころか平然とした顔でリリーの右手を摑み、引き寄せる。

「待って、貴女と仲違《たが》いするためにしてるわけじゃない。ちゃんと考えてる。私の方針上、説明は避けたいのだけれど。ねえリリー、大丈夫だから」

腰を抱き寄せられ、リリーは一気に頰を紅潮させた。一度身を離したからか、反動のように強烈な『餓え』が襲いかかり、恋情が膨れ上がる。頭がハーラルトへの想いで占められそうになった彼女は、逃れたい一心で、彼の頰をぺちっと叩いた。

「――殿下が強硬派を名乗るのでしたら、仲直りは致しません……!!」

「――っ……」

初めてリリーから叩かれたハーラルトは、さすがに驚いたのか、手を離してくれる。その隙にリリーは、今度こそ彼の元から逃げ出した。

リリーに頰を叩かれたハーラルトは、まだ肌の感触が残る、己の左手を見下ろし、息を吐く。刹那、背後に音もなく姿を現す者があり、彼は驚いた様子もなく視線を転じた。

胸に魔法省の紋章が入る、漆黒の上下に身を包んだ青年は、髪も瞳も黒い。書類を手にした、全身黒ずくめの近侍・オリヴァーは、ちょうど建物の中に駆け入るリリーの後ろ姿を見て、小首を傾げた。

「おや、逃げられておいでだ」

「……リリーは、俺が強硬派を名乗るのは許さないそうだ」

ハーラルトが沈んだ声音で応じると、オリヴァーは鼻で笑う。

「さようでございますか。善良なお考えで。……それで、わざわざ時刻を合わせて、強硬派の筆頭にリリー嬢との仲を見せつける、という計画は成功されたのですか」

「ああ。満足そうだったぞ。家に帰る道すがら、方々に言いふらしてくれることだろう」

腰砕けになったリリーを、転移魔法で運ばなかったのには、理由があった。人前で触れ合うのを嫌う彼女のために、人払いをして口説くようにしていたが、それだけでは事態が動かせない。

世間では既に、リリーはハーラルトの寵姫だと広まっている。だが、愛妾《あいしょう》にするのではないかという意見が根強く、決定打に弱かった。彼女との婚約が叶っていない以上、正妻に置く予定だと周知させるためにも、今日だけは、リリー当人に付き合ってもらう必要があったのだ。

首尾に頷き、オリヴァーはちろりとこちらに視線を寄越す。

「……外務大臣が、面会をお望みです」

ハーラルトは眉を上げた。

「俺にか?」

「リリー嬢にです」

王宮へ召し上げた彼女は、基本的に実の親であっても、面会は王家に許しを得る必要がある。ハーラルトは自分への面会でないならと、差し出された書類にサインした。

リリーの前では恰好をつけていたい彼は、ようやく堪えていた動悸による息切れなどを解放でき、大仰にため息を吐きだす。首筋にじっとりと汗が滲み、クラヴァットを取り払いたいのを我慢して、指先で緩めた。

連日、やせ我慢を続けている主人を間近で見ているオリヴァーが、皮肉げに笑う。

「……一国の王太子というのは、意中のご令嬢を嫁にもらうのも一苦労ですね」

「うるさい」

ハーラルトは眉間に皺を刻み、口の減らない近侍を睨みつけたのだった。

四

ハーラルトの頬をひっぱたいてから三日、リリーは複雑な気持ちで過ごしていた。ハーラルトが強硬派に与《くみ》するかもしれないとわかり、再考を願いたいのだが、どう動けばよいのかわからないのである。

結局、自分と不仲になるのが一番早いと、ここ三日、彼の来訪を断り続けていた。彼はこれまで、休憩時間などに転移魔法で出現することもあったので、手紙を送り、魔法で突然現れるのもダメだと伝えている。

彼の琥珀鳥がプレゼントを運んでくるのも、かわいそうだけれど窓を閉めて、受け取らないという徹底ぶりだ。

リリーを揶揄って遊んでいた琥珀鳥は、この三日、陽が暮れるまでバルコニーの手すりにとまり、キューイと甘える声で鳴き続けていた。あまりに不憫な風情に、リリーは胸が痛み、窓越しに話しかける始末である。

「ごめんね、貴方が嫌いなわけじゃないの。もうご主人様のところへお帰りなさい。私は貴方のご主人様には相応しくないのよ……」

本日も昼下がりにやってきた琥珀鳥に、リリーは瞳を潤ませて話しかけ、ため息を吐いた。まん丸の瞳がリリーを見つめ、首を傾げて「どうして窓を開けてくれないの？」と聞いているようだ。

「主人の命令とあらば陽が沈むまで待つだなんて、随分と忍耐のある鳥ですねえ」

リリーの背後で来客に備えてテーブルの上を片付けていたエルゼが、声をかける。

「躾《しつ》けるのが難しい分、懐くととても忠実だそうよ。主人の魔力を吸って生きているから、絆《きずな》も強いのだとか」

振り返って答えると、エルゼは眉尻を下げて優しく笑った。

「そうなのですね。ハーラルト殿下からお聞きになったのですか？」

リリーは目を丸くし、眉根を寄せる。

「……もう。意地悪な質問はしないで、エルゼ」

エルゼはふふっと笑った。

「いいえ、意地悪だなんて。殿下はこれまで、毎日通われていたのですもの。沢山お話をされていたので、それもお聞きになったのかなあと思っただけですよ」

「……それが意地悪なの」

リリーは頰を染め、泣きそうに潤んでしまった瞳を見られぬよう、そっぽを向く。

ハーラルトが連日通うようになってから、リリーは彼と沢山おしゃべりをした。琥珀鳥は捕まった相手にしか服従しないらしく、ハーラルトが自ら捕まえに行っただとか、主人がどこにいるか知らない相手でも、確実に見つけて手紙を送ってくるだとか。王立学院は通常六年で卒業だが、魔法医学を修得した彼は八年学び、これまでより副作用のほとんどない魔法薬の開発を進め続けているだとか。魔法医は普通の医者と違い、薬も開発するのだ。

リリーのお菓子好きを知ったきっかけは、ハーラルトの部屋のお菓子を見た反応からで、それから色々なお菓子を用意して好みを把握した。でも「基本的に、甘い物は全般的に好きだよね」なんて見透かされて、真っ赤になった。

リリーの記憶にはないが、一緒に読んだ絵本の話に、図書室でしたかくれんぼ。リリーが開けちゃいけない魔法の書を開きかけてしまい、危なかった話。

どれも愛情いっぱいの表情と声音で語られ、胸が温かくなった。

彼はとても懐深く、優しい青年だ。

聖印を宿していなくても、きっと出会ってしまえば、恋をしたと思う。

リリーとの思い出は全て大切な宝物のように話してくれる。どれ一つとして覚えていない自分が申し訳なく、悲しくなるほど、心は彼に惹かれていった。

ハーラルトの来訪を拒むようになってやっと、リリーは自分の感情を認めた。聖印の影響など関係なく、心から彼が好きになっている。

会えなくて寂しい。彼の綺麗な藍の瞳を見て、声を聞きたい。彼の記憶の中にいる自分と同じように、一緒に本を読んで、穏やかな時間を過ごしたい。

そんな欲求ばかりが募って、リリーはどうしたらいいのかわからなくなっていた。

一緒になれば国が荒れる。だから決して一緒になってはいけない。でも——好き。

リリーの葛藤《かっとう》を察しているエルゼが、作業の手をとめ、こちらに向き直る。

「お嬢様。この世では、聖印を宿した人のことを、『祝福の血を宿す者』と呼ぶのですよ」

リリーは指先で目尻に滲んだ涙を拭って、侍女を見やった。

「そうね……？」

誰でも知っている情報だ。どうして改めてそんな話をするのかわからず、リリーは目を瞬く。

エルゼは困った人だ、と言いたげな顔でリリーを見つめ、肩をすくめた。

「祝福というのは、誰からの祝福ですか？ ——私は、神様からの祝福だと思っています」

「……」

「どうして神様からお祝いを頂きながら、それはいりません、とおっしゃるのですか？ 体のどこに聖印を宿していようと、お祝いはお祝いです」

「でも……私はお祝いを頂くようなことは、していないし……結ばれては、国の未来が」

エルゼは眉根を寄せ、ふん、と鼻から息を吐く。

「私は侍女にして頂けたことを、とても感謝しておりますが、お嬢様が身に覚えがないとおっしゃるのでしたら、きっとお嬢様の魂がかつて、いいことをなさったのでしょう。そして神様が、今世はどうぞお幸せに、とお祝いを下さったのです。ハーラルト殿下と結ばれたら国が荒れるというのなら、きっとそれは、神様が望んだことです。それでよいではありませんか」

「そんな……」

国が荒れていいはずがない。首を振ろうとしたリリーを遮って、エルゼは明るく笑った。

「それにきっと、大丈夫だと思うのです。お嬢様、エルゼは、実は国は荒れないのでは、と思っています。だって神の御業《みわざ》です。神様が人の不幸を望むでしょうか？　エルゼは、神様の奇跡を疑うなんて、とてもおこがましいことだと思います」

「……そう……かしら……」

リリーは惑い、未だとくとくと恋の鼓動を繰り返す胸に手を置く。その時、部屋の扉がノックされた。エルゼがそそくさと対応に向かい、彼女は予定の時刻通り訪れた人を招き入れる。

暖炉前に設けられた長椅子の傍らに立っていたリリーは、彼の姿に表情を硬くした。

シルバーグレーの上下を身に纏った、壮年になってもなお煌びやかな外見をした父が、少し疲れた笑みを浮かべた。

「リリー、変わりはないかい？」

「……はい、お父様」

リリーは、ほどけかけていた自分の心が、また萎縮していくのを感じた。

父は暖炉の正面にある一人掛けの椅子に座り、リリーはその傍らにある、長椅子の端に座った。

エルゼが茶を出すのを待って、父はおもむろに口を開く。

「リリー。今、王宮内は少し落ち着きをなくしていてね」

「……そうなのですか？」

この三日、部屋に籠もっていたリリーは、王宮内の雰囲気を感じられていなかった。父は軽く指先を絡めて膝の上に置き、視線を落とす。

「ああ。……ハーラルト殿下が強硬派に与するご予定だと、多くの者が騒いでいるんだ」

「——」

リリーはさあっと青ざめた。先日すれ違った、バッハ侯爵たちから広まったのだろう。ハーラルトが、リリーとの結婚を望んでいると明言したからだ。

父は硬い表情でリリーを見やった。

「次の議会まで日があるから、殿下のご意向はお伺いできていないが……、リリー、まさかハーラルト殿下の妻になりたい、などと考えていないだろうね？」

体の芯が冷え、リリーは俯く。心はどうしようもなく、ハーラルトに惹かれていた。しかし、そう答えていいのかどうか——。

父は即答しないリリーに顔を歪め、俯く。眉間に皺を刻み、何かを堪えるような表情で言った。

「リリー、お父様はね……。お父様は、ハーラルト殿下とお前の結婚には——……反対だよ」

リリーは指先の震えを押さえ、頷く。

「……は、はい……」

父は視線を逸らしたまま、ため息を吐く。

「お前が悪いわけじゃない。お前には王太子妃となっても通じるよう、十二分に教育を受けさせた。お前は全てをきちんを吸収し、見事な淑女に育った、私の自慢の娘だよ」

「はい……」

「……お前が殿下に惹かれているのなら、親として、その願いを叶えてやりたかった。でもね、外務大臣として、私はそれを許すわけにはいかないんだ。ハーラルト殿下には、隣国と友好的な国交を結ぶため、お前ではない方を妃《きさき》に選んで頂く必要がある。……リリー……理解してくれるか……?」

父はこれまでになく、弱り切った声で尋ねた。視線を上げると、懇願しているかのような表情でリリーを見ていて、胸がずきりと痛んだ。

リリー以外の方を妃に——とは、エレオノーラを指しているのだろう。外務省では、隣国との国交締結をつつがなく進めるために、エレオノーラとの結婚は必要不可欠と考えているのだ。安寧を保つため、ハーラルトはリリーと結ばれてはならない。

国の未来を変えるような恋は、してはいけない。

——聖印を宿しても、結ばれてはいけない奇跡だってあるのよ。

リリーは瞳に涙を浮かべ、それでもおっとりと笑った。

「……はい、お父様。理解しております」

父は眉尻を下げ、額を押さえた。はあ、と辛そうなため息を吐き、立ち上がる。

「また顔を見に来るよ。ハーラルト殿下とは、できるだけ、もう会わないようにしなさい」

「はい」

父は背を向け、部屋の扉に向かいながら硬い口調で重ねた。

「ハーラルト殿下がお前を手放さないようなら、折を見て、あの魔道具を使って家に戻りなさい。お前の気に入っていたアルタール州で、ゆっくり過ごせるようにしてあげるから。殿下と噂になった以上、お前に縁談を申し込む家はもうないだろうが、ほとぼりが冷めたら、お父様が可能な限りよい嫁ぎ先を見つけよう」

「……ありがとうございます」

リリーは座ったまま、父を見ずに頭を下げる。

たとえ婚約すらしていなくとも、王宮へ召し上げられ、ハーラルトと噂になったリリーは、既に王太子のお手つきだと認識されていた。貞淑を求められるフェアトラーク王国では、リリーの次なる結婚は、初婚であってもほぼ再婚と同じ扱いになり、申し込みはほぼ来ない。

父は重苦しいため息を吐き、部屋を出て行った。扉がパタリと閉まる音がして、エルゼが尋ねる。

「……お嬢様、本当によろしいのですか」

リリーは膝の上に置いた自分の掌を見つめながら、優しく答えた。

「ええ、エルゼ……。これで、いいのよ」

窓の外で、琥珀鳥がキューイと鳴く。

その声は酷く寂しげで、まるでリリーの代わりに、悲しんでくれているようだった。

五章　王の器を持つ者

一

王宮内は騒然としていた。そこかしこで不穏な噂が伝えられ、誰もが緊張した面持ちで王家の動向を見守る。

金糸とラベンダー色の布地が差し色の、白の上下を纏ったハーラルトは、方々から注がれる多種多様な眼差しに苦笑した。不安、期待、焦燥、苛立ち。それぞれの立ち位置により、瞳に宿る感情は異なる。

「想像以上に噂が広まるのが早かったな」

執務室から、賓客をもてなすために設けられている西塔に向かい、廊下を闊歩していた彼の背後には、オリヴァーと近衛兵が控えていた。本日も黒ずくめの近侍は、飄々と応じる。

「おかげさまで、隣国の客人の耳にもしっかり届いております」

「そうか」

視線の先に、物々しい護衛に囲まれた一行が現れ、ハーラルトは笑みを湛えた。首元まで覆う新緑色のドレスに身を包んだエレオノーラと、外務大臣であるアダムだ。

二人はハーラルトが歩み寄るのを待って、頭を垂れる。

「ごきげん麗しゅう、ハーラルト殿下」

エレオノーラはいつものように少し潤んだ瞳ながら、泰然とした笑みを浮かべた。不穏な噂が広まっていようと、その眼差しは凛としている。一国の姫として申し分のない意気を感じ、ハーラルトは内心で悪く思った。

——貴女に恨みはないのだが。

「今、視察から戻られたところですか？　農業地域はいかがでした」

エレオノーラは今日、魔法で転移し、地方都市を視察する予定だったのだ。当初ハーラルトが同行する予定だったが、直前で予定を蹴り、アダムが同行することになったのである。

「大変勉強になりました。地平線まで続く広大な土地に小麦や芋が青々と育てられていて、同行していた兵たちも驚いておりました」

想定通りの感想に、ハーラルトはにっこりと笑んだ。

「そうでしょう。長く戦とは縁遠い時代を築いてきた我が国には今、遊興施設以外にも、十分な食料と水、数多の魔道具が確保されています。そして疲弊していない、働き手も」

「——……」

エレオノーラの青い瞳が、ハーラルトをまっすぐ見返した。彼女の背後に控えていた近衛隊長が眉間に皺を刻み、その他の兵たちも纏う気配を緊張させる。

アダムが眉根を寄せ咳払いをしたが、ハーラルトは自身の言葉を言い直す気はなかった。彼は、こちらは食料備蓄も、疲弊していない働き手――戦力も余りあり、いつ戦になっても構わないと、あえて伝わるように言ったのだ。

アダムが気を遣い、エレオノーラに話しかける。

「ヴンター王国も、我が国に劣らぬ繁栄をみせております」

エレオノーラは俯き、ふうとため息を吐いた。

「そうですね……。そうだと、いいのですが……」

彼女はしばし俯いて黙り込み、すいっと顔を上げる。その目は獲物を狩る猫のような、挑戦的な眼差しだった。

「ハーラルト殿下は、リリー嬢を娶られるのですか？」

「――」

ハーラルトは笑顔のまま僅かに身を強ばらせ、彼女の近衛兵たちもぎくりと身じろぐ。

これは、想像もしていなかった切り返しだった。

王宮内とはいえ、廊下には多くの官吏や従者らが行き来している。誰もが見聞きできる場所で、国の命運がかかった問題を口にしようとは、予想だにしなかったのだ。

ハーラルトは周囲に視線を走らせ、聞いている者の顔ぶれを記憶に残した。通りかかった人々は、いざこざに巻き込まれてはたまらないと、足早に立ち去る者と、聞き耳を立てる者に分かれる。

それらは普通の反応だったが、中でも彼女の近衛隊長・アスランの反応は顕著だった。

彼は今にも口を塞ぎたそうな、鋭い眼差しをエレオノーラに注いでいたのだ。

アダムが冷や汗を浮かべ、首を振る。

「な、何をおっしゃるのです、エレオノーラ姫。私の娘は、そのような身の程をわきまえぬ望みは」

「——リリー嬢を、私の正室として、娶るつもりですよ……エレオノーラ姫」

アダムの訂正を遮り、ハーラルトはゆっくりと告げた。周囲が一斉にざわめくも、エレオノーラはわかっていたのか、驚きもしない。逆に彼女の近衛隊長が、視線だけで斬り殺せそうな怜悧な眼差しを向けてきて、ハーラルトは得心する。

エレオノーラではなく、周囲が政略結婚を望んでいるのだ。

ハーラルトが彼女に惚れ込んでしまえば、結婚後も多額の金銭を得られるとでも踏んでいたのか。

さしずめ彼女は、人身御供《ひとみごくう》。

アスランたちは、国に利益をもたらすため、エレオノーラの動向を監視する役なのだろう。

そう考えたハーラルトはふと、コンラートが言っていた、〝アスランが園遊会でリリーに一目惚れをした〟という憶測を思い出した。

エレオノーラがハーラルトに嫁ぐことで、リリーは解放される。彼女を手に入れたいがために、アスランがハーラルトに敵意を向けるのは自然だ。だがここまでの動きを見る限り、彼がリリーに近づこうとしている素振りは一切ない。サボりもせず、エレオノーラに付き従い続けるばかりだ。

あの憶測は、過ちだったかな——。

答えの出ない疑念に思考を遊ばせていると、エレオノーラはちらとアスランを見やり、嘆息した。

「リリー嬢は大変美しく、お優しそうなご令嬢でしたから、彼女を娶ることができたなら、きっとハーラルト殿下はお幸せになれるでしょうね」

諦めの色が濃い賛辞に、ハーラルトは苦笑する。

「ええ、幼少期から、想い続けておりましたので」

「まあ、そうだったのですか？」

エレオノーラは年頃の娘らしく、恋の話に興味を持った顔でこちらを見上げた。だが彼女の傍らで身を震わせていたアダムが、弾かれたように叫んだ。

「――ハーラルト殿下……！　これ以上、私の娘を巻き込まないで頂きたい……っ」

激高し、頬を赤らめる彼に、ハーラルトは眉尻を下げる。

「……アダム、貴方の外交方針について、後ほど話し合いがしたい。さしあたっては、今後交渉のため、ヴンター王国へ出向くのは控えて欲しい」

それは聞きようによっては、今後の交渉を全てなしにすると言っているも同然だった。アダムは愕然と目を見開き、わなわなと震える。

「それは……陛下もご了承されているのですか」

怒りを覚えていても、国王の信任を得るだけはあり、平静さはまだ失っていなかった。ハーラルトはすまなく感じながらも、平然とした表情を装って頷く。

「ああ、陛下もお許しだ」

「……っ……」

これまでの努力が全て水の泡になったと感じているのか、彼は拳を握り、大きく息を吸う。

「承知致しました」

「すまないな」

つい、本音が漏れた。ハーラルトの謝罪に唇を噛み、彼はエレオノーラに頭を下げる。

「エレオノーラ姫、大変申し訳ないが、私は対応せねばならぬ事案が発生致しましたので、こちらで失礼致します」

「ええ……ありがとう、ノイナー侯爵。これまでのこと、感謝しております」

今後敵対することになる可能性が高まっても、彼女は礼儀正しくアダムに膝を折った。自身の娘と同い年の姫君に、親に似た感情も覚えていたのだろう。アダムは悔しそうに眉根を寄せ、ハーラルトの横を通り過ぎた。

「――やはり、貴方と娘を再び出会わせるのではなかった。幼い頃も、今も――貴方は娘を苦しめる」

通り過ぎざま、怒りに震える声で囁かれたハーラルトは、振り返る。

「……幼い頃……？」

幼少期、リリーを苦しめた記憶などない。問いただしたかったが、アダムは振り返らず、足早に外務省施設が入る中央塔へ向かっていった。

二

太陽が地平線に沈み、空が藍とも紫ともつかない色に染まる頃、リリーは王宮の外回廊を当て所《ど》なく歩き始めていた。この六日、部屋に籠もりきって過ごしていたリリーに、護衛としてついていた近衛副隊長、コンラートが声をかけたのだ。

『部屋に引きこもっていると、息も詰まるでしょう。昼の王宮内は衆目がありますが、夕刻以降でしたら人足も絶えます。夜の空気は冷えていて、心地よいと思いますよ』

華やかな金色の髪に青い瞳を持つ物慣れた風の騎士は、強制するでもなく、大変さりげなくリリーに散策を促したのである。

普段は部屋の扉前に控えている彼は昨日、ハーラルトからの手紙をエルゼに渡し、リリーに口頭で伝えるよう指示していた。これまでリリー宛てに来た手紙や琥珀鳥は断るよう言っていたが、エルゼ宛てではどうしようもない。手法を変えてきた用意周到なハーラルトの伝言は、会って話がしたいという内容で、リリーは頑なに首を振った。

その返答を受けたコンラートは苦笑し、今日になって散策を提案したのだ。リリーの沈んだ表情に気づいたのかもしれない。

広大な王宮の中は、どこまで行ってもあらゆる方向に回廊が渡され、外灯で照らされ始めた庭園も趣《おもむき》があって美しかった。歩いていくらもしない内に夕日は沈み、空はすっかり暗くなる。

傍らを歩いていたエルゼが、空を見上げて嬉しそうに笑った。

「王都の空も、アルタール州の空も、同じですねえ」

「そうね、綺麗……」

王宮から見上げたそこには、鮮やかに光り輝く数多の星が広がっている。リリーはコンラートたちを振り返り、笑いかけた。

「散歩に誘ってくださってありがとう、コンラート様。夜の庭園なんて、初めて見ました。外灯の光が草花を暖かく照らして、とても幻想的」

青と白の立派な制服を着たコンラートは、爽やかに笑う。

「それはよかったです。昨日、面会を断られたハーラルト殿下が、リリー嬢はずっと部屋にいるだろうから、外へ誘うように——とおっしゃったのですよ」

リリーは目を瞬き、頬を薄く染めた。困った顔をして、俯く。

「そうですか……」

——どうして私の心は、いうことを聞かないの……。

ハーラルトの名を聞くだけで、鼓動が大きく跳ねた。気を回してくれたのは彼だったと聞いて、嬉しく感じている。胸に灯った恋が消えようとせず、結ばれない未来を思うと、切なくなった。

コンラートは、庭園に視線を向ける。

「しかし夜の庭園を初めてご覧になったとは、リリー嬢は夜会にご参加なさる機会がなかったのですね」

リリーは顔を上げ、眉尻を下げて頷いた。

「……ハーラルト殿下にお会いした園遊会が、初めての社交の場だったので……」

園遊会のあと、すぐに王宮に召し上げられたリリーは、夜会などに参加した経験がまだない。

そう言うと、コンラートは何気なく言った。

「なるほど。リリー嬢にとっては、エスコートも求婚も、全てハーラルト殿下が初めてだったのですね」

「――」

リリーは虚を衝かれ、顔を真っ赤にした。彼の言う通りだが、全部ハーラルトが初めてだなんて、なんだか恥ずかしい。

コンラートは笑みを深め、こちらには聞こえない小声で、隣を歩く同僚に話しかけた。

「羨ましすぎる……。ハーラルト殿下が射止められなかったら、俺が手を挙げたい」

「……いや、やめた方が……。殿下はかなり嫉妬深くていらっしゃいます」

「あ、お前、隣国姫とリリー嬢の茶会に配置されてたっけ？」

「はい。多分普通の人にはわからなかったと思いますけど……リリー嬢の頬に触れた、隣国の近衛隊長に対する殺気がすごくて、かなり緊張しました」

肩をすくめたコンラートに首を傾げ、リリーは視線を庭園に戻す。回廊を渡る人もほとんどなく、とても心地よい空気だった。

ゆっくりと移動していたリリーは、庭園の方から人声がして、視線を向ける。青々と葉の茂る生け垣と背の高い木の向こうに、人がいた。庭園の中央には綺麗な薔薇の花が咲いているのに、その人たちは外灯の明かりも差していない、暗がりで話している。

「なぜです。貴女に相応しいのは彼だ」

「いいえ、アスラン。貴方も聞いていたでしょう。時勢は動いたのです」

リリーはぎくっと背筋を伸ばした。エレオノーラと彼女の近衛兵、アスランの声である。改めて周囲を見渡すと、リリーたちはいつの間にか、西塔近くまで来ていた。

随分と切迫した声音で、聞いてはいけない類の会話なのは明らかだ。リリーは移動を促すため、侍女に目を向ける。しかし彼女はリリーなど目に入っておらず、茂みの向こうを見つめ、聞き耳を立てていた。

「ハーラルト殿下を望まれよ。貴女なら、それができるはずだ」

硬い声音で促すアスランに、エレオノーラはため息を吐く。

「……昨日はっきりと、リリー嬢を娶るとおっしゃっていた方に、どう取り入れというの」

「……しかし」

「アスラン。ハーラルト殿下は強硬派へと与するらしいと、父王へご報告なさい。父王は、私がこちらへ嫁ごうが嫁ぐまいが、さして気にされないわ。気にしているのは、貴方だけ」

「……っ」

エレオノーラは皮肉そうに笑った。

「戦好きの父王なら、それは重畳《ちょうじょう》と、開戦準備に取りかかるかもしれないわ。自国の体力がいかほどのものか、身をもって知ればいいのよ。そして滅べばいい——ヴンター王国も、私も」

アスランが息を呑み、震える息を吐き出す。

「——何を、おっしゃっているのです。私は、そんな未来は望まない。……私は、貴女の幸福を」

「……アスラン。貴方は、残酷よ……」

エレオノーラが手を伸ばし、アスランがそれを払い退《の》ける音がした。

「……っ。——私に、触れてはなりません、姫……。……失礼する」

足音荒く茂みをかき分けてこちらへ向かってきた彼は、茂みの脇にいたリリーに肩をぶつけ、立ちどまる。

「あ……っ」

「——失礼。……貴女は」

その場から動けずにいたリリーは、どんな顔をしたらいいのかわからなかった。聞いてはいけないと思いながら、その内容に、立ち去ることができなかったのだ。

漆黒の髪に、濃紺の瞳を持つ隣国の近衛隊長は、額に汗を滲ませ、微かに吐息を乱している。彼はリリーたちが茂みの傍にいる意味を悟り、眼差しに険を乗せた。

コンラートたちが速やかにリリーの前に立ち、アスランを警戒する。彼は厳戒態勢に入った近衛兵の姿に苛立たしげに舌打ちし、リリーを鋭く睨んだ。

「——貴女は、ハーラルト殿下に相応しくない。次期王太子妃に相応しいのは、我が主だ」

リリーは目を見開き、唇を噛む。緊張して、全身がカタカタと震えた。

「アスラン……！　やめなさい！」

声を聞きつけ、エレオノーラが生け垣から慌てて姿を現す。部屋着だろう、彼女は無防備な、薄手のワンピースに身を包んでいた。

エレオノーラの叱責に、アスランは息を吐き、顔を背ける。

「……失礼した」

ぼそりと謝罪の言葉を吐き出し、回廊を横切った彼は、再び闇が深い庭園へと消えていった。

幾分瞳が潤んでいるように見えるエレオノーラは、改めて近衛兵に守られているリリーに向き直る。そしてその背後に視線を向け、ぐっと唇を引き結んだ。

風が頬を撫で、リリーはふわりと香った甘い香りに振り返った。その人を認識する前に、鼓動が速まり、予感を覚える。そして彼を瞳に映すや、リリーは泣きそうな顔になった。

外灯に照らされ、銀の髪が暖かなオレンジ色に染まっている。意志の強そうな、きりりとした眉に、理知的な藍色の瞳。すらりとした肢体に漆黒の上下を纏ったハーラルトが、転移魔法でその場に姿を現していた。

「リリー、大丈夫かな？　また隣国の近衛隊長が貴女に触れたようだけど」

優しげな眼差しを向けられたリリーの胸に、恋心が膨れ上がる。『餓え』で、瞳に涙が滲んだ。

「……ア、アスラン様は、肩をぶつけられただけです……」

震え声で応じると、ハーラルトはエレオノーラに目を向けた。

「ああ、こんばんは、エレオノーラ姫。私の寵姫とおしゃべりでもなさっていたのだろうか？」

「ごきげんよう、ハーラルト殿下。いいえ、リリー嬢とはたった今、お会いしたところで……」

エレオノーラが膝を折って挨拶をするも、リリーは慌てて首を振る。

「ハーラルト殿下！　私は、寵姫では……っ……」

この期に及んで寵姫などと呼ぶハーラルトを、リリーは咎めようとした。しかしそれは、彼が大きな掌でリリーの口を塞ぐという暴挙により、妨害される。

肌が触れ、鼓動が乱れた。なぜか以前よりずっと『餓え』が酷く、リリーは全身を襲う快楽に似た高揚感に、顔を歪めた。彼の手を離そうと、震える指先を伸ばすが、ハーラルトが耳元で囁く。

「……リリー……貴女の気持ちは知っている。でも少しだけ、我慢して」

「んぅ……っ」

吐息混じりの低い声は、ぞくぞくと鼓膜を震わせた。耳元から背筋にかけて電流が走り抜け、リリーは身をすくめる。彼の声も微かに震え、『餓え』を押し殺しているのが伝わった。

エレオノーラはハーラルトの行いに眉を顰める。

「ハーラルト殿下……。貴方は、強引にリリー嬢を娶ろうとなさっているのですか……？」

彼のもう一方の手が腹に回され、リリーは目を見開いた。触れられた場所から全身に震えが走り、足に力が入らなくなる。くずおれそうになり、ハーラルトが腕に力を込めた。

彼はくたりと胸に凭れかかるリリーの様子を確認してから、口から手を離す。そしてエレオノーラににこやかに応じた。

「いいえ、ご安心ください。貴女が厭《いと》うているお父上のように、美姫を無理矢理に娶り、子をなすような真似をするつもりはない」

　エレオノーラは目を見開く。唇を戦慄《わなな》かせ、笑った。

「……そうですか。我が父の醜聞は、ここまで届いていると……」

「いいえ、知っているのは私と、一部の臣下のみです。申し訳ないが、貴国の現状について、独自に調べさせて頂いた。貴女の父王については、その中の一つの情報として知ったまで」

「……」

　ハーラルトは、怒りとも絶望ともつかない感情を灯した彼女の瞳を見つめ、口角をつり上げる。

「……エレオノーラ姫。私は決して、意志を変えぬ。強硬派として、あなた方と一戦交えるも一興だ。勝敗は見えていようと、開戦となれば容赦はしない。よくよく考えて、ご決断なされよ。——貴女の足下には、民がいる」

　エレオノーラはくっと呻き、震えながら頭を垂れる。

「承知致しました……」

　彼女はもう一度、リリーを心配そうに見たあと、ハーラルトの前から立ち去った。『餓え』で朦朧《もうろう》としていたリリーは、それまでの会話も、出来事も、断片的にしか認識できない。

　ハーラルトはリリーを軽々と横抱きにして、エルゼに命じた。

「リリーを部屋に連れて行く。エルゼ、お前も共に転移しなさい」

「か、かしこまりました……っ」

　いつかと同じ、体が溶けるような感覚に襲われ、リリーはきつく目を閉じる。鼓動が乱れすぎて、頭がクラクラした。一瞬の後、天地の感覚が戻り、彼女は自室に運ばれたのだと理解する。白い天蓋で覆われた清潔なベッドに横たえられ、リリーは眉根を寄せた。

吐息を震わせ、自分を見下ろす秀麗な王太子の顔を睨みつける。

「……なぜ……っ、愚かな道を選ぶのです……！」

涙目で非難されたハーラルトは、辛そうに眉尻を下げた。枕辺に広がった彼女の髪を指先で柔らかく梳《す》き、優しく囁く。

「……リリー、お願いだ。全て大丈夫だから、どうか私を信じて、ここにいて」

鼓動が乱れ、何も答えられない。唇を噛んで視線を逸らすと、彼は身を乗り出して、額にキスをした。

「……っ」

『餓え』が酷すぎて、もはや自分の感情がどこにあるのかわからなかった。全ての思考が、ハーラルトへの愛情で埋め尽くされる。

リリーは両手で顔を覆い、涙声で懇願した。

「……お願いです……ハーラルト様……。どうか私を、一人にして……」

——そうしないと、もう何も考えられない。

ハーラルトは切なげなため息を吐き、身を起こす。衣擦《きぬず》れの音が響き、やがてパタリと扉が閉まった。

リリーは震える息を吐き、自身を抱きしめる。

己の存在が、両国の均衡を揺るがそうとしている――。頭の片隅で、その思いだけが鮮明だった。

三

ハーラルトが外務大臣に方針転換を命じた四日後――予定通り開かれた議会は紛糾した。

「どうされるおつもりです！　エレオノーラ姫が率いていた兵の一部が急遽《きゅうきょ》、国へ戻ったと言うではありませんか！　このままでは、本当に戦になってしまう……っ」

王宮の中央塔一階にある会議場には、強硬派と穏健派が顔を揃えている。中央前方には一段上に玉座があり、鮮やかな赤のマントを羽織った国王が腰を据えていた。

玉座を挟む形で、王に近い場所から役職の高い者が楕円《だえん》形に広がって席を占め、国王に最も近い前方右手に座っていたハーラルトは、穏健派らの怒号に頬杖をつく。

「私はリリー・ノイナーを妻にすると言っただけだ」

「それが意味するところを知らぬ殿下ではないでしょう……！」

自身の娘の名が挙がり、ハーラルトの向かいに座っていたアダムの顔色が赤らんだ。彼には隣国へ渡るのを控えるよう命じたあと、ヴンター王国への金銭贈与はしないと通告していた。

国王の承認を得た通告だっただけに、彼の落胆は大きく、纏う気配も刺々しい。

ハーラルトが何も答えないでいると、強硬派の筆頭であるバッハ侯爵が、得たりと笑って口を開いた。

「なぜそう国交締結に固執するのか。戦になった方が、戦闘武器も魔道具も需要が増え、より経済効果が上がる。長年訓練を重ねるばかりだった兵力を使う、よい機会ではないか」

ハーラルトは失笑したくなるのを堪え、俯いた。国王軍は何も、日々訓練だけしているわけではない。国内警備から犯罪の取り締まり、情報活動など、多くの場面で活躍していた。また兵力の一言で片づけてしまう彼の考えも透けて見え、不快になる。彼は軍人をただの駒として認識し、それぞれが一人の命ある人間だとは思っていないのだ。

だが今反論して、強硬派優勢かという風向きを変えるわけにもいかないハーラルトは、何も言おうとしなかった。

先ほどから、のらりくらりと明言を避ける王太子に業を煮やした一部議員が、国王に嚙みつく。

「陛下はどのようにお考えなのでしょうか。このままでは、フェアトラーク王国の平穏が乱されます！　ハーラルト殿下の気まぐれに、国の未来を左右されては困ります……っ」

ハーラルトのわがままには付き合えない。暗にそう訴えられた国王は、穏やかな眼差しを議員たちに向け、片眉を下げた。

「そうだな。私も年を取ったようだ。今回の外交政策に関しては、全てハーラルトに一任しようと考えている」

議員たちが一斉に息を吞み、ハーラルトに視線を集中させる。幼い頃から彼を見ている議員たちは、ハーラルトをいつまでも子供だと思っていた。優秀だ、建国王の再来だと謳ったところで、どこかに侮りがあったのは否めない。だが国王が外交の指揮権を移した瞬間、彼らはやっと、ハーラルトを認識した目つきになった。既に二十歳になり、成人した王太子は、十二分に知識と武術を身につけ、今後この国を背負うに相応しい器になっていた。

ハーラルトはやんわりと笑う。

「安心されよ。まだ全権委譲はされておらぬ故、これまで通り、言いたいことを言ってくれて構わない。だが、リリー・ノイナーとの婚姻に関してだけは、誰の意見も聞かない」

「――それでは、これまでの方針を全て破棄され、開戦準備へ入られるおつもりか……！」

唯一、驚きを感じていない顔つきでハーラルトを見つめていたアダムが、声を上げた。眼差しは鋭く、彼の不満は明らかだ。

ハーラルトは内心ため息を吐き、無理矢理口角を上げる。

「何も全て破棄するとは言っていない。向こうの出方次第だ」

またも明言を避けた彼に、アダムは顔を紅潮させ、立ち上がった。

「国王陛下より指揮権を移されながら、この期に及んで、己の方針を明確にされないのですか。それでは誰が指揮を執るというのです。実力がないのであれば、指揮権を国王陛下へお戻しになることをお勧めする。そして娘も我が家へ帰して頂きたい！　いたずらに国政を振り回すだけの方に、私の娘はお預けできない……！」

感情が乱れたのだろう。声を荒らげたアダムに、周囲が不安そうな視線を向けた。

ハーラルトは平静な表情で彼を見返し、淡々と答える。

「無為に国政を振り回しているつもりはない。私はもう少し待てと言っているんだ、アダム」

「――」

アダムは目を見開き、そして拳を握った。我慢ならないようにその手が震え、叫んだ。

「これ以上、何を待てとおっしゃるのか……！　待っていれば、貴方は娘を諦め、隣国との国交締結へ舵《かじ》を取り直されるのか……!?」

ハーラルトは唇を引き結ぶ。

「あの子は既に、母国を戦へ導く魔性の娘と、王宮内で後ろ指を指されている！　貴方は、あれをどれだけ貶《おとし》められるのだ！　リリーは善良な娘です……！　生まれついて体が弱く、ずっと辺境にある領地で過ごしてきた。体がよくなり、昨年やっと戻ってきたというのに、貴方は出会った途端、娘を取り上げられた……っ。そして今、その評判すら落とそうとされている！」

心ない一部の人間が、リリーの陰口を叩いているのは知っていた。しかしそれは、ハーラルトの方針を理解していない者たちの勘違いだ。

ハーラルトは首を振る。

「アダム、そうではない」

アダムはハーラルトを睨み据えた。

「何が違うとおっしゃる……。せっかく記憶が消え、幸せそうにしていたのに……なぜ貴方は……っ――再び娘と恋に落ちるのだ‼」

ハーラルトは目を見開く。ずっと、自分を思い出さなかったリリー。自分との出来事をすっかり忘れている様子に、違和感はあったのだ。だがそれが自然に忘れたものか、故意によるものなのか判断がつけられなかった。しかしアダムは今、はっきりと言った。

「――……記憶が、消えた……？」

彼は理由を知っている。原因が、知りたい――。

ハーラルトが我知らず立ち上がった時、会議場に黒豹《くろひょう》が空を駆けて侵入した。

巨大な獣の姿に一同がぎょっとし、その首輪に光る紋章を見て安堵する。魔法省の飼っている、使い魔だった。

黒豹は口に咥えていた魔法の文書を離し、記載されていた文字が中空に展開される。

会議場にいた全員が、金色に煌めく文言を読み、ハーラルトを振り返った。

『――ヴンター王国より、新たに兵五十を率い、バルトルト王太子が来訪。外交主権を持つ者に面会を望むとのこと――』

ハーラルトは、にいっと笑った。

四

自室で過ごしていたリリーは、窓辺に立っていた。今日も琥珀鳥が手すりにとまっている。

「かわいそうだから、もうやめていいのに……」

リリーが呟くと、リリーを着付けたあと、化粧品などの片づけをしていたエルゼが寝室から戻ってきた。

「あら、また琥珀鳥が来ているのですか？　……もうお受け取りになってしまってはいかがです」

隣まで歩み寄ってきた彼女に、気遣わしく尋ねられ、リリーは首を振る。

「できないわ……。私は、ハーラルト殿下には相応しくないもの」

「……隣国の近衛隊長の言葉をおっしゃっているのでしたら、違うと申し上げますよ。リリーお嬢様は、王太子妃として通じるよう、旦那様が十二分に目をかけてこられた方です」

エルゼは眉をつり上げ、鼻から息を吐き出した。

「だってお嬢様がまだ十一歳くらいの頃に、お伺いしました。毎日沢山講義を入れられて大変そうだと、メイドたちが話しているのを、たまたまアルタール州へおいでになった旦那様が小耳に挟んで、〝いつか、王太子妃になる可能性もある子だから、今の内に多くを学ばせているんだよ〟とおっしゃっていたんです」

「……お父様が、そんなことを……」

リリーは目を丸くして、すぐに眉根を寄せる。そんなに目をかけて育ててもらったのに、リリーは今、フェアトラーク王国を戦へ導こうとしているのだ。

エレオノーラと回廊で会った時、『餓え』で朦朧としていても、ハーラルトの言葉は断片的に聞いていた。彼は強硬派として、開戦してもよいと言っていたのである。

国王もハーラルトも、当初は父と同じ穏健派だったのに——リリーが園遊会に参加したばかりに、歯車が狂った。

リリーは胸元を押さえる。服の下に押し込んだ、転移魔法を使える魔道具をそっと確かめた。

エルゼが横目にその仕草を見て、眉尻を下げる。

「……ハーラルト殿下のお気持ちには、応えるおつもりはないのですか……」

「エルゼ。私は、応えてはいけないの」

硬い声で答えた時、琥珀鳥がけたたましく鳴いた。リリーとエルゼは同時に窓の外に目を向け、そして琥珀鳥が見上げた上空を見る。

「まあ、お嬢様。あれはなんでしょう」

「……鳥……じゃないわ、あれは——使い魔……？」

湿気を多く含んだ雨雲の下を、無数の黒い物体が飛んで来ていた。

リリーは眉を顰め、その姿をはっきり見ようと身を乗り出す。通常使い魔は、身近な動物を多く使う。だが軍隊では魔力ある猛獣を使い魔にし、戦闘に使っている部署があると聞いたことがあった。上空からの光で影となって見えたそれらはやはり、虎や豹などの、猛獣だ。数も多く、五十はいるだろう。

「——あ、お嬢様……っ旗が……」

エルゼが指をさし、上空を滑空する一団の中に、大きな旗がはためいているのが見えた。動物たちの上には、物々しい武装をした兵が乗っている。その中に、旗を掲《かか》げる者があり、描かれた文様を見たリリーは、青ざめた。

「……ヴンター王国の、国王軍だわ……」

国王軍と州軍では旗の色が違う。今王宮へまっすぐ向かってきている一団は、ヴンター王国の王家の色である黒と金を使った旗を掲げていた。

「エレオノーラ姫が率いてきたのは、騎馬兵だけだったはず。使い魔を使う国王軍がどうして今、こちらへ向かってきているの……」

リリーはエルゼを振り返る。

「エルゼ。今日、隣国から来訪の予定があったなんて聞いた？」

部屋に引きこもっているリリーの代わりに、エルゼは王宮内で見聞きした話題を話してくれていた。彼女は首を傾げる。

「いいえ……。確か、三日ほど前に、エレオノーラ姫の近衛兵が一部、急遽国へ戻ったとは聞きましたが」

リリーは言葉を失った。ハーラルトが強硬派として方針転換したことを、報告に行ったのは明らかだ。——時勢が大きく動いている。

王宮内の噂になっていないならば、あの一団は予定になかったか、内々の訪問だ。しかし引き連れている兵の武装具合を考えると、事前告知のない来訪である可能性が高い。それも襲撃を想定した武装である。長剣に槍《やり》、そして戦闘用魔道具を多数装備していた。

穏便な目的の来訪者は、あそこまで武装しない。

——隣国は、宣戦布告に来たのだ……。

リリーは震える手で、胸元から魔道具を引きずり出した。これ以上、ここにいてはいけない。ハーラルトを正気づかせるために——リリーを諦めさせるために、姿を消さねばならない。

思い詰めた顔で魔道具の水晶を見つめたリリーに、エルゼはきょとんとした。リリーの手を押さえ、尋ねる。

「お待ちください、お嬢様。転移されるおつもりですか？　この王宮から姿を消し、ご実家へ戻るのですね？」

「い……いいえ……家には、戻れない。私が戻れば、家族に迷惑をかける」

母国を戦へ導いた娘よと、世間から後ろ指を指されるのは想像に容易かった。そんな自分が戻ったら、戦を望まなかった多くの民から、ノイナー家は攻撃されるだろう。

震えながら首を振ったリリーに、エルゼは眉根を寄せた。

「わかりました。ではお嬢様と私の荷を用意致しますので、少しだけお待ちください」

リリーは寝室に備えつけられた、衣装部屋に向かおうとする侍女に、手を伸ばす。

「お、お待ちなさい……っ。私は、一人で行くの。貴女に迷惑をかけられないわ！」

エルゼは振り返り、唇を尖らせた。

「お嬢様は一人で宿を借りられますか？　馬車だって辻《つじ》馬車なんて使った経験もないでしょう。それに下手にお金を持っていると、スリや強盗に遭いやすいのです。ご存じでしたか？」

「え……」

貴族令嬢として育ったリリーは、全く知らない話だった。エルゼは戸惑う主人に苦笑し、肩をすくめる。

「ノイナー家を出てしまえば、お嬢様は一般人として過ごさなくてはいけません。聡明なお嬢様ですから、お覚悟はあるでしょうが、きっと色々とわからないことだらけでしょう。だからエルゼがご一緒します。私はこれでも、命をかけてご一緒にいると決めているのですよ」

「エルゼ……」

リリーは声を震わせ、ぐっと奥歯を噛み締める。一般の生活などした経験はないが、家には戻らないと決めたのだ。エルゼにしばらく生活の仕方を教わり、折を見て、衣装屋の実家に戻ってもらおう。そしてリリーはどこか遠い国で職を手に入れ、過ごしていくのだ。

彼女はその日、固い決意を胸に、忠誠心の篤い侍女と王宮をあとにした。

五

国境を跨《また》いでの来訪において、事前告知がない事態は珍しい。しかしその要件が急務である場合は、稀に発生する。

謁見の間の最上段に設けられた玉座に腰かけるのは、ハーラルトだ。漆黒の襟を差し色にした、ワインレッドカラーの上下を纏う彼の背後には、通常よりも多い、六名もの近衛兵が並び、更に室内には三十名の護衛が居並んでいた。会議場で隣国王太子の来訪を知った国王は、満足そうに頷き、ハーラルトに対応するよう命じたのである。

広間の中央に敷かれた赤絨毯《じゅうたん》に膝を折るのは、金糸の刺繍を施した漆黒の上下に身を包む隣国王太子・バルトルトである。妹よりも更に薄い金髪に、金色の瞳をしていた。彼の斜め後ろには、エレオノーラが控えている。

二人の後方に引き連れてきた兵が並んでいるが、フェアトラーク王国側から全員の入室は禁じた。二十名だけの同伴を許し、対面を果たしたハーラルトは、これが隣国の王太子か、と思う。眉は細く、瞳は切れ長。戦の場に多く出ていたのか、肌は日に焼けているが、体つきは細い。実行部隊よりも、参謀を得意としているのだろうと想像された。

エレオノーラからの報せを受けて僅か三日で判断を下すとは、能吏《のうり》であろう。

玉座の足下には、これまで外交政策に携わってきたアダムと複数の部下たちがおり、彼らは顔色悪く客人を見つめていた。

「面《おもて》を上げられよ。よく来てくださった、バルトルト殿下。国王でなく申し訳ないが、外交政策の主権を持つ私が対応させて頂く」

ハーラルトが声をかけると、バルトルトはすっと顔を上げる。そこに感情らしい機微は一切見当たらず、まるで能面のようだった。

「ご対面頂き、感謝申し上げる、ハーラルト殿下。事前のご連絡もなく参上した非礼をお詫《わ》び申し上げる」

「いいや、構わない。我らの要望に応え、我が国の視察のために、エレオノーラ姫にご足労頂けたこと、大変嬉しく思っている」

エレオノーラの来訪は、外務省の外交政策の一環だ。彼女は滞在期間中、国内のあらゆる場所を訪問している。そして自国との豊かさの違いに驚き、一時の遊興を楽しんでいた。

バルトルトはちらと妹に目を向け、微かに息を吐いた。

「ええ……。この三日、使い魔を使って、人生で最も長く、妹と会話をさせて頂いた。いかに貴国が豊かであり、優れた先進技術を持っているか。軍事力も我が国に引けを取らず、数多の人員と武器を抱えているとか」

「……お褒め頂き、大変光栄だ。実際に我が国は、経済力も軍事力も、他国に引けを取らぬと自負している」

ハーラルトは僅かに眉を顰める。オリヴァーに隣国の現状を調べさせた際、王家の構成についても詳しく聞いたが、この兄妹は母親が違う。バルトルトの母親は魔力を持ち、エレオノーラの母親は只人だった。たった三日間の会話が最長とは、いかにも不仲そうだ。

バルトルトは視線を戻し、ハーラルトの顔を無遠慮に眺める。

「……私の妹を気に入って頂けなかったようで、大変残念に思う。身内の欲目と笑われるかもしれませぬが、エレオノーラは我が国でも一、二を争う美姫ゆえ……」

露骨に嫁に選ばれなかったことを嘆かれ、ハーラルトは微妙な気持ちになった。本人を目の前にする話ではない。エレオノーラに視線を走らせるも、已の役割を承知していた彼女は、平然としていた。

「……エレオノーラ姫ほど美しい姫君は、確かにそう見ない。私にはもったいない方だ」

遠回しに断りを入れると、彼は淡々と続ける。

「ハーラルト殿下の方針では、今後、我が国との国交締結交渉を白紙に戻されるご予定とか」

明言はしていなかったが、これまでの態度を見れば、報告したエレオノーラがそう理解したのは頷けた。ハーラルトは笑みを浮かべる。

「大変残念だが、貴国がご提示なさった金額には、到底承服しかねる。国民が汗水垂らして納めた国税を、そう容易く他国へ譲渡できぬのだ」

バルトルトは表情一つ変えず、続けた。

「そのために戦になっても構わぬとおっしゃるのだな」

直球の質問に、アダムたちが一気に身を強ばらせた。バルトルトの視線が鋭さを増し、ハーラルトの表情をつぶさに観察する。その目は、こちらの内実を探ろうとあがいているようだった。

ハーラルトは、瞳を細める。

「生憎、我が国は戦を恐れる理由がない。武器も、魔道具も、戦力も十全にある。一千年を越えて安寧の時代を築いてきた我が国の余力は余りあるのだ。僅か十数年で領土拡大を果たした貴国とは、備えが違う」

ハーラルトは瞳をぎょろりと見開き、苛烈な殺意揺らめく眼差しをバルトルトに注いだ。

「――本日のご用件は、宣戦布告だろうか、バルトルト殿？」

謁見の間を、静寂が支配し、両国の兵が一気に緊張した。エレオノーラが肩を震わせて、凍える吐息を漏らす音が生々しく響く。

戦では、宣戦布告に出向いた使者は首を取られるのが一般的だった。使者の生首を敵陣へ突き返すことで、返答とされるのである。

主人を守らねばならない隣国兵が、全身から殺気を放つ中、バルトルトは無言でハーラルトを見つめ続けた。そして彼は、不意にからくり人形がごとく、こくりと首を垂れた。

「――和平の申し入れをしに参った。ハーラルト殿下、これまで我が国から提示した条件は全て白紙に戻し、改めて、交渉に入らせて頂きたい」

固唾《かたず》を呑んでいたアダムたちが目を見開き、驚いた表情をしたが、ハーラルトは瞳の鋭さを緩めない。

「それは意外なお言葉だ。先だって申し上げたが、我が国から貴国へ金銭の贈与は不可能だが、それでも国交締結を望まれるのか？」

バルトルトは頭を垂れたまま応じた。

「ヴンター国王は、これ以上の領地拡大を望んでおりません。今後我が国は、土地をならし、経済を豊かにしていく時代に入りましょう。貴国とは、今後の安寧のためにも、友交的な国交を結びたいと望んでおります」

自国の疲弊をつまびらかにしないところは、未だ矜持の強さを思わせる。しかしハーラルトは、泰然と笑んだ。

「そうか。では我が国からはこれまで通り、外務大臣であるノイナー侯爵を筆頭に対応させて頂こう。ただし、今後我が国から貴国を訪ねることはない。交渉を望むのであれば、貴国より我が国に参られよ」

ハーラルトがアダムの外交方法をとめたのには、理由がある。国交締結の政策が決議されて以降、全てのアクションはフェアトラーク王国側からだった。しかもこちらが最初から戦を望まぬ姿勢を示したことにより、先方は足下を見て、法外な条件を提示したのだ。

たとえ国土がほぼ同じであろうと、軍事力も経済力も上回るフェアトラーク王国は、侮られる立場ではない。ヴンター王国には、自国の立場を理解し、自ら足を運んで友交的な国交締結を望む姿勢を取らせる必要があった。

そしてこの歪んだ流れを修正するため、ハーラルトは金銭の贈与も、交渉もしないと大々的に宣言したのだ。国内の官吏らがすわ方針転換かと焦る様は、隣国兵も敏感に感じ取り、信じるに足る態度だっただろう。議員らはハーラルトの方針転換を方々で憂い、怒り、罵り、そして強硬派は喜んでいた。

リリーを娶りたいがために、方針転換を図った愚かな王太子。官吏たちは演技ではなく、心から嘆いていたのである。それらは功を奏し、隣国兵とエレオノーラを動かし、ハーラルトが狙った軌道修正は叶った。

バルトルトはこちらを見ずに頷く。

「承知した」

「また、貴国の代表は、エレオノーラ姫に立って頂きたい。よろしいだろうか？」

エレオノーラが驚き、顔を上げた。

このまま自国へ戻れば、恐らく彼女の立場は悪くなる。娶られなかったがために、フェアトラーク王国から、多くの金銭を手に入れる機会を失わせたと揶揄されるのは不憫だった。

戦になるところを、和平に変えた立役者として彼女に花を持たせるくらいしたい。

ハーラルトは今後、金銭の授受はしないながら、貧困に苦しむ地域への支援や、病魔に冒された地域に対する医師の派遣、農耕地を開拓する技術を伝える用意があった。

バルトルトは妹を見やり、つまらなそうに嘆息する。

「ご要望とあれば、そのように致しましょう。知識だけは無駄に多い娘ですから、どのようなお話にもご対応できるかと」

「そうか。では長旅でお疲れだろう。部屋を用意するので、どうぞごゆるりと過ごされよ」

ハーラルトは礼儀として歓待しようとしたが、バルトルトは再び頭を下げた。

「いいえ、お気持ちだけ頂戴致します。父王が一刻も早い報告を待っておりますので、私どもはこれで失礼致します。妹は滞在予定期間まで残しますので、ご用件があればこれにお伝えください」

感情の読めない隣国王太子は、淡々と辞去を申し出、謁見の間を出て行った。


客人が皆退室したあと、ハーラルトは壇上から下り、呆然としているアダムたちに歩み寄る。

何も言わない彼らに、笑顔を向けた。

「私の方針は、いかがだろう。これでもまだ、外交政策の裁量を任されるに相応しくないだろうか」

アダムの周囲にいた外務省の官吏や、護衛に配置されていた兵らが一斉に歓声を上げる。

「見事でございます、殿下……！」

「我らはてっきり、殿下は戦を望んでおられるのかと……！」

「殿下も人がお悪い……！　全て承知の上だったのですね⁉」

誰もが安堵の笑みを浮かべる中、頰を強ばらせていたアダムが頭を下げた。

「……議会での非礼をお詫び申し上げます、ハーラルト殿下」

ハーラルトは首を振る。

「……隣国を焦らせるため、エレオノーラ姫と深く交流なさっている貴方には、方針を説明できなかった。こちらこそ、貴方の大事な娘を矢面に立たせたこと、申し訳なく思う。しかし今後、全ての噂を収束させ、彼女を幸福にすると……」

リリーを必ず幸せにする。ハーラルトがそう言おうとした刹那、謁見の間に一人の近衛兵が飛び込んだ。見慣れた金色の髪に青い瞳を持つ、近衛副隊長・コンラートだった。

彼は珍しく焦燥を顔に滲ませ、声を上げる。

「殿下……！　リリー嬢が、失踪なさいました……‼」

「――」

コンラートはハーラルトの足下に膝を折り、続けざまに報告した。

「午前中は室内にいらっしゃいましたが、午後になって確認のため部屋をお伺いしましたら、侍女と共に姿が……っ」

アダムが足下をふらつかせて、コンラートの方に歩み寄った。

「い、いや……リリーには、転移できる魔道具を渡していたのだ。事態が悪くなれば、家に転移するよう言っているから……あれは家に戻っているだけだと……」

ハーラルトは眉根を寄せ、アダムを振り返る。

「転移できる魔道具……？　只人でも使える魔道具ですか」

「え、ええ……。殿下の方針を存じ上げなかったため、リリーには、殿下と結ばれてはならないと、命じて……」

物理的に結ばれぬよう、姿を消す指示を出していたのか、とハーラルトは理解した。コンラートに視線を戻し、確認する。

「室内に争った形跡はなかったか？」

「はい、それはありませんでした。窓もきっちり施錠《せじょう》されておりましたから、転移魔法で移動されたというならば、妥当な状況かと」

「……そうだな。だが念のため、ノイナー家に確認に行く。アダム、一緒に来てくれるか」

ハーラルトの許可もなく、娘に逃亡用の道具を渡していたアダムは、冷や汗をかきながら頷いた。

そしてノイナー家を訪れた彼らは、顔色をなくす。

リリーはどこにもおらず、更に確認に向かったアルタール州の家にもいなかったのだ。

アダムは、彼女が気に入っていた庭園にいるのではと探し回り、そして庭の中央で立ち尽くした。

「ど……どういうことだ。リリーは、何者かに連れ去られたということか……？」

リリーが愛した領地の庭には、カモミールやレモングラス、愛らしい薔薇が咲き乱れている。周囲には地平線までラベンダー畑が広がり、爽やかな香りが漂っていた。

ハーラルトは、リリーが七年間過ごした世界を見渡しつつ、首を振る。

「いや、彼女の部屋は奥宮近くの警備も厳重な塔でしたから、誘拐の可能性は低いでしょう。……ですが、只人でも使える転移用魔道具を使ったなら、やっかいだ……」

部下と共に同行しているコンラートも、顔を顰めた。

「只人用の魔道具を使われていると、魔力の跡を追うことも不可能です」

魔法使いが相手なら、その魔力の軌跡を追って追跡調査することも可能だが、只人のリリーではそれもできなかった。しかも転移用魔道具は、高価な分、どんなに遠くても持ち主が望む場所まで運んでしまう代物だ。

ハーラルトは眉根を寄せ、素早く考えを巡らせる。

――彼女は侍女を連れている。エルゼはさほど魔力の強い魔法使いではないから、遠距離の転移魔法は使えない。そう遠くにはいけないはずだ。

娘が家以外の場所に転移するなどと考えていなかったアダムが、青ざめ、震える声を漏らした。

「娘は……この庭を愛していたのです。だが十歳になったあの子は、王都に留まりたいと泣いて訴えて……」

絶望のせいか、過去の話を始めた彼を、ハーラルトは訝しく見やる。

「……リリーは、王都が嫌いではなかったでしょうか。幼少期の彼女は、冬が嫌いだとよく言っていましたが」

アダムは両手で顔を覆い、天を仰いだ。

「そうです。だがあの子は、恋をしてしまった……。だから、どんなに体が辛くても、私たちの言うことを聞かなくて……」

ハーラルトは目を見開き、アダムの話に耳を傾けた。

六章　銀糸の髪

一

　エルゼが勧めたのは、絹織物で有名な隣国・ケッテ王国だった。フェアトラーク王国の北西にあるその国には、彼女の実家である、バーナー衣装工房が取引している工場も多くあるらしい。エルゼ自身も、何人かの機織り職人と懇意にしているから、いざとなればそこで仕事をもらえると、彼女はいたずらっぽく笑った。

「地方だから、安価で広めのお部屋を借りられましたね。よかったです」

　リリーはエルゼと一緒に自分の荷を広げながら、眉を下げる。

「狭い部屋でいいのよ、エルゼ。いつ仕事を得られるかわからないのだもの。節約しなくちゃ」

　二人はケッテ王国手前の辺境地、アルヒェ州にいた。エルゼの魔力では、隣国まで一つ飛びに移動できないので、ギリギリまで飛べる場所としてこの州になったのだ。国境線に流れる大きな川沿いにあるこの州は、隣国との交易があるからか、誰もが旅装束で、リリーは物珍しく感じる。

　転移したあと、エルゼが手近な宿で部屋を取る姿を観察していたリリーは、明るく提案する。

「そうだ、エルゼ。このあと、少し街を見に行かない？　宿に来るまでの間に、沢山露天のお店があったでしょう？　夕食を買う必要もあるし、今度は私もお買い物がしてみたいの」

宿屋で宿泊代の半額を前金として払っている様子は、リリーには新鮮だった。自分もお金を払ってみたいと思って誘うと、エルゼは苦笑する。

「そうですね。宿屋の食事は高いですから、節約にはなりますが……」

彼女は床に座り込んだリリーのドレスに目を向け、言いにくそうにしながら指摘した。

「その、お嬢様のドレスは、少々目立つかと思います。布地が高級なのもそうですが、ドレス丈が床まで広がるタイプですから、どう見ても舗装されていない道を歩く身分の人には見えないですね」

宿屋の前から露天商までは、石の舗装もない土の道が続いている。この宿屋は転移してすぐ目の前にあったので、リリーはドレスの裾を持ってすぐ室内に入れたが、言われてみれば、もっともだ。

「……じゃあ、切る？」

リリーはドレスの裾を持ち上げ、あっさり言った。エルゼはぐうっと唸《うな》り、首を振る。

「いいえ……っ、切ってしまうと価値が下がります。ここは古着屋にドレスを売って、新たなドレスを買いましょう！」

「……まあ、古着屋に行くの？　素敵ね」

生粋のお嬢様であるリリーは、知識としてしか知らなかった古着屋が実際に見られるのかと、瞳を輝かせた。

しかし外に着ていける服がないため、リリーはお留守番となり、エルゼはあとで古着屋も見せますからと約束して出て行ったのだった。

自分は行けないと気づいたリリーの落胆ぶりに、気を遣ったようである。

リリーは宿屋の二階にある一室から、街の景色を見下ろした。

荷馬車に多くの商品が積まれて街へと流れていく。土埃《つちぼこり》があちこちで上がり、口元を布で覆っている人もいる。

空は今にも降り出しそうな雨雲に覆われているが、リリーは講義では習わなかった市民の生活を目の前にして、ほんの少し心を明るくしていた。


エルゼが買ってきたドレスは、庶民の衣服としては上等な部類だと思われた。淡い桃色と白の薄布を重ねたそれは、彼女が誇りにしていたバーナー衣装工房のデザインに似ている。そう言うと、彼女は舌を出した。

「あ、わかります？　お嬢様のドレスはとっても高値で売れましたので、どうせならうちが市民向けに作った、よそ行きドレスをと思いまして」

バーナー衣装工房は特注ばかりでなく、既製品も作っている。リリーは使いに行ってくれた彼女に礼を言い、ありがたくドレスを身に纏った。

「でもこれもあとで売らなくちゃいけなくなるかもしれないわね。ドレスは他にも残っているから、少しずつ売っていきましょうね」

令嬢の嗜《たしな》みとして、刺繍程度ならできるが、一人で生きていく稼ぎにはきっと足りない。

エルゼはリリーと一緒に部屋を出て、頷いた。

「そうですね、お嬢様は、これからどうしたいですか？」

宿屋の古びた階段を下りながら、リリーは小首を傾げる。この宿は部屋は広いが、床も階段も全てギシギシと足音が響いた。

「そうね、手に職は持っていないから、ひとまずどこかのお家の家庭教師が一番現実的かしら、と思うのだけど……それには、紹介文を書いてくれる人を見つけないといけないのよね」

経済的に余裕のある家は、家庭教師を雇うのが普通だ。その家庭教師は、新聞などでも募集されるけれど、雇われるには身元が確かな人物の紹介文が必要なのである。

知識だけは沢山あるのに、と悩ましく答えると、エルゼは指を鳴らした。

「素晴らしいお考えだと思います……！　貴族のお家に雇われるのは難しいかもしれませんが、裕福な商家の家庭教師でしたら、私の知り合いに紹介文を書いてもらえるかもしれません」

彼女の伝手《つて》を使えば、できるかもしれない。お互いの想像が現実的になり始め、リリーは笑った。

「私たち、国を出てもやっていけそうね、エルゼ」

階段を下りきったところに、受付がある。そこで番をしていた、煙草《たばこ》を吹かしている男に外出を告げ、二人は外に出た。砂埃が舞い、独特の匂いが鼻先を掠める。

リリーが物珍しく周囲を見渡していると、エルゼが心配そうに振り返る。

「……国を出てもやっていけるかもしれませんが、でもお嬢様は大丈夫ですか？　『餓え』が酷くなる一方だとおっしゃっていたでしょう」

リリーは目を瞬いた。胸を押さえ、視線を逸らす。

「……それは……彼が目の前にいると、酷くなるだけで……」

「本当ですか？　聖印を宿されて以降、お嬢様の眠りは浅くていらっしゃいます。ずっとそのままなら、遠からず倒れられてしまいそうで、エルゼは恐ろしいのです」

聖印を宿してから、鼓動は常に速く、夜もまとまった時間は寝られなかった。寝不足なのは事実で、このところ体が重だるい。よくない状態に近づいているのは、気づいていた。

――でも、だからって……どうしたらいいの。

リリーは顔を歪め、切ないため息を零す。

「……エルゼ……いいのよ。お願い、彼を思い出したらダメなの……」

聖印の話は、否応《いやおう》なくハーラルトを思い出させた。彼の姿を脳裏に描いただけで、リリーは今にも泣きそうになる。胸が苦しく、会いたくて仕方ない。最近は、彼に恋を告白できたらどんなに幸せかと、叶いもしない妄想が頭を巡った。

彼の腕に抱きしめられ、体温を感じたい。笑っている顔が見たい。好きだと言いたい。

そんな想いに支配され、リリーは瞳を潤ませた。

「……お嬢様」

エルゼは眉尻を下げてリリーを見つめ、手を引く。

「わかりました。それではひとまず、食事を買いに参りましょう！」

エルゼはリリーを気遣って、明るい声を上げた。向かった露天街には、食事処《どころ》以外にも、色とりどりの髪飾りや魔道具、生花から薬まで多岐にわたる商品を扱っていた。川が近いからか、魚料理が多かった。揚げた芋と魚、魚のパイ、魚の団子なんてものまである。どれも手軽に食べられそうだ。見ていると、エルゼが数軒先の店を指さした。

「あ、お嬢様。私はあそこのパイを買ってきます！」

「ええ。私はこちらのお店を見ているわ」

リリーはエルゼを先に行かせ、湯気の立つ店先をなんとはなしに眺める。そして足をとめた。そこは甘い香りが漂う、お菓子屋だった。砂糖で甘く煮たオレンジがのったクッキーや、ガレットが並んでいる。

『基本的に、甘い物は全般的に好きだよね』

揶揄い半分に言う、ハーラルトの声が耳に蘇った。一つを思い出すと、次々に記憶が再生されていく。

『花は気に入った？』

『リリー、ここはね、貴女と私が出会った場所なんだよ。初めましてと、貴女と挨拶を交わした』

『……リリー、お願いだ。全て大丈夫だから、どうか私を信じて、ここにいて』

『……好きだ』

空耳か、空のどこかから、キューイと琥珀鳥に似た鳴き声まで聞こえた。

息が、震える。

胸が、苦しい。あの人ともう会えないと思うと、悲しくてたまらない。もう一度会いたい。いいえ、一度なんて嫌。――本当は、ずっと一緒にいたかった。

ぽつりと、一滴の滴が地面に落ち、染みを作った。リリーは空を見上げる。今にも泣き出しそうだった空から、雨が降り出していた。

「……お嬢様――……！　ひとまず宿へ帰りましょう……っ」

エルゼの声がして、リリーは顔を向ける。駆けてくる彼女に返答をしようとして、突如目の前に出現した人影に肩を揺らした。

漆黒の外套《がいとう》を羽織った彼は、真顔でリリーを見下ろす。銀糸の髪が、絹糸のように降る雨の色と同じだった。藍色の瞳は宝玉を思わせる美しさなのに、その眼差しの強さに射すくめられる。

気配はいつもより苛立ちを纏い、彼はカタカタと震え出した彼女の顎に手をかけた。

「リリー……俺が信じられなかったか……？」

上向かされ、リリーは瞳から涙を零す。

「ハーラルト様……」

忽然と転移魔法で目の前に現れたのは、いつまでもその姿が頭から離れない、ハーラルトだった。

さあああ、と雨足が強くなる。リリーのドレスが肩口から濡れていき、彼は目を眇める。ハーラルトのあとに出現した、近衛兵たちに取り囲まれていたエルゼを振り返り、首を傾げた。

「……エルゼ、宿はどこに取った？」

「……この先の、ライゼという宿ですが……」

ハーラルトは部屋番号まで確認し、リリーを抱き寄せようとする。腰に触れられそうになった彼女は、びくりと背を跳ねさせた。そして我に返り、彼の手から逃れる。

「ダメ……っ」

「リリー……！」

「どうぞ、王宮へお戻りください……っ。私のことはもう、捨て置いてください……！」

リリーは身を翻《ひるがえ》し、雨でぬかるんだ道を駆け出した。しかし数秒もしない間に、彼に手首を掴まれ、腰にもう一方の手を回された。

『餓え』が膨れ上がり、恋情と快楽が全身を襲う。リリーは唇からあえかな吐息を零してしまい、腰に回された彼の腕を掻いた。

「や……っ……お願い……離し――」

彼は後ろからリリーを抱えたまま、顎に手をかけ、振り向かせる。情欲に染まった眼差しを注ぎ、熱く囁いた。

「リリー、貴女は俺のものだ。……決して誰にも譲らない」

「ん……っ」

ぞくぞくと耳元から首筋にかけて電流が走り抜け、次の瞬間、リリーは忽然と連れ去られていた。

二

ハーラルトは、リリーたちが借りた宿の部屋に転移した。リリーがもがくと、彼は腕を解いてくれたが、駆けだして、部屋を出て行こうとする彼女の目の前で、すかさず扉を魔法で封印する。

「……ハーラルト殿下……！」

眉をつり上げて振り返ると、ハーラルトは視線を逸らし、雨に濡れた銀糸の髪を掻き上げた。

王宮の私室に比べれば、狭い室内を見渡す。窓辺に立つ彼から見て、右手奥にある二台のベッド、その足下に広げられたキャリーケース、左手中央にある丸テーブル、リリーの普段と違うドレス姿。順を追って見ていった彼は、濡れそぼった外套を脱ぎ捨て、はあ、と息苦しそうな吐息を零した。

「リリー……、もう逃げないでいい。貴女を正妻にすることは、皆が納得するから」

リリーは瞳に涙を滲ませる。鼓動が酷くて、掌が小刻みに震えた。

「私は、納得しておりません……っ。貴方は、第一に国民を考えねばならないお立場でしょう！」

「――国民のことは、第一に考えているよ。だけど貴女のことも同じくらい、大事なんだ。だから俺は、強硬派に与するように見せかけて、隣国を動揺させ、向こうから和平を望むよう仕向けた」

真剣な眼差しで返され、リリーは目を瞬く。

「…………え？」

にわかには理解できなかった。ハーラルトは胸元から掌に収まるサイズの容器を取り出し、カシャンと銀の蓋を開く。それは薬入れに見えた。

「ごめん。隣国を騙すために、俺は身内も騙した。……よりリアルに、俺が強硬派になったと思わせるために。多くの者の嘆きや怒りを見せつけ、隣国の人間にこれはポーズではない、と思わせたかったんだ。だから貴女の父上にも事情は言わなかったし、貴女にも伝えなかった。伝えていたのは、陛下とオリヴァーたちだけだ」

「……何を……」

「先だって、隣国の王太子が緊急の対面を求め王宮を訪れた。ヴンター王国は、これまで提示した法外な条件を白紙に戻し、再び国交締結の交渉へ入ることを望んだ」

リリーは薄く唇を開き、微かな音で息を吸い込む。

「国交締結を……？　宣戦布告ではなく……？」

昼間に見た、隣国の国旗を掲げて飛来する一団は物々しく、今にも開戦を宣言しそうな装備だった。信じられないという顔をする彼女に、ハーラルトは苦笑する。

「彼らの武装を見たら、そう思うよね……。実際バルトルト王太子は、ギリギリまで開戦をちらつかせ、こちらが折れないかと機を窺っていた。だが、俺も引く気はなかった。フェアトラーク王国とヴンター王国は、正常な力関係に戻る必要があったから」

「……それでは……その、貴方は戦ではなく、和平を望むのですか……？」

聞き間違わぬよう、はっきりと質問した。ハーラルトは優しく微笑み、頷く。

「そうだよ。俺の姿勢に変わりはない。自国の平穏を、変わらず願っている」

「……そう……ですか……」

リリーはやっと、肩の力が抜けた。胸にずっと凝《こご》っていた恐怖が、柔らかく溶け解《ほぐ》れていく。

自分のせいで、ハーラルトが道を踏み外したのではなかった。彼は最初から、己が選択すべき道を承知していた。だからずっと、大丈夫だ、信じろと言っていたのだ。

ハーラルトが、眉尻を下げる。

「……ごめん。怖かったよね」

リリーは気づかぬ内に、瞳から涙を零していた。嗚咽《おえつ》を堪え、涙を掌で押さえる。

「……ずっと、聖印を宿してしまったせいで、貴方が判断を見誤っているのではないかと、怖くて……。何度も、あの園遊会で出会いさえしなければと……」

「うん。貴女の気持ちは知っていた。苦しめて、ごめん」

涙はとめどなく流れ、リリーはしゃくりあげながら、首を振った。

「でも、出会わなければよかったと思った端から、私はそれを悲しく感じるのです……。貴方に出会わない人生なんて嫌だと、馬鹿な想いばかりが膨らんでいって……っ、貴方を慕う自分を、抑えきれるか、わからなかったのです」

「だから逃げたの？」

リリーはびくっと肩をすくめる。ハーラルトが歩み寄る靴音が聞こえた。

震えながら顔を上げると、彼は薄く微笑んで、距離を詰めてくる。

「あ……っ、待、待ってください……っ。私、貴方に近づきすぎると……っ」

リリーは塞がれた扉に背を擦《こす》りつけた。近づくと、『餓え』の衝動が強すぎて、瞬く間に思考が彼への想いで満たされる。触れられようものなら、今や震えるほどの快楽に見舞われ、何も考えられなくなるのだ。自分が何をしでかすかわからないなんて、恐ろしすぎた。

ハーラルトは銀の薬箱を片手に、歩みをとめない。

「大丈夫だよ、リリー。貴女が乱れようと、俺が『餓え』に呑まれなければいいだけだから。酷いことは何もしない。約束する」

「……でも……！」

「――まだ俺が信じられない？」

重ねて尋ねられ、リリーはくっと喉を鳴らした。ハーラルトを信じ切れず、彼の元を逃げ出したのは自分だ。でも実際には、信じるべきだった。

ハーラルトは立ちどまり、三歩ほどの隔たりを置いて、薬箱を見下ろす。

「ねえリリー、これから貴女は俺の伴侶になるわけだけど、一つだけお願いがある」

心臓が、どきっと大きく跳ねた。まだ伴侶になると約束はしていないのに、彼の中では既に決定事項のようだ。

「……お、お願い……？」

彼は頷いて、顔を上げる。黄昏時の空を思い出させる藍色の瞳がリリーを愛しそうに見つめ、にこっと笑った。

「どうかずっと、俺に恋をしていて」

「――え？」

彼は薬箱から、青い宝石のような薬を一粒摘み上げる。

「昔は、よく効く魔法薬には強い副作用がつきものだっただろう？　使うには覚悟が必要だった」

「……はい」

リリーはわけがわからないながら、頷いた。実際彼女は、幼い頃から色々な薬を飲んで、副作用を経験している。

「貴女が私の記憶の一切を失っている理由を、アダムから聞いた」

リリーは目を見開いた。

「貴女は昔、生死を彷徨う酷い状態になったことがある。一刻も早く、貴女の体に合う地域に住まいを移した方がよいのに、貴女は頑なにそれを拒んだ。だからアダムは、貴女に薬を飲ませた。副作用も承知の上で、彼は強い魔法薬を貴女に与え、そして半年ほどの記憶が失われた」

「半年も……？」

リリーは全然思い出せず、瞬きを繰り返す。ハーラルトは、優しい眼差しをこちらに向けた。

「アダムは副作用があったこと自体を秘密にしたそうだ。そうした方が、きっといいと考えて」

「……どうしてですか？」

不思議そうに尋ねた彼女に、ハーラルトは甘く微笑んだ。

「俺に会えなくなったことを、貴女が悲しまずにすむから」

「……」

リリーは意味がわからなかった。ハーラルトは残りの距離を、ゆっくり歩み寄る。

「……リリー。俺たちが出会った頃の記憶を、貴女に思い出させてもいいだろうか……？」

ハーラルトは指先で摘んだ小さな丸薬を、そっとリリーの唇に押しつけた。指先と唇が触れ、いつの間にか泣きやんでいたリリーの瞳が、潤む。

彼は顔を近づけ、艶やかに囁いた。

「お願いだよ、リリー。どうか、貴女の恋心の全てを……俺のものにさせて」

頬に朱が上り、熱い吐息が漏れる。

リリーは恋する人の甘い誘惑に、薄く唇を開き、その丸薬を飲み込んだ。


朝夕は肌寒い、冬の気配を感じさせる秋だった。

リリーはその日、いつもよりも体調がよくて、王宮にいる父に会いに行っていた。外務省に勤める父は、通常業務が終わる夕刻なら会いに来てもいいと言っていたから、執事にお願いしたのだ。

こんなわがままを許してくれていたのは、父が少しでもリリーと過ごす時間を持ちたいと考えていたからである。その頃の彼女は、元気に歩き回る日よりも、床に臥している時間の方が長かった。冷えた風に当たるだけでも熱が出て、されど子供向けの薬は効きが悪く、病状が長引くどうしようもない時代。

愛情を沢山注がれていた彼女は、愛らしいクリーム色のドレスを着ていて、その日も父の勤める施設が入る、中央塔の四階に顔を見せた。リリーが姿を現すなり、父の同僚たちは相好《そうごう》を崩し、声をかけてくれる。父が優秀だったからか、皆がリリーに優しかった。

「おや、リリー嬢。今日もお可愛らしいですね。素敵なドレスです」

「ありがとうございます」

褒めてくれた大人たちに、リリーは淑やかに膝を折って、淑女の礼を返す。

彼女は十歳の幼さながら、ノイナー侯爵家の令嬢として恥じない、礼儀正しさを持っていた。父の同僚たちが彼女を厭わない理由は、外見的な愛らしさに加え、子供特有の騒がしさがないところにもあったのだが、当時のリリーは何も気づいていなかった。

彼女の挨拶を微笑ましく見ていた同僚の一人が、父を振り返り、何気なく言う。

「ちょうど今、王妃殿下が良家のご子息たちも招いた茶会を開かれていますから、ご挨拶だけでもして行かれてはいかがです？　リリー嬢はそういった席にはなかなか参加できていないでしょう」

帰り支度を始めていた父は顔を上げ、リリーを見やった。優しく笑って、小首を傾げる。

「どうする？　お前と同年代の子供たちに会ってみたいかい？」

鈍い金色の髪を油で軽く撫でつけた父は、肌つやもよく、まだ若さの残る外見をしていた。色香の滲む眼差しや、品ある佇まいに目を奪われる女性も多く、時折食事やオペラに誘われる父の姿を見る機会もあった。当時から母一筋だった父は、いつも困った顔で断りを入れていて、リリーはその表情を見るのが好きだった。だってそれは、母が大事だという意味だからだ。両親も兄も大好きだった彼女は、家族を大切にしている父の一面が見られて、嬉しかった。

その父に誘われれば、リリーは一も二もなく頷く。

「うん……！」

それに家で寝ているばかりで、友人らしい友人がいなかった彼女は、友達ができるかも、と胸を膨らませた。

そうして連れて行かれた庭園は、青々と茂る芝が風に揺れる、広大な場所だった。一角に華やかな薔薇の大樹が彩る茶席があり、大人の女性たちはそこで談笑している。子供たちはと言えば、元気に芝の上を駆け回っていて、リリーはやや気圧された。脆弱な体の彼女には、彼らのように駆け回る体力はない。仲間に加わるのは難しそう、と萎縮していると、父が背を押した。

「ほらリリー、行っておいで」

「でも……」

さっきまでは楽しみにしていたのに、着いた途端に躊躇う彼女に苦笑して、父は耳打ちした。

「それじゃあ、ほら、走り回っている子たちから少し離れた場所にいる男の子、見えるかい？　青いベストを着た子だよ」

リリーは父の視線を追って、頷く。

「あの子が、この国の王太子殿下だよ。ハーラルト殿下とおっしゃる。乗り気じゃないなら、すぐ帰っていいけど、彼にご挨拶だけしておいで」

「はい、お父様……」

彼は広場にいる子供たちの中で、一番上等そうな金糸の入った青の上下を身に着けていた。それだけでも人目を惹くのに、彼の外見はとても整っていて、リリーは目を奪われる。あまり見ない銀糸の髪に、藍色の瞳。高い鼻に形よい唇。整った顔をした彼は、どの子供よりも落ち着いた佇まいだった。

他の子供と話していた彼は、リリーが近づくと、会話をとめて、こちらを見つめる。歩み寄る間も動かず、リリーを待ってくれているようだった。

体が弱い彼女は、普通の子供よりも動きがゆっくりしている。急に動くと、息が切れたり、咳がとまらなくなるのだ。だから仕方ないことだったけれど、動きが遅いと、その分仲間に入るのは難しくなった。リリーはいつも、気づいたら一人にされていて、寂しい思いをよくしていたのである。

でも彼は、他の子供と違って、リリーのゆったりした動作を見守り、傍近くに歩み寄るのを辛抱強く待っていた。

――優しい人なのだわ……。

一国の王太子という存在になんの先入観もなかった彼女は、素直に嬉しくなる。彼の前に立ち、いつものように、淑やかな淑女の挨拶をした。

「はじめまして、リリー・ノイナーです」

「僕はハーラルト。よろしく」

彼は穏やかな声で挨拶を返し、リリーはその態度も、大人びていて素敵だと思う。間近で見た彼は、遠目で見た時よりもずっと素敵だった。銀糸の髪はさらさらで、眉はきりりとしている。眼差しはしっかりとしていて賢そうだし、佇まいにも品がある。

彼女が淡く頰を染めた時、沈みかけた太陽の光が強く差して、彼は眩《まぶ》しそうに瞳を細めた。美しいハーラルトの銀糸の髪が、太陽の光を浴びて、鮮やかなオレンジに染まった。眩しそうに手で影を作り、光が弱まると息を吐いて髪を掻き上げる。

動作の全てが目を奪い、彼女の心臓が、とくりとくりと鼓動を速めた。

――恰好いい人。

リリーは頬を染め、はにかんで笑う。ハーラルトはリリーの笑顔を見て、淡く頬を染めた。

その晩、彼女はよく眠れなかった。ハーラルトのことばかり考えてしまい、リリーは十歳で、初めての恋に落ちたのだった。


それからリリーは、積極的に王宮へ行くようになった。父に会うという口実で、ハーラルトに会いに行っていたのだ。少し早めに行くと、父は決まってもう少し待っていなさいと言う。その間に、ハーラルトの元を訪ね、一緒に部屋でおしゃべりをしたり、遊んだりできた。父が口添えをしていてくれたらしく、リリーは王太子に会うことも許されていたのだ。

相変わらず体は弱く、寝込む日も多かったが、ハーラルトに出会って、彼女の毎日は色彩を取り戻した。病床についていても、彼に早く会いたいと思えば、苦い薬も飲める。食欲がなくても食事を口にして、元気になろうと頑張った。

二歳しか年が変わらないのに、彼は落ち着いていて、知識も豊富。子供っぽいかな、と思ったけれど、手を繋いでも嫌がらず、終始リリーに優しかった。風邪を引いて寝込んだ数日後、会いに行ったリリーの顔色を見て、彼は何気なく目の下に触れた。

親指の腹で肌に触れる所作が、恰好よく見えて、胸がドキドキした。

恋心は膨らむ一方だったが、リリーは好きだと気づかれないように、一生懸命平然と振る舞う。好きだと伝わって、ギクシャクしたり、もう会いに来るなと言われるのが怖かったのだ。

秋が深まる頃、家では、かかりつけ医から住まいを変えた方がいいと助言され、両親が住まいを領地へ移すかどうか頻繁に相談し始めていた。

「リリー、どうだい。アルタール州に引っ越そうか？　お前も向こうの庭が気に入っていただろう」

その日も軽い風邪を引いて寝込んでいたリリーに、様子を見に来た父が尋ねる。リリーはすぐに首を振った。

「ダ、ダメ……っ。私は、王都の方がいい……！」

領地に住まいを移したら、只人であるリリーは、もう頻繁にハーラルトに会えなくなる。

父は訝しそうに首を傾げ、父が来るより先にリリーを看《み》ていた兄が笑った。

「リリーは、ハーラルト殿下に会えなくなるのが寂しいんだと思いますよ、父上。だって初めてできた友達だもんね、リリー？」

十三歳の兄は、リリーよりもずっと背が高く、しっかりしていて、看病もしてくれていた。前髪を梳いて、リリーの額に浮いた汗を布で拭ってくれる。兄の言葉に、父は瞬いた。

「……そういえば、最近はよく、ハーラルト殿下と会っているようだったね……」

「……」

自分を見下ろす父が、内心に気づいてしまうのではないかと思い、リリーは視線を泳がせる。でも見つめられる内に頬が赤くなっていって、彼女の気持ちは筒抜けだった。

「……そうか。ではもう少しだけ、様子を見ようか……」

父は眉尻を下げて、引っ越しを保留にしてくれた。しかし夜遅くに母と引っ越しの話を続けていて、リリーは遠からず王都から離れなくてはいけない予感を覚えていた。

ハーラルトに会えた日も、その不安が頭から抜けなくて、変に明るく振る舞ってしまう。本当は行きたくないのに、アルタール州の見事な花園の話をして、強がった。

領地の話をすると、ハーラルトはつまらなそうな顔をする。リリーが領地に行くのを嫌がってくれている風に見えて、嬉しかった。

一緒に図書室で過ごしていた日、ハーラルトはリリーの話を聞いて、ひょいっと魔法で見てもいない領地の花園を再現してみせる。

あちこちにキラキラと魔法の粒子が煌めき、風にそよぐ見事なラベンダー畑が目の前に広がった。魔法が使えない彼女にとって、それはとても特別な光景で、自分にない魔力を持つ彼に、更に惹かれた。

――ハーラルトが大好き。

リリーの胸は、その想いで満たされていた。

けれど想いとは裏腹に、王都の冬が近づくにつれ、リリーの体調は悪化の一途をたどる。

体調を悪くしたら、領地へ連れて行かれると知っていた彼女は、どんなに体が辛くても我慢した。できるだけ元気なふりをして、少しの熱くらいなら黙っていたのだ。

そんな無理が祟《たた》り、リリーはある日、ベッドから起き上がれないほどの高熱に冒された。

外気は凍えるほど寒く、高熱は一週間も続いた。元々喘息《ぜんそく》を患《わずら》っていた彼女は、肺に病原菌が入ってしまい、いつ呼吸ができなくなるかもわからない状態だった。

苦しむ娘を見て、父は言った。

「リリー、領地へ住まいを移すからね。アルタール州なら、ここよりずっと暖かくて、お前も楽になるよ」

心配そうに手を握って教えてくれた父に、リリーは息苦しさと発熱で朦朧としながら首を振る。

「いや……っ、ハーラルトと、会えなくなっちゃうのは、嫌……！」

彼女の部屋には、毎日ハーラルトから花と手紙が送られていた。子供なのに、花束も文章も立派なもので、彼は毎日リリーに恋をさせた。

『──リリーの回復を願う』『早く貴女と会いたい』『また図書室で本を読もうね』

体をいたわる手紙に、胸のときめきがやむ日はなかった。恋をしているから、王都を離れたくない。そう訴える娘の様子に、父は苦しそうに眉根を寄せた。

「リリー……大人になったら、また会えるようになる。今は我慢するんだ。来週には、アルタール州へお前の住まいを移すよ。お父様は仕事があって、一緒に行けないが、お母様が一緒に行ってくれるから……」

リリーは目を見開く。

「お、お兄様は……？」

「イザークも、王立学院に通っているから、領地には行けない。でも休みの日には、お父様もお兄様も会いに行くよ」

父の言葉は、リリーに追い打ちをかけた。優しくて大好きな父や兄とまで会えなくなるなんて、絶対に嫌だ。リリーは泣きじゃくって駄々をこねたが、父は決して聞き入れてくれなかった。

翌日、父はリリーの顔を見ずに仕事に行った。昨日わがままを言ったから、怒ったのかと思い、彼女は更に悲しくなる。

日中、熱を出した彼女の部屋は、自分の苦しそうな吐息以外に音はなく、寂しかった。兄や母も、昼間は出かける用事や講義があったのだ。

時折使用人が額にのせた布を替え、水を飲ませに来てくれるが、体が熱くて、辛くて、部屋に誰もいなくなると不安になった。

ボーン、ボーンと屋敷の一階に置いていた柱時計が正午を知らせる音がして、使用人たちが休憩に入る音が響いた。

リリーはベッドから起き上がり、窓辺に向かう。窓の外は明るかったが、しんしんと雪が降り続け、世界を銀色に染めていた。その煌めきは、ハーラルトの美しい髪を彷彿とさせる。

キラキラと輝く銀世界を見つめ、リリーは呟いた。

「……ハーラルトに、会いたい……」

このまま熱が下がらなかったら、リリーはきっと、ハーラルトに会わないまま、領地へ連れて行かれる。熱で充血した瞳から、涙が零れた。リリーは衣装部屋から厚手のコートとブーツを持ち出し、それを纏うと、人気《ひとけ》がまばらになった家を抜け出した。

人目につかぬよう、庭園につながる扉口から出て、ぐるりと家の脇を回って正面まで行くつもりだった。でも主要な出入り口以外は雪かきがまだすんでおらず、リリーは足を取られ、眉根を寄せる。一歩踏み出す毎に、熱が上がる感覚があった。冷えた空気が肺に入って、息苦しくなる。もうちょっとで正面玄関辺りまで行けるのに、屋敷の庭が、果てしなく広く感じられた。

太陽が空高く上がり、気温が少し上がったのか、雪は冷たい雨に変わる。最初はその冷たさが心地よかったけれど、次第に肩口がじっとりと重くなり、体が凍えていった。

リリーは屋敷の正面玄関にもう少し、という場所で、力尽きる。足が動かなくて、恐ろしかった。雪の日は、外に出る人の数も極端に減り、誰も見当たらない。

リリーは瞳から熱い涙を零し、咳《せ》き込んだ。脆弱な自分の体が、恨めしかった。健康なら、もっと沢山の友達と遊べた。ひとりぼっちで過ごす日なんて、今よりずっと少なくてすんだ。元気だったら、ハーラルトに会えなくなることも、家族と離ればなれになることもなかったのに
――。

意識が朦朧とし始めた時、屋敷の正面で、キイと車輪がきしむ音がした。漆黒の馬車が屋敷の前に停《と》まり、そこから父が降りてくる。父を呼ぼうとしても、もう唇が動かなかった。父は馬車の中に手を差し伸べ、誰かをエスコートした。降りてきたのは、漆黒のコートを羽織ったハーラルトだった。

リリーの顔を見ずに家を出た父は、ハーラルトを屋敷に招くために、いつもより早く出ていたのだ。彼らはリリーに気づかない。

――ハーラルト……。

リリーは心の中で、彼を呼んだ。父が馬車の中から荷を取り出そうと身を屈め、少し離れたハーラルトが、ふとこちらに目を向けた。彼は驚いた顔をして、駆け寄ってくる。

「……っリリー……？　どうしたの、どうして外にいるの……！」

明るい空から降りしきる雨が、銀糸のように光り輝いて、彼の髪を濡らしていた。なんて綺麗な人だろうと、目を細めた彼女を、ハーラルトの温かな両手が抱き上げる。彼は凍えたリリーの体を厭うことなく、腕を回して体温をわけ与えた。その優しさに、涙がこみ上げ、頬を濡らしていく。

ハーラルトは後方を振り返った。

「アダム……！　リリーが大変だ……‼」

父が声に気づき、慌てて駆け寄ってくる。リリーは弱々しくハーラルトのコートを摑んだ。こちらを見下ろした彼を見上げ、涙を零して声を振り絞った。

「ハーラルト……どうして私の体は、こんなに弱いのかなあ……」

ハーラルトに会えなくなることが、何より辛い。体さえ丈夫なら、こんなに悲しい気持ちになることもなかった。悔しさと、寂しさと、恋心がない交ぜになって、リリーは泣きじゃくる。

ハーラルトは苦しそうに顔を歪め、リリーの頭を胸に抱き込んだ。

「リリー……泣かないで……。俺がきっと、よくするから。大きくなったら、医者になって、貴女や、貴女のように苦しむ人を助けられる人になるから……っ」

温かな彼の体温を頰に感じながら、リリーは嗚咽を漏らす。

「ほ、本当……？」

彼は耳に頰を押しつけ、頷いた。

「約束する」

胸がじわっと温かくなって、リリーの瞳からまた涙が流れる。どうしようもなく、彼を想う気持ちが溢れた。

「……私、ハーラルトと離れるのが、嫌なの……」

震える声で言うと、彼は震える息を吐き出した。

「俺だって、嫌だよ……」

ハーラルトはリリーの顔を覗き込み、頬を濡らす涙を拭う。そしてゆっくりと顔を寄せ、藍色の美しい瞳を細めた。リリーの唇に、彼の柔らかなそれが重なる。リリーは目を閉じて、彼の口づけを受け入れた。

ハーラルトの背後まで駆けてきた父が、その光景にぎくっとした。

温かく柔らかな唇の感触は、リリーの心をぽかぽかと温める。唇を離した彼は、ふわっと笑った。

優しい笑顔に胸がときめいて、笑い返そうとしたが、鼓動が速くなりすぎて、リリーはそのままかくりと意識を失った。

目が覚めると夜で、リリーはベッドに横たえられていた。部屋は燭台《しょくだい》の蠟燭《ろうそく》に照らされ、部屋の扉口近くで父と母が小声で話し合っている。リリーの枕元に椅子を持ってきて座っていた兄は、心配そうに二人を見つめ、リリーが目覚めたことには気づいていなかった。熱で朦朧とした彼女の耳に、珍しく苛立ちを抑えた父の声が届く。

「もう、これを飲ませるしかないだろう……っ」

「でも、その魔法薬は記憶障害を起こすかもしれないのよ……子供に使うのは」

母が不安そうにするが、父は眉根を寄せる。

「記憶など……っ。殿下に会わせたのが、間違いだった。将来どうなるかもわからないのに、いたずらにお手を出されては困る……っ。嫁入り前に、殿下のお手つきだなどと噂されて欲しいのか、エリーザ」

「……それは」

リリーには、父の言葉が断片的にしか聞こえなかった。気づいたら枕元に母がいて、優しく口元に小瓶を押しつける。

「リリー。これを飲んだら、熱も苦しいのも治るわ。少しだけ苦いけれど、我慢してね……」

こぽこぽと口に注がれた魔法薬は、甘みが広がったあと、飲み下すと舌に苦みが広がり、リリーは目尻に涙を滲ませた。薬がお腹《なか》にとどいた感覚がしたあと、彼女は大きく息を吸う。薬はリリーを深い眠りに誘い、そして目覚めた時には、半年ほどの記憶を全て消していた。

三

リリーは鼓動をとくとくと乱し、目の前にいる、成長した王太子を見返す。ハーラルトが飲ませた丸薬により、彼女は過去の記憶を全て思い出していた。リリーを間近で見つめていたハーラルトが、優しく微笑む。

「思い出した……？」

「……」

リリーの瞳に、じわりと涙が込み上げた。

誰とも恋をしたことがなく、キスすらした経験がないと思っていたのに、リリーは彼に一目で恋に落ちていて、初めてのキスも彼としていた。

過去の自分の行いは、子供じみていて、とても恥ずかしい。ハーラルトに会いたいから家を出て、その後何十キロも遠く離れた王宮にどうやって行くつもりだったのだろう。

だけど、病に冒されたまま雪が降りしきる外界へ出る行為が、危険だとはわかっていた。それでも一目、会いたかったのだ。恋をした、大切な男の子に。

あの日の想いが胸に鮮明に蘇り、リリーは瞳から涙を零す。

「――貴方と離れるのが、とても、悲しかった……」

ハーラルトは眉尻を下げた。

「俺も、悲しかった。……だけど、ずっと俺の片思いだと思ってた。貴女は手を繋いでも、抱きしめても、平然としていたから」

リリーは頬を染める。

「恋をしていると気づかれたら、ギクシャクして、会えなくなるかもしれないと思ったから、一生懸命平気な振りをしていたの……」

ハーラルトは苦笑した。

「そうか……ずっと気づかなかった。貴女にキスをしたあと、それがアダムから両親に伝わって、軽率な真似をするなと叱責されたんだ。己の立場をわきまえろと言われ、だから手紙も送れなかった……」

彼は視線を落として、ため息を吐く。そして顔を上げた時、甘い眼差しを注いだ。

「リリー。俺はね、貴女との約束を守るつもりでいるんだよ。自分にできる限り、多くの知識や技術を身につけたし、魔法医にもなった。貴女や、貴女のように苦しむ人がいなくなるよう、ずっと全力を尽くすつもりだ」

昔よりずっと高くなった背丈。軍部で鍛えている体は筋肉質で、たくましい。その眼差しは優しくて、でも昔より男らしくなった。

彼は愛しそうにリリーを見つめ、手を伸ばす。耳朶を撫でられ、彼女はびくりと震えた。

「……っさ、触っちゃダメです……」

彼の胸を押して、身を離す。『餓え』が酷くて、息が乱れた。はしたない姿を見せたくない。

ハーラルトがリリーの片手を掴み、苦しそうな息を吐いた。

「……リリー、俺はずっと、貴女一人だけを想って生きてきた。貴女には、永遠に俺の傍らにいて欲しいんだ」

「ひゃ……っ」

もう一方の手で腰を抱かれ、リリーは高い声を上げる。ハーラルトは顔を寄せ、懇願する。

「お願いだ。どうか、運命の恋人となる契約を結び、俺の妻になって欲しい」

リリーは瞬きを繰り返し、首元まで真っ赤にした。唇が震え、涙が滲む。

ハーラルトの気持ちに応えたいのに、できない。

だってリリーの聖印は――。

リリーの躊躇いに気づき、彼は顔を覗き込んだ。やんわりと微笑み、尋ねた。

「……ねえリリー。気持ちだけで答えて。俺が好き？」

リリーは恥ずかしさを呑み込んで、頷いた。

「……はい……。貴方が、誰よりも好きです……」

ハーラルトはほっと息を吐く。リリーの頬を撫で、秀麗な顔を寄せる。

「リリー……愛してるよ」

吐息混じりに想いを告げ、彼は藍色の瞳をいつかのように細めた。

「……っ」

リリーは目を閉じ、直後、柔らかな唇の感触が自分のそれと重なる。触れるだけのキスなのに、体の底から強烈な恋情が湧き上がった。鼓動が激しく、頬が熱くなる。

恋心に頭が支配され、瞳から熱い涙が零れ続けた。

ハーラルトは唇を離し、微かに吐息を乱れさせる。

「まずいな……」

『餓え』は羞恥心を薄れさせ、彼女はうっとりと大好きな人の顔に見入った。唇から熱っぽいため息を零し、ハーラルトに身を寄せる。ハーラルトが真顔になって、リリーを見下ろした。

彼女は瞳を揺らし、彼の腰に腕を回す。

「……お慕い申し上げております……ハーラルト様」

「……」

見る間に、ハーラルトの瞳が情欲にけぶった。彼はリリーの顎先に指をかけ、低い声で尋ねる。

「……リリー……もう一度だけ、キスを……」

「はい……」

もっと触れていい。リリーは彼の望みに頷き、自ら顔を寄せた。後頭部に大きな手が添えられ、唇を塞がれる。二回目のキスは、一回目よりもずっと情熱的だった。彼は何度も唇を啄《ついば》み、リリーはたまらず吐息を零す。その瞬間、リリーは背筋を震わせた。

「ん……っ」

ハーラルトの舌が口内に滑り込み、絡められる。ぬるりとした感覚は心地よくて、リリーは混乱した。ぬるぬると舌が絡むたび、快楽が全身を襲い、膝がカクカクと震え始める。

「んぅ……っ、ん……っ……あっ」

キスをしながら、ハーラルトはリリーの体をふわりと抱え上げた。気づいた時には、柔らかなベッドの上に横たえられていて、彼女は少し正気づく。

もしかしてハーラルトは、これ以上をしようというのだろうか。淑女であれと育てられた彼女には、キス以上は未知の世界だった。

ぎしっとベッドをきしませ、膝の間に体を滑り込ませた彼に、リリーは怯えた眼差しを向けた。

「……あ、の……ハーラルト様……」

彼はリリーの声に顔を上げ、艶っぽく濡れた唇を嘗《な》める。

「……大丈夫だよ。かなり魅力的な体勢だけど、最後まではしない。……聖印を見てもいい？」

「え……っ」

ハーラルトはリリーが返答するのを待たず、するるっとスカートをたくし上げた。

「やっ、ダメ……！」

慌てて布地を戻すも、彼はリリーの手をいなし、身を屈めながらこちらを見やる。

「でもこうしないと、見えないだろう……？　貴女と運命の恋人になりたいんだ。リリー、どうか、契約することを許して」

どうしてそこに聖印があると気づいたのだろうとか、躊躇い一つない態度でさえ素敵だとか、恋心に翻弄された頭は脈絡のない言葉を並べた。だけど彼の質問には答えないといけない。頭の片隅に残っていた理性が彼に応えるよう促し、リリーはブルブルと震えながら、頷いた。

ハーラルトは、再びスカートをたくし上げていく。白く細い左足の内ももに記された聖印を見つけ、笑みを浮かべた。

「……やっぱり。……大丈夫だよ。貴女は何一つ、恥ずかしがることはない……」

リリーは自分の恥ずかしい願望を見られ、顔から火が出る思いだった。膝裏に手を添え、足を軽く持ち上げられて、また恥ずかしさが増す。握った拳を口元に押しつけ、彼女はその光景から目を背けた。ほどなく、肌にちゅっと口づけられ、瞼を開ける。

震えたまま見やると、ハーラルトがこちらを見て尋ねた。

「どう？　何か変わった？」

彼女は数秒、なんの話か考え、『餓え』について尋ねているのだと思い至る。

「……いえ、まだ……とてもドキドキして、大変です……」

ハーラルトは明るく笑う。

「ははは……っ、なるほど、片方だけへの口づけじゃダメってことか……。じゃあ、仕方ない。失礼するよ」

「きゃあ！」

今度は急に天地が逆転し、リリーは悲鳴を上げた。自分の体勢を見下ろし、頬を染める。

彼女はハーラルトの腰下辺りに足を開いて座らされていた。彼はスカートの上から太ももを撫で、意地悪く笑う。

「こんな場所に聖印を宿してしまって、恥ずかしかった……？」

リリーは耳まで赤くして、じわっと涙ぐんだ。破廉恥な願望のある女だと罵られると思い、身を縮こめた。

「も……申し訳ありません……」

「ああ、リリー、ちょっと身を屈めてくれる？」

「……？」

誘導されるまま、身を屈めると、彼はリリーと額を重ねた。藍の瞳がまっすぐに自分を見つめ、胸が高鳴る。ハーラルトはリリーを見つめたまま、鷹揚に言った。

「大丈夫だよ。私はどんな貴女でも愛してるから」

「……っ」

甘く優しい言葉に、リリーの瞳から涙が零れ、ぽたりと彼の瞳の中に落ちていく。ハーラルトが目を閉じると、同時に、鼓動がすうっと穏やかになっていった。ハーラルトもどこか堪えているようにしていた表情を緩め、ほう、と息を吐く。

彼は目を閉じたまま、落ち着いた声音で話しだした。

「……リリー。聖印はね、キスで契約が叶うとされているけれど、調べたところ、体液が触れる必要があるようだったんだ」

「そう、だったのですか……?」

久しぶりに穏やかな心音になったリリーは、肩の力が抜け、ぼんやりと彼を見つめる。

ハーラルトはリリーの腰に両腕を回し、瞼を開けた。

「ごめんね、泣いてもらわないと、体液を瞳に入れるのは難しそうだったから、ちょっと意地悪な質問の仕方をした」

「……でも、私の破廉恥さに、変わりは……」

言い淀む彼女に、ハーラルトはまた明るく笑う。

「うん。あのね、リリー。これは最後の真実なのだけど、実は聖印が浮かび上がる場所はランダムで、別にキスをして欲しいところではないいんだよ」

「え……!?」

勢いよく身を起こすと、ハーラルトは苦笑し、枕の上に腕を伸ばした。

「歴代の聖印を宿した人たちは、みんな見栄《みえ》っ張りだったみたいだ。『餓え』で歎じみた欲求や衝動を覚えることや、聖印を授かる際の激痛なんていう、耳障りの悪い部分は全て隠し、聞こえのいい話ばかり流布してきたんだよ。きっとキスをして欲しい場所に宿る、というのも、その一つだろうね。四百年ほど前に聖印を授かった人の記録を読んだら、〝足の甲にキスをして欲しいなんて願望はない〟って書いてあったよ。書庫で管理された、非公開文書だったけど」

リリーは呆然と聞き返す。

「私の、願望じゃないの……?」

「うん。困るよね。ドレスの下に聖印を宿しちゃったら、女性は大体教えてくれないよね。俺は風が吹いた時に見えたから……っと」

聞き捨てならない情報を耳にし、リリーは目を見開いた。ハーラルトは口を押さえ、輝く笑みを浮かべる。

「なんでもないよ、リリー。気にしないで」

「……見えていたのですね……っ」

「うんでも、綺麗な足だなあって思ったのも本当だよ」

「……!」

いらぬことばかり言うハーラルトに、リリーは指先まで真っ赤にした。彼は上半身を起こし、ふと窓の方に顔を向ける。視線を追うと、彼が見ていた窓の外に、琥珀鳥がいた。ベランダの手すりに座り、クルルルと鳴いている声が届く。

「ありがとう、テルー。もう大丈夫だよ」

琥珀鳥はキューイと甘えた声を上げ、飛んでいった。

「……あの鳥は、テルーという名前なのですか？」

リリーが尋ねると、彼は肩をすくめる。

「うん。リリーを見つけて欲しいと頼んだんだ。只人に転移用魔道具で移動されると、魔力の追跡ができない。エルゼを追跡しようとしたけど、彼女は魔力が強くないから、途中で痕跡がかき消えていてね。で、琥珀鳥に命じた」

リリーは驚き、感心した。

「琥珀鳥は、人探しにも使えるのですね……」

それならどこまで逃げても、見つかっただろう。そう言うと、彼は苦笑する。

「いや……まあ無限ではないよ。小鳥が飛べる範囲内で見つけられるというだけなんだ。だから君が隣国まで行ってしまっていたら、ちょっと難しかった」

「そう……」

ハーラルトはリリーをぎゅうっと抱きすくめる。

「……捕まえられて、よかった。やっと俺だけの恋人になってくれて、本当に嬉しい……」

しみじみと愛情深く呟かれ、鼓動が再び乱れる。恋をしていると、『餓え』はなくても、鼓動は速くなるようだ。

温かな体温に包まれ、リリーは素直に言った。

「……わ、私も、嬉しいです……」

「うん。一刻も早く、結婚したいね」

彼は耳元にキスをして、囁いた。

終章　恋する運命の恋人たち

一

ハーラルトに連れられて王宮に戻ったリリーは、丈の短いドレスから、いつもの衣装に着替えた。着付けはハーラルトと恋仲になったあと、部屋に戻ったエルゼにしてもらっている。

宿の扉が封印されて、どうにもできなかった彼女は、二人が部屋から出てくるまで、階段に座ってぼんやり待っていたらしかった。申し訳なく思い、ごめんねと何度も言ったが、彼女は二人が契約を結んだと聞いて、涙を滲ませて喜んでくれた。

髪には細いリボンが編み込まれ、いつものようにバーナー衣装工房の華やかなドレスに身を包んだ彼女は、衣装部屋から出たところで立ちどまる。リリーの居室には、着替えを待ってくれていたハーラルトの他に、近衛兵のコンラートにオリヴァー、エルゼ、そして父の姿があったのだ。

「お父様……」

「リリーが着替えている間に、呼んだんだ」

窓辺に立っていたハーラルトが言い、リリーは父の姿に胸を痛めた。

思い悩んでいたのか、壮年になってもなお目を惹く、美麗な外見を持つ父の髪や衣服が、乱れていたのである。顔色は悪く、父は疲れ果てた顔でリリーに歩み寄った。

「リリー……！　私は家に戻りなさいと言ったはずだよ……っ」

「ごめんなさい、お父様……。家に帰ると、戦の原因となった娘だと言われるだろうと思って、ご迷惑をかけたくなかったの」

抱きしめられ、リリーの目尻に涙が滲んだ。父の声は震えている。

「迷惑なものか……っ。どんな時だって、私はお前を助けてやるから、もう二度と失踪なんてするんじゃない……！」

「……はい」

無償の愛情を感じ、心がほっとした。二人の再会を見守っていたハーラルトが近づく靴音がする。目を向けると、彼は父をまっすぐに見つめていた。

「それでアダム……。私とリリーなのだが……結婚を許してもらえると嬉しい」

父はぴくっと眉を跳ね上げる。リリーはあれ、と思った。ハーラルトの話によれば、二人の結婚は皆が納得すると言っていたが、そうではないのだろうか。

ハーラルトは真面目な表情で、腰を折った。

「王宮内とはいえ、貴方の大事な娘に心ない風評を与え、心から詫びる。私の全権を使い、誤った噂は一掃することを約束する。そして今後リリーを誰よりも大切にし、守ると誓う」

リリーは父の腕から解放され、二人を交互に見る。

父は眉間に皺を刻み、憤懣《ふんまん》やるかたない表情になっていた。

「今回の騒動、できれば娘を巻き込まないで頂きたかった」

「すまない」

ハーラルトは頭を下げたまま、硬い声で謝罪する。潔い彼に、父は目尻を痙攣させ、大きくため息を吐き出した。

「しかし私の外交方針が悪かったことも認めます。殿下のおかげで、よりよい条件で国交を結べそうであることに御礼申し上げます」

「……」

ハーラルトは顔を上げ、薄く微笑む。父は続けた。

「また過去の出来事について伝えていなかったことも、申し訳なく思っています。……出会ってすぐ、殿下と娘が惹かれ合っていたのには気づいておりましたが、殿下と離れ、娘が悲しむ姿を見たくなかった。そして再会した時は、隣国との国交締結のため、殿下には隣国姫と婚姻を結んで欲しいと考えておりましたから、伝えぬ方がよいと判断していました。……リリーも、すまなかったね」

そういえば、父が真実を話してくれたから、ハーラルトは記憶を蘇らせる丸薬を用意できたのだ。記憶を蘇らせる薬は種類が多く、原因がわからないと使えない。

「いいえ。昔も今も、わがままに振る舞って、ごめんなさい……」

リリーが首を振ると、父は苦笑した。

「失踪する以外なら、お前のわがままなど可愛いものだよ」

あまりに優しい言葉で、リリーは頬を染める。

その表情に、ハーラルトは顔をやや歪ませ、父の方はふん、と彼に向かって鼻を上げた。ハーラルトは未だに、父に嫉妬心があるようだ。

「というわけで、私からのお小言はこのくらいです。リリーが望むのであれば、結婚は認めましょう。王太子妃として遜色《そんしょく》なく振る舞えるよう、幼少期から手塩にかけて育てた、自慢の娘です。どこに出しても恥ずかしくないと、お約束する」

ハーラルトは目を見開き、リリーは勢いよく父を振り返った。話し始めがかなり険悪だったため、二人はにわかには信じられなかった。

父はぽかんとして何も言わない二人に、眉根を寄せる。

「……結婚したくないのか？」

リリーはハーラルトを見やり、彼は心から嬉しそうに微笑み返した。

リリーは嬉しくなって、ハーラルトの元へ駆け寄る。彼は両腕を広げ、リリーはその胸に飛び込んだ。

「ありがとうございます、お父様……っ」

「――ありがとう、アダム……！」

ぎゅうっと抱きしめ合い、リリーとハーラルトは同時に礼を言った。部屋に控えていたコンラートやオリヴァー、エルゼが拍手と祝福の言葉を投げかける。

「おめでとうございます、ハーラルト殿下……！」

「よく頑張られました」

「おめでとうございます、お嬢様……っ。よ、よかったですねえ……っ」

リリーは大好きな人を見上げ、頬を染めた。ハーラルトは甘く微笑み、胸がときめきでいっぱいになる。『餓え』ほど酷くはなくとも、リリーの鼓動は速まり、瞳が勝手に潤んだ。

ハーラルトは彼女の様子に目を細め、耳元で囁いた。

「……『餓え』がなくとも、やはり君は押し倒したいくらいに、可愛い」

「……ん……っ」

彼の吐息が耳朶に触れ、リリーは身をすくめる。ハーラルトは、銀糸の髪をさらりと揺らし、身を屈めた。秀麗な顔が近づき、リリーは思わずぎゅっと目を瞑る。彼はクスッと笑って、頬に優しいキスをした。

「一生、大事にするよ」

色香溢れる声で愛情深く呟かれ、リリーは目眩を覚えるほど鼓動を乱し、父が悔しそうに声を荒らげた。

「――……っ誠、大事にせねば、ただではすみませんからな……！」

リリーはびくっと肩を揺らしたが、ハーラルトはリリーを腕に抱いたまま、こめかみに血管を浮かび上がらせている父に笑い返した。

「もちろんです。既に聖印への契約もすませましたので、未来永劫《えいごう》、彼女以外に現を抜かさないとお約束する」

「――は……？」

リリーとハーラルトが聖印を宿していると知らされていなかった父はぽかんとし、リリーはぽっと頬を染めた。

二

王宮へ戻って二日後、紅色の薄布を幾重にも重ねて作られたドレスを纏い、リリーは庭園を散策していた。ハーラルトは有言実行の人らしく、一日休養を取ったあと外に出てみると、王宮内はかつてのように落ち着いた空気だった。誰も陰口を叩く気配はなく、すれ違う人々は皆一様に笑顔で挨拶をしていく。

父に結婚の許しをもらったハーラルトは、すぐに噂の収拾と聖印に関する告知をするから、あと数日待ってね、と言っていたのだ。それにしても、一日で噂の収拾を完遂するとは、どういった手段を取ったのだろう。

傍らを歩いていたエルゼが、感心した声で辺りを見回した。

「すごいですねえ、お嬢様。たった一日で、王宮中から噂が消えてしまっています。まるでみんな、記憶喪失になっているみたい」

正直、ほとんど室内に籠もっていたリリーは、噂がどれほどのものか知らない。

「そんなにすごかったの……？　その、噂……」

聞きたいような、聞きたくないような気持ちで尋ねたところ、エルゼは素直に頷いた。

「それはもう、あちこちで〝王太子殿下を一目で陥落させた、魔性の魅了を持つ令嬢〟と噂する声が聞こえました。まあ、お嬢様の眼差しや造作がちょっと見ないくらいに色っぽいのは事実なので、エルゼは悪く捉えないように努めて参りましたが。お嬢様は今もこれからも、エルゼの自慢の美しい主人ですから！」

さすがに魔法を使って記憶操作まではしていないだろうが、そんな状態だったなら、エルゼも働きにくかったことだろう。献身的に仕えてくれている侍女に、リリーは眉尻を下げて微笑んだ。

「……そう。ずっと仕えてくれてありがとう、エルゼ」

エルゼは満足そうに笑い、胸を張った。

さあ、と風が吹き、リリーは乱れそうになる髪を押さえる。リリーが来たのは、西塔近くにある薔薇園だった。

ここは以前、エレオノーラと近衛兵が話していた場所だ。

夜も幻想的だったが、昼間に見ても色とりどりの薔薇が咲き乱れ、とても美しい。全ての薔薇を見られるよう、細道がいくつも造られていた。

庭園に入ったところで立ちどまったリリーは、薔薇の香りに目を細める。

「いい香り……」

「……リリーさん？」

たおやかな声が後方からかけられ、リリーは振り返った。首筋までを覆う新緑色のドレスに身を包んだエレオノーラが、近衛隊長・アスランを連れて王宮の外回廊からこちらへ向かって来ていた。

彼女は歩み寄りながら、柔らかく微笑む。

「お呼び立てして、ごめんなさい。貴女にどうしても会いたかったの」

今日リリーがここへ来たのは、ヴンター王国の王女、エレオノーラに呼び出されたからだった。

以前よりずっと柔らかい表情で声をかけられ、リリーは驚く。顔に出してしまったのか、エレオノーラは首を傾げた。

「どうかしましたか？」

「あ……いいえ。お声がけ頂き、ありがとうございます、エレオノーラ様。その、笑顔を見せて頂けたので……嬉しく思います」

失礼にならないようにどう言えばいいのか、迷い迷い答えると、彼女は目を瞬き、恥ずかしそうに俯く。

「ごめんなさい。私少し、人と話をするのが苦手なのです。人見知りというのでしょうか。初めて会う人には緊張して、顔が強ばってしまいます。リリーさんと初めてお会いした時なんて、貴女の優しそうな笑顔にどうしたらいいのかわからなくなり、顔を背けてしまいました」

「そうだったのですか……」

では、睨んでいるように感じていたあの表情は、緊張していただけだったのかと、リリーは意外に感じた。エレオノーラは薄く頬を染め、リリーを庭園の中央へ誘う。

「リリーさんはご存じかしら。このお庭、中央に噴水があるのです。そこで想いを伝え合うと、両思いになれるのだそうです。先日、王宮の使用人の子に聞きました」

リリーは戸惑って、彼女を見返した。ここまでリリーとハーラルトは『餓え』に翻弄され、ほぼ自分たちのことだけで精一杯だった。心の片隅には残っていたが、恋敵に嫉妬する暇もないくらい、ハーラルトに恋をして、てんてこ舞いだったのだ。

だが契約を結んでしまった今、リリーはどこにいてもなんとなくハーラルトのいる場所がわかる以外は、鼓動も呼吸も平静だ。実際に会ってしまうと契約の効果なのか、どうにも彼以外に目が行かなくなる傾向にあるものの、離れていれば思考も元通り冷静である。

だから、彼女の笑顔や恋の話をするところを、不思議に感じた。

エレオノーラは以前、ハーラルトに『恋が叶うまじないガラス』を贈っているのだ。

婚約はまだだが、宮内はすでにリリーとの婚姻の話が進んでいて、それは耳に入っているはずである。ちなみにリリーの逃走については箝口令が敷かれており、一部の臣下以外は知らない。

ともあれ、リリーに対し、嫌悪感を抱いていないのだろうかと思っていると、彼女はこちらを見返し、一層頬を赤くした。

「あ、恋のお話なんて、そんなにするものじゃないのでしょうか。私、フェアトラーク王国へ来てから、物言いにも制限を受けることがなくなって、ちょっと浮かれているかもしれません」

「浮かれて……いらっしゃるのですか」

――なぜ。

リリーはますます困惑し、彼女は口元に弧を描く。

「ええ。それに……好きな人と過ごせる時間は、とても貴重です」

「――好きな人」

リリーはオウム返しを繰り返してしまった。彼女ははっと口を押さえる。

「……っいいえ、なんでもありません。……アスラン、もう少し離れてくれると嬉しいのだけど」

エレオノーラは数歩離れた距離で控えていた近衛兵を、迷惑そうに見やった。以前リリーを睨みつけた彼は、かつて同様堅苦しい雰囲気ながら、刺々しい感情は向けてこない。主人に下がれと言われ、嘆息して五歩分ほど下がった。

エレオノーラの好きな人とは、ハーラルトのことだ。彼女はハーラルトと共に過ごす時間を持っているのだろうか。――リリーと同じように。

この二日、ハーラルトは仕事を終えたらリリーの部屋を訪ね、人払いをしてから雑談をしていった。話をする合間にキスをするのも忘れず、リリーは毎日ドキドキさせられっぱなしだ。

そんな時間を、彼女とも――？　と、リリーは不安を覚える。

エレオノーラは、腰に下げた小袋に手を入れ、何かを取り出そうとする。

「あ、違うのです。今日はこんな話をしに来たのではなく、いえ、貴女とお友達みたいにお話がしたい気持ちはあるのですが、ご気分を害していただろうから、無理は言いません」

「え……いいえ、そんな気分を害するなど……」

今し方、動揺させられたばかりなのに、リリーは彼女の状況を思い、首を振った。以前からそうだ。彼女の言葉の端々から、ヴンター王国での息苦しそうな日々や、彼女自身が抱えている寂しさが伝わってくるのである。

お友達みたいに――なんて、多くの友人を持つ人は言わないだろう。

「あった……！　これ……」

エレオノーラは掌に収まるサイズの、魔道具らしきものを差し出した。ピンクと紫のガラスを使った菱形のステンドグラスに、細い糸で石を三つ吊り下げた――『恋が叶うまじないガラス』である。

それは、今し方リリーが思い出していた、不安の原因だった。意味がわからず首を傾げると、彼女はそれをリリーの手に押し込んだ。

「ごめんなさい。私、このまじないガラスが、恋人同士で持つものだとは知らなかったのです。ハーラルト殿下に対の片方を渡していたから、もう一方は貴女が持たなくてはいけないでしょう？」

「……え」

エレオノーラは申し訳なさそうに眉尻を下げ、肩を落とした。

「あんまり可愛いまじないだから、やはり浮かれていたようです……。この間王都を視察していた時に、たまたま話ができた市井《しせい》の子に教えて頂いて。申し訳ないことをしました……」

リリーはぼんやりとまじないガラスを見つめ、膝を折る。

「ありがとうございます……エレオノーラ様……。でも、よろしいのですか？」

――貴女は、ハーラルト様に恋をしていたのでは……。

リリーは、エレオノーラの顔色を窺う。腰に届く黄金の髪が風に揺れ、彼女の青い瞳が柔らかく細められた。

「ええ、もちろんです。ノイナー侯爵からお伺いしました。ハーラルト殿下とリリーさんは、運命の恋人なのだそうですね」

「――」

また告知されていない情報を口にされ、リリーは目を丸くする。

結婚を許された日、ハーラルトは聖印を宿していた事実を父に伝え、父はそれならそうと、最初から言いなさい、と立腹していた。けれど契約をすませた今、二人は未来永劫互いしか愛さなくなっており、今後心配せずにすむと安堵もしていた。

正式に告知するまで秘密にするよう言われていた話を伝えるとは、父にとってエレオノーラは、かなり特別な客人らしい。

エレオノーラは、ふふっと笑った。

「ノイナー侯爵にお願いして、茶会を開いてもらった時、貴女はハーラルト殿下とは結婚しないとおっしゃっていました。でも彼が貴女を解放する様子がなかったので、やはり強引に妻にしようとしているのかと、心配していたのです。運命の恋人だったなら、心配ありませんね」

「それは……どういう……」

エレオノーラの真意がわからず、リリーは混乱気味に聞き返す。てっきりエレオノーラもハーラルトに恋をしていると思っていたのだが、と尋ねると、彼女は怪訝そうに首を傾げた。

「いいえ、ハーラルト殿下に特別な気持ちはありません。私は、アスランが……」

言いかけて、彼女は口を押さえる。

リリーは背後を振り返った。聞こえていただろうに、アスランは平然とリリーを見返すだけで、何も言わない。

「……アスラン様を……慕っていらっしゃるのですか？」

小声で尋ねると、エレオノーラは頬を染め、諦めたように口から手を下ろした。

「……話すと長いのですが」

エレオノーラは、とつとつと話してくれた。

東園で開いた茶会で、リリーにハーラルトとの婚約について尋ねたのは、権力を盾に、無理矢理娶られようとしているのではないかと心配になったから。エレオノーラの母は、ヴンター王国国王に見初められ、強引に婚姻を結ばされたらしく、彼女は同じような結婚は誰にもして欲しくないと願っているのだそうだ。そしてエレオノーラ自身は、アスランを想いながらも、国の方針に従い、政略結婚をする予定だった。想い人であるアスラン自身にも、ハーラルトとの結婚を勧められ、本当に切なかったと。

「実際のところ、大事なのは、当時進めていた国交締結の交渉を完了させることで、私の結婚はどちらでもよかったのですが……」

あけすけな内容に、リリーは驚く。話題にされているアスランは、周囲に視線を向け、主人の言葉など聞こえないふりをしていた。

エレオノーラは彼の態度に苦笑して、リリーを見る。

「けれど多額の金銭を隣国から獲得するという兄上たちの思惑も、ハーラルト殿下の意趣返しで全て白紙に戻り、もはや誰も私とハーラルト殿下の婚姻には興味はないのです。あれほど苦しみ、恋する心を隠そうと努めたのに、空しくなってしまいました」

リリーは額に冷や汗を浮かべ、頷いた。

「そうだったのですか……。てっきり、エレオノーラ様はハーラルト様に恋をしているのだと思っておりましたから……」

リリーの言葉に、エレオノーラは笑う。

「それはとても心を曇らせたことでしょうね。申し訳なかったわ。ですが私はもう、アスラン以外には恋ができないのです。——私も、聖印を授かっているから」

「——」

「えええええ⁉」

リリーは絶句し、背後に控えていたエルゼは大声を上げた。エレオノーラは口元に人差し指を押し当て、ウインクする。

「ハーラルト殿下以外には、秘密にしてくださいね。誰にも伝えていないので」

「は……はい……」

しかしエレオノーラは確かに、ハーラルトに恋する乙女の顔をしていた——と考え、リリーはその理由に気がついた。

彼女が頬を染め、瞳を潤ませていた時、絶対に傍にアスランがいたのだ。園遊会はもちろん、茶会の時も、彼はエレオノーラの傍にいた。彼女は瞳を潤ませ、物憂げにため息を吐き、アスランは額に汗を滲ませて、時に口元を手で押さえていた。夜、この庭園ですれ違った時も、エレオノーラと話していたアスランは、微かに吐息を乱していて——あれらは全て『餓え』の症状だったのだ。

「……でも、ではどうして、アスラン様は政略結婚を勧められたのですか……？」

運命の恋人なら、結ばれたいと望むのが自然だ。尋ねると、エレオノーラは眉をつり上げ、アスランを軽く睨みつけた。

「自国を守り切れず、敵国に下ったような男ではなく、安寧を築き続けている大国の王子の方が私に相応しいと」

だがハーラルトはエレオノーラを娶ろうとはせず、彼女を想って身を引こうとしていたアスランは、苛立ち紛れに、リリーに当たったというわけだ。

エレオノーラは一通り説明をして、ふう、と息を吐く。

「今は、ハーラルト殿下のご厚意で、国交締結の責任者となれて、安堵しているのです。これで自国へ戻っても、罵られることはないでしょう。我が国はもはや、戦をする余力などないのですから」

友好関係を築けず困るのは、ヴンター王国の方だった。彼女はそう言って、肩をすくめる。

「きっとお気遣い頂いたのでしょうね。感謝しております」

「……そうですか」

未だ驚きが冷めないながら、リリーは頷いた。エレオノーラは上目遣いに小首を傾げる。

「ねえ、リリーさん。私と手紙を交わしませんか？　聖印を宿す者同士、相談できる人がいると、安心です。国交も結ばれますし、仲良くして頂けると嬉しいのですが……」

リリーはパチリと瞬き、目を細めた。

「もちろんです。恥ずかしいのですが、この年まで社交界に出ておらず、友人らしい友人がおりませんでしたので、文通友達ができるのは、嬉しいです」

エレオノーラは明るく笑った。

「まあ、私も同じです。仲良くしましょうね、リリーさん。ハーラルト殿下との結婚式には、ぜひお呼びください」

エレオノーラは、リリーの陰口を叩いていた令嬢らに怒ってくれた、正義感の強い人だ。いい友人に出会えたのかもしれないと、リリーはおっとりと微笑み返した。

三

「——ということでした」

その夜、リリーは自室を訪れたハーラルトにまじないガラスを見せ、エレオノーラたちの話を伝えた。

ワイン片手に、暖炉前にある長椅子に隣り合って腰掛けていた彼は、意外そうに瞬き、頷く。

「へえ……そうなんだ。まじないガラスは、恐らく知らないのだろうと踏んでいたけど。俺に渡した時、気に入らなければ下賜していいと言っていたから」

まじないガラスを見た日、リリーとハーラルトは、それについて言い争うよりも、図書室で『餓え』に見舞われ、それどころではなかった。ハーラルトはリリーの髪を指で梳き、顔を覗き込む。

「でも、ごめんね。土産だと言って渡されたものを突き返すのも無粋かと思ったから受け取ったのだけど、貴女しか愛していないのだから、そう言うべきだった」

何気なく愛していると言われ、リリーは頬を染めた。怒らないリリーに、ハーラルトは眉尻を下げる。

「リリー、怒りたい時は、怒っていいからね。悪かったと思ってる。俺は君が他の男と揃いのまじないガラスを持っていたらと想像すると、割と相手を殺してしまいそうに嫉妬を覚える」

リリーはぎょっとして、呆れたため息を零した。

「もう運命の恋人なので、そんなに嫉妬は覚えていないだけですけれど……」

ハーラルトは想像するだけでもダメだ、と首を振る。

「……そうなの？　絶対に我慢できない。……しかもアスランは、聖印を宿しながらエレオノーラを自ら手放そうとしていたとか、想像するだに過酷な選択をしたと思う」

『餓え』は日を追う毎に激化し、相手を想わずにいられなくなるのだ。その辛さを知っているだけに、リリーもアスランに関しては同意した。

「――まあ貴女も、それを俺に強いようとしたわけだけど……」

ぼそっと言われ、リリーはそういえばそうだな、と思う。ハーラルトには自分ではなく、エレオノーラと結婚しろと訴えていた。

リリーは視線を泳がせ、言い淀んだ。

「その……国の行く末を考えると、どうしても……。……いいえ、申し訳ありませんでした」

言い訳を諦め、素直に謝罪すると、ハーラルトはワイングラスを机に置き、やんわりと微笑む。

「冗談だよ。それだけ国を思える妻だと証明されたということだ。頼もしいよ」

「……まだ妻ではありません」

既に結婚した体で言われ、リリーは半目になる。彼は真顔になった。

「……なぜ婚約期間を挟まないといけないのか、本当に意味不明だ」

「順番は大事ですから」

今日、ハーラルトは部屋に来るなり、リリーを抱きしめ、嘆いたのである。彼は一足飛びに結婚したいと訴えたらしいのだが、国王も官吏たちも、慣例通り一定の婚約期間を置いてからだと譲らなかったそうだ。慣例なら仕方ないでしょう、とリリーは応じたが、ハーラルトはまだ納得がいかないようだった。

「国民への聖印に関する告知準備だって速やかにすませたのに、告知と同時に結婚でなぜダメなんだ？　リリーの聖印に口づけるまで、どれだけ俺が我慢したと思っているんだ……」

ハーラルトはぶつぶつと呟き、リリーを抱き寄せる。リリーはハーラルトの体温に頰を染め、ぽそっと言った。

「……恋人の期間が長いのも、素敵でしょう？　ドキドキできるもの」

結婚すれば、子をなす義務が生じ、公式行事などでまた忙しくなるのは目に見えている。ある程度婚約期間があることは、リリーにとっては嬉しい情報だった。

ハーラルトははたとリリーを見下ろし、照れくさそうに頬を染める姿に瞳を細める。

「そう。……まあ、それも一利あるかな……」

妖しく笑った彼は、色香ある眼差しを注ぎ、顔を寄せた。後頭部に手を添えられ、リリーはびくっと震える。

「え、あの……っ、待っ……」

まだキスに慣れていない彼女が動揺を見せるも、彼は気にせず、そっと唇を重ねた。大人のキスかと身構えたが、彼は甘く啄むキスを繰り返し、頬を撫でる。唇を離され、彼の手管に翻弄させられずにすんで安堵したリリーを見つめた。藍色の瞳は愛情に染まり、甘い声音が鼓膜を揺らす。

「これからずっと、貴女と恋ができるなんて、俺は幸せだ。『餓え』はかなり辛かったけれど、聖印を授けてもらえなかったらきっと、貴女とは結ばれなかっただろうから」

記憶をなくしたリリーとハーラルトでは、出会いはおろか、恋仲になるのも難しそうだ。

そう言われ、リリーは言い返すこともできず、しかし結ばれた喜びに微笑んだ。

「逃げ出した時、追いかけてきてくれてありがとう、ハーラルト様。——貴方と両思いになれて、本当に嬉しい」

「……うん。……」

彼ははにかんで笑うリリーを真顔で見つめ、俯く。背もたれに肘をかけ、軽く頬杖をついて、またぼそっと言った。

「はー……やっぱり、早く結婚したい」

彼は恨み節で呟き、リリーをぎゅっと抱きすくめたのだった。


それから一週間後、国民にハーラルトの婚約と、二人が『祝福の血を宿す者』であることが告知された。王宮の北塔——三階にあるバルコニーに出たリリーとハーラルトは、集った国民たちに姿を見せ、笑顔で手を振る。婚約の告知とお披露目として、今日は王宮が開放されていた。

ハーラルトは品のよい漆黒の上下に身を包み、リリーは桃色の差し色が入った白のドレスを纏っている。

この日のために、エルゼが気合いを入れて実父と共に作ったドレスは、ふんだんにレースを使った、ほとんど純白のドレスだ。まるで結婚式のようだが、結婚式ではこの比ではない豪華なドレスが用意される予定らしかった。

「ご婚約おめでとうございます！」

「末永くお幸せに——！」

「『祝福の血を宿す者』の再来に感謝を——‼」

方々から盛大な祝福と喝采を上げられ、リリーは頬を染める。本当にハーラルトと婚約できたのだという実感があった。部屋の中にはリリーの両親と兄もおり、両親は既に号泣している。

室内を振り返り、国王に肩を叩かれている父の姿に、リリーは眉尻を下げた。——と、腰に手を添えられ、視線を戻す。

婚約できて、実に晴れやかな笑みを湛えたハーラルトが、小声で話しかけた。

「それじゃあリリー、覚悟はいいかな？　これは慣例だから、仕方ないよね」

彼は、したり顔で確認する。以前、婚約期間を置いてから結婚することに文句を言っていたハーラルトに対し、慣例なら仕方ないでしょうと応じていたリリーは、内心で呻いた。

「淑女であれと習ったのに……こんなに大勢の前でなんて、破廉恥だと思います……」

なおもごねてみるが、見上げたハーラルトはにっこりと微笑み、問答無用で顔を寄せる。

フェアトラーク王国では、王族が婚約を発表する際、国民の前で永遠の愛の証明として、口づけをすることが慣例だった。

リリーはびくっと肩を揺らしたけれど、彼は後頭部に手を回し、熱い口づけを贈る。十数秒、たっぷり口づけを見せつけた彼は、ぷはっと息継ぎのために口を開けた彼女を見下ろし、艶やかに囁いた。

「愛してるよ。永遠に——貴女一人だけを」

「……私も、貴方だけを愛し続けます」

真っ赤な顔で彼の言葉に応えたリリーは、国民を振り返る。口づけの間やんでいた歓声が、どっと溢れ返り、彼女は初心さ満載の恥ずかしそうな顔で微笑んだ。

これ以降、密かに『魔性の一族』と囁かれていたノイナー家の末娘は、意外にも初心であり、ハーラルトが何もかも初めての淑女であると広まる。

エルゼから噂を聞かされたリリーは、本当だけれど、なぜ何もかも初めてなんて伝わるの、と憤

慨した。そしてコンラートの関与を密やかに疑っているのだった。

四

婚約式を終えて数日後、リリーとハーラルトは王都で聖印の出現を祝うパレードを行い、それを見守ったあと、エレオノーラたちは帰郷した。王宮には静謐な空気が戻り、フェアトラーク王国は、また平穏な時を刻み始める。

その日、青く澄んだ空が広がる晴天の街を、リリーは機嫌よく歩いていた。王都の二つ隣にある、小麦の生産が盛んなハイマート州だ。

小麦が多く採れるため、中心都市は小麦を用いた食事処や菓子店が有名である。人が雑多に出入りする街中を歩く彼女のドレスは、普段よりも簡素で、裾丈は足首まで。バーナー衣装工房が作っている、民間人用の衣服だ。いつもより身軽に歩みを進める彼女の隣には、同じく刺繍やレースの装飾がない、簡素な上下に身を包んだハーラルトがいた。

「リリーがお忍びで街で遊びたいと言う日が来るなんて、想像していなかったな」

彼は、あちこちで賑やかな声が飛び交う商店を見回す。二人の後方には、平服を着た護衛のコンラートに侍女のエルゼ、そしてなぜかオリヴァーもいた。

リリーは菓子店のショーウィンドウに並ぶ商品や、香草の店、人の波に瞳を輝かせて、頷く。

「ハーラルト様の元から逃げ出した時に、エルゼと一緒に辺境の街に行ったでしょう？　あの光景がとても新鮮で、もっと沢山人々の営みを見たいと思ったの。次期国王としても、民の生活を直《じか》に見ることは大切よね？」

本日が休みだったハーラルトは、綺麗に整備された他州の花園に行こうと誘ってくれたが、リリーはそれを断って、街の散策を提案したのである。

彼は銀糸の髪を掻き上げ、優しく微笑んだ。

「ま、大義名分はそれでいいけど、本当は何がしたかったの？」

内心を見透かされ、リリーはぽっと頰を染めた。

「……その、自分でお買い物をしたり、辻馬車を使ったりしてみたくて……」

エルゼに教えられるまで、リリーは巷の常識を知らなかった。大金を持っていたらスリに遭いやすいだとか、庶民が使う移動手段、それに買い物の仕方も。

そう話すと、ハーラルトはピシッとこめかみに血管を浮かび上がらせた。

「それはあれかな？　今後も俺の元から逃げ出す予定があるという意味かな？」

「そ、そういうわけじゃないのだけど。でも実際の生活を知らないまま民を導くなんて、難しいでしょう？　それに一人でなんにもできないのは、嫌だもの」

王太子妃として通用するよう、十二分に教養を与えられたからこそ、リリーは自分が知らないことを残しておきたくなかったのだ。

「ハーラルト様だって、実際にこうして買い物をされたりはしないでしょう？　二人で新しい経験をするのって、楽しいと思ったのだけど、嫌だった……？」

リリーは機嫌を悪くした様子の婚約者を上目遣いに見上げ、首を傾げる。ハーラルトは真顔でリリーを見下ろし、ぼそっと呟いた。

「……可愛い」

後ろを歩いていたコンラートとオリヴァーが、大仰にため息を吐く。

「あーはいはい。殿下がリリー様に首ったけなのは誰もが知っております」

「のろけは王宮内のみで結構ですから、さっさとお二人で買い物なり食事なりなさって頂きたい」

文句を言われたハーラルトは、眉根を寄せてオリヴァーを見やった。

「コンラートはともかく、どうしてお前までついてきたんだ、オリヴァー。今日はさすがに仕事はしないぞ」

オリヴァーは眉を上げ、ふん、と鼻を鳴らした。

「いえ、普段は恰好をつけている殿下が、庶民の中に混ざり、勝手がわからず右往左往する様を拝めるかと思いまして」

底意地の悪い近侍の目的に、ハーラルトは目尻を痙攣させ、リリーはクスクスと笑う。

「そうなのよね。私たち、民の中に入ると、本当に勝手がわからなくて、恰好悪くなるの。でもそれも二人ですれば、笑い話になるわ。ねえ、ハーラルト。一緒にお菓子を買いに行きましょう?」

リリーは彼の手を取り、街の中を指さした。ハーラルトは目を見開き、リリーを凝視する。

「……どうしたの?」

「……今、昔みたいに、俺を呼んだ」

深く考えず言葉を発していた彼女は、口を押さえた。初めての経験ができると浮かれて、淑女としての物言いが抜け落ちてしまったようだ。

「あ、ごめんなさい。うっかり……」

「リリー……。街に降りた時は、昔みたいに戻ろうか？　王宮や宴の席だと人目も気にしなくてはいけないが、ここなら、俺たちは他の民と変わらない」

ハーラルトは、いたずらを思いついた少年のように瞳を輝かせ、リリーの手を握り返す。そこで彼女は、自分が幼少期と同じように、いつの間にか彼の手まで握っていたことに気づいた。

「えっと……」

そんな振る舞いをしていいのだろうか。リリーはハーラルトを見つめ、次いでついてきてくれている護衛や侍女を見やる。彼らは肩をすくめて笑った。

「どうぞ、ご自由に」

「僕たちも民と変わりない姿ですから、お気になさらず」

「お嬢様も、気を抜かれる時があってよいと思いますよ」

全員に了承され、彼女はハーラルトに視線を戻す。幼い少女のように、リリーも明るく笑った。

「それじゃあ、市井に降りた時だけ、昔のように戻りましょうか。――ハーラルト、一緒に冒険に行きましょう？」

いたずらっぽく誘い、ハーラルトと街に繰り出す。幼少期よりも、ずっと健康になった彼女は、はつらつとあちこちを見て回り、気になる店の前で立ちどまる。

楽しそうにお菓子を買うリリーを穏やかな眼差しで見つめていたハーラルトは、静かな声で耳打ちした。

「……リリー。君はずっと、俺の大切な友人で、大事な恋人だよ」

その言葉に、リリーは彼を見返し、昔を思い出す。

聖印を宿す以前、二人は想いを隠しながら、友人として共に学び、遊んだ。ずっと友人はいなかったと思っていたけれど、考えてみれば、リリーの最初の友人はハーラルトだった。

――一生想い合える恋人が、大切な友人。

それはなんて幸運なことかしらと、リリーは頬を染めて笑った。

「――ありがとう。大好きよ、ハーラルト」

彼は愛しそうに目を細め、リリーの頬に優しいキスを落とした。

あとがき

こんにちは、鬼頭香月《きとうこうづき》です。『運命の恋人らしいですが、全力でご遠慮致します』をお読みくださり、ありがとうございました。

冬の寒い時期に、雪の記憶のある恋のお話を刊行して頂ける運びとなりました。

暖かなお部屋でお楽しみ頂けていればいいなと思います。


作者が今住んでいる地域は、冬は氷点下二十度を下回る日が割とあります。

記録的な寒さの日は、命の危険を呼びかけ、稀に公共施設やお店がクローズすることもあり、長年温暖な地域で過ごしてきた者としては、色々と驚かされています。

水道管などが凍結するので、一日中つけていないといけない暖房設備が万一壊れたらどうしようかなあ、なんて想像するととても恐ろしいです。

反面、寒さが増すごとに外界は静まり返り、静寂好きにとっては心地よい季節でもあります。雪景色も綺麗です。

神様から運命の恋人認定を受けてしまったリリーとハーラルトのお話は、こんな環境を少しばかり参考にして書きました。

運命の恋人になったあとも、また別の副作用で二人はこれからも色々と騒動を起こしつつ、仲睦まじく過ごしていくのだろうと思います。

運命の恋人の設定は、まだまだ色々なお話が頭の中にあります。『餓え』は当人にとってかなり辛い副作用ですが、作者としては楽しく、また別の物語をお届けできたら嬉しいなと考えています。


最後に、本作を刊行するにあたり、お世話になった皆様に御礼申し上げます。

毎度丁寧に改稿指示を出してくださる担当編集様、今回もお付き合い頂きありがとうございました。イラストは大好きなイラストレーター様の一人である、椎《しい》名《な》咲《さ》月《つき》先生にご担当頂けて、大変光栄でした。ハーラルトは恰好よく、リリーは可愛らしく、ラフが届くたびに作者は喜色満面でした。

更に校正をご担当くださった編集様、校正様、デザイナー様など、ご尽力くださった全ての方に感謝しております。誠にありがとうございました。

そして本作をお買い上げくださった皆様に、心から御礼申し上げます。

お楽しみ頂ける物語を作れる書き手になれるよう、今後も一層精進して参ります。

またどこかでお目にかかる機会があれば、お手にとって頂けますと幸いです。

鬼頭香月

今世も、死亡フラグしかない王太子の婚約者に転生しました
konseimo shiboufuragu shikanai outaishi no
konyakusha ni tensei shimashita
フェアリーキス
NOW ON SALE
Kouduki Kitou
鬼頭香月
Illustration 深山キリ
婚約破棄したい令嬢×
七度目の転生でもめげない王太子
何度、転生しても好きになるのはいつも同じ人。そして婚約した後に必ず前世の記憶を思い出し、婚約者に裏切られ17歳で生涯を終える――七度目の転生に気づいたニーナは、婚約者・王太子レオンとの恋も諦め気味。思いを伏せたまま、せめて生きるため新たな人生を歩もうと別れを決意するが……ニーナの出生の秘密が二人を巻き込み、新たな事態を引き起こして!?
フェアリーキス
ピュア
fairy kiss
Jパブリッシング
http://www.j-publishing.co.jp/fairykiss/
定価：本体1200円＋税

運命の恋人らしいですが、全力でご遠慮致します

著者　鬼頭香月　

2020年2月5日　初版発行

発行人　神永泰宏

発行所　株式会社 J パブリッシング
〒102-0073　東京都千代田区九段北1-5-9 3F
TEL 03-4332-5141　FAX03-4332-5318

製版　サンシン企画

印刷所　中央精版印刷株式会社

ISBN:978-4-86669-267-8
Printed in JAPAN